평양랭면,
멀리서 왔다고
하면 안 되갔구나

北朝鮮の食卓

食からみる歴史、文化、未来

キム・ヤンヒ 著
김양희

金 知子 訳

原書房

北朝鮮の食卓

食からみる歴史、文化、未来

二部

北朝鮮の郷土料理……87

三部

和解と平和の食べ物……207

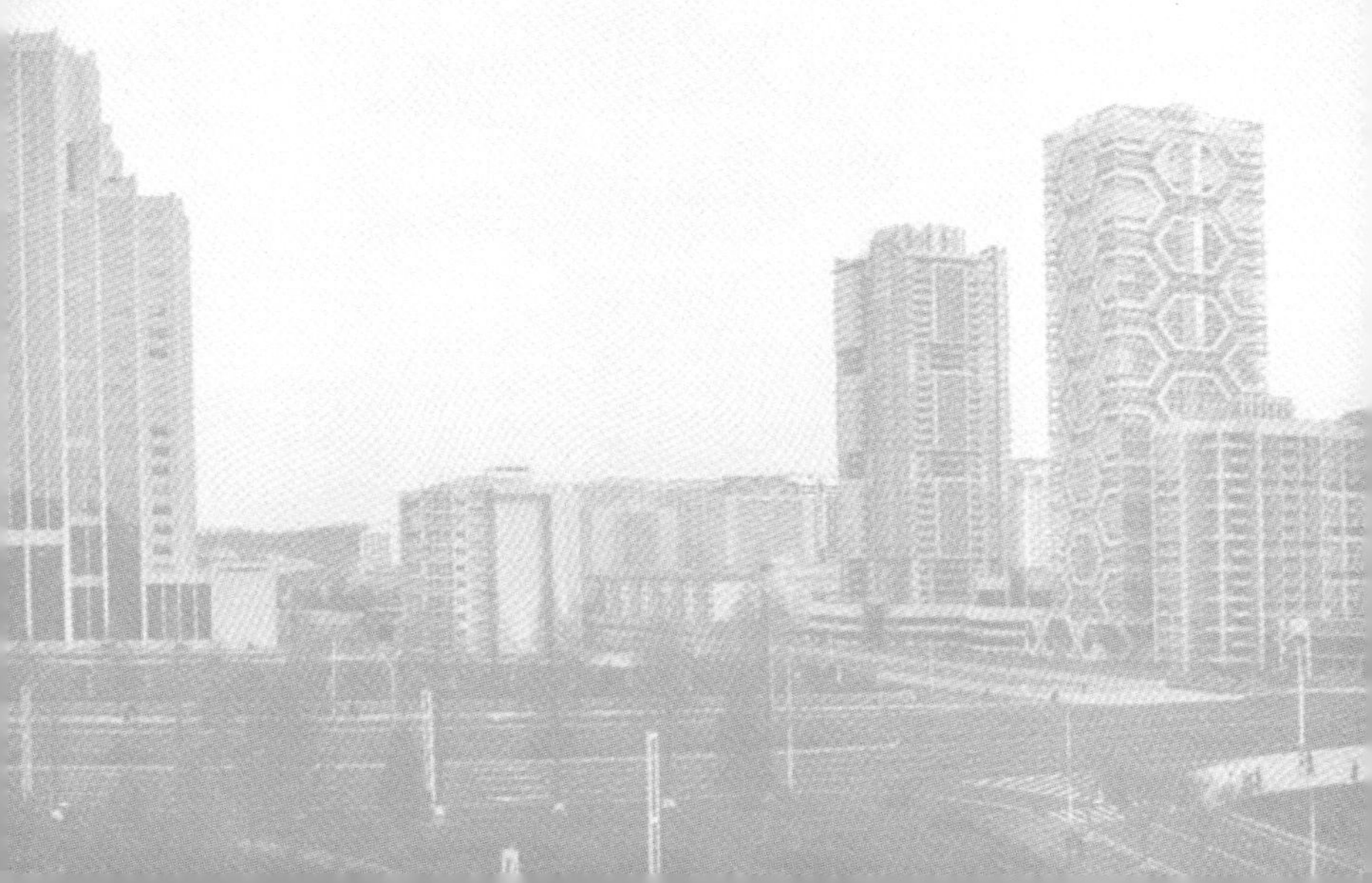

凡例

本書では、一部に北朝鮮独自の表現が使われている。特に金日成《キムイルソン》主席、金正日《キムジョンイル》国防委員長、金正恩《キムジョンウン》国務委員長の発言や、北朝鮮の新聞、雑誌などを引用した部分は、できる限り北朝鮮の用語や表記をそのまま使用するようにした。また、韓国とは別の用語を使ったり、一部背景知識が必要な部分については、後注を加えた。慣れない表現や後注で多少読みづらい部分もあるかもしれないが、南北間の言葉の統一に備えるためにも、北朝鮮の表現を知る必要があると判断したためである。

多くの方々の協力により、現在の北朝鮮の様子や食べ物を、臨場感あふれる写真と共に伝えることができた。『統一ニュース』からは訪朝取材の写真（一五、六七、七二、七四、八三、九三、九七、一三五、一六五、一六七、一九四、一九五、二三一、二三三、二三六ページ）を、韓食振興院および韓国外食情報（一〇一、一一一、一一七、一二二、一二八、一三一、一四一、一四六、一五〇、一五七、一六二、一七一、一九八、二〇三、二一八ページ）とチンミガフード（二七八ページ）からは、北朝鮮の料理や食べ物の写真を提供していただいた。また、南北協力済州島民運動本部（二四四、二四五ページ）と慶南統一農業協力会（二四八ページ）からは、実際に行われた南北交流協力関連事業の写真を提供していただいた。

はじめに

二〇〇八年九月、白頭山《ペクトゥサン》（北朝鮮と中国との国境地帯にある標高二七四四メートルの活火山。朝鮮半島の最高峰で、朝鮮民族の聖地とされている）の天池《チョンジ》（白頭山の頂上にあるカルデラ湖）に行った。その当時に南北が推進していた、白頭山のモデル観光団に運良く選ばれたからだ。一緒に訪朝した人たちの中で唯一の記者だった私は、その体験を記事にしたこともある。その時に経験したさまざまな出来事のうち、今でも思い出すエピソードがある。

バスでの移動中に記者精神を発揮した私は、白頭山に二十回以上も登ったという北朝鮮の案内員に尋ねた。

「初めて天池を見た時、どう思いましたか？」

驚くような答えが返ってきた。

「まあ、いやだったよね」

（え！　民族の聖なる山を、嫌だっていうわけ？）

戸惑いの表情を浮かべる私に向かって、彼は再び力を込めて言った。

「いや、だったんだってば！」

「はい?」
「いやあ! っていうため息しか出なかったってことだよ」
彼の言うとおりだった。天池を見た瞬間、おのずと「いやあ」という感嘆の声が漏れた。一年のうち、晴れ渡った天池を見ることができるのは一カ月ほどしかないと言うけれど、その日は、これ以上ないほどにうららかな晴天だった。冷たいけれど清々しい空気を吸い込み、藍色の波に青い空が接しているのを眺めていると、まるで現実ではないような、神秘そのものだった。天池の精気を思う存分に浴びながら考えた。統一運動家ではなくとも、統一を早めるのに少しでも貢献したい、と。

このことをきっかけに北朝鮮への興味が芽生え、勉強したいという気持ちが起こった。そこで、思い切って食品専門記者という仕事を辞め、北朝鮮について学び始めた。

そうして、いつの間にか十年が経った。この間に金正日から金正恩に政権が変わるなど、北朝鮮も大きく変化した。それにもかかわらず、未だに限られた情報しかないせいか、北朝鮮について誤解している人たちが多いように思う。もちろん、北朝鮮の人々の頭に角が生えているといった類の話を信じている人はいないだろうが、北朝鮮は貧しく、おびただしい数の餓死者が出ていると思っている人は、まだまだ大勢いるようだ。

ずいぶん前から悩んでいた。北朝鮮について学ぶ者として、また現在は北朝鮮関連の業務を担う公務員として、このような誤解を解く役割を果たさねばならないのではないかと。それも、私にとって、そして私たちにとって身近な食べ物を通じて。北朝鮮に対する誤った認識を正すことも、統一を早めるほんの小さな一歩になると信じているからだ。いつだったか、詩人の金芝河《キムジハ》も「キムチ統一論」という詩で、「キムチこそが統一の近道」と語っていたのではなかったか。

食べ物には、当時の政治や経済、社会的・文化的な状況が反映されているもの。例えば、仏教を奨励していた高麗《コリョ》時代には、坐禅中に飲む茶の文化が発達し、儒教を統治理念として掲げた朝鮮《チョソン》時代には、祭祀膳に供える肉料理が急速に発達した。そんな昔のことでなくても、一九六〇年代から七〇年代後半までの韓国では、米不足により、米を原料にした伝統酒の製造が禁止され、代わりに小麦や大麦の消費を拡大すべく「混粉食奨励運動」が繰り広げられたこともあった。しかし、二〇〇〇年代以降に米が余るようになると、伝統酒産業の育成など、米の消費を促す政策が次々と打ち出されている。

そうこうしているうちに、かつては食文化を共有していた南と北が分断されて七十年以上が経ち、南北がそれぞれの食文化を築くようになった。個人よりも集団が優先される北朝鮮の食文化は、北朝鮮が主張する「ウリ（われわれ）式社会主義」を内包している。韓国では、ものを食べて暮らしていく基本的な要素を「衣食住」と表現するが、北朝鮮では「食衣住」と言うことから見ても、それがわかる。

本書の一部では、私たちとは異なる北朝鮮の食文化について述べた。ここでは、北朝鮮の食文化がいつ、どのように韓国のそれと異なっていったのか、その答えを見つけることができるだろう。二部では、北朝鮮の食文化の中心軸となった地域別の郷土料理を紹介した。韓国人にも広く知られている平壌《ピョンヤン》冷麺以外にも、北朝鮮各地のさまざまな食べ物に出会うことができる。最後の三部では、平和を創造していく食べ物について語った。気まずい関係でも一緒に食事をすれば親しくなるように、食べ物が創造する平和の力は弱くないと信じているからだ。

今思うと、十年あまり従事してきた仕事を辞めて北朝鮮について学ぶというのは、実に無謀かつ勇気がいる行動だった。そして、まだまだ未熟な私が、北朝鮮に対する人々の誤解を解き、関心を高め、統一を早めるのに微力ながら貢献したいという思いでこのような本を書くのも、無謀かつ勇気がいることなのかもしれない。けれども、この本を読み、読者が少しの間だけでも北朝鮮や平和について考えてくれたなら、ひいては、北朝鮮に行って平壌冷麺を、松茸料理を食べるという幸せな想像をしてくれたなら、これ以上うれしいことはない。同時に、ネチズン（「network citizen」の略で、コンピューターネットワークで積極的に活動するネットユーザーのことを指す）の望みどおり、ソウルに玉流《オンニュ》館の本店がオープンし、大同江《テドンガン》ビアガーデンができ、北朝鮮料理をおいしく味わう秘訣を取り上げたグルメ番組が登場することにも期待したい。

ずいぶん前、『統一ニュース』に「民族料理の話」というコラムを載せていたのだが、そこに

「チャンスがあれば金正日国防委員長とクロマメノキの果実酒を飲みたい」という突拍子もない願いを書いたことがある。本書を執筆しながら、想像はさらに膨らんだ。いつか、この本を読み終えた金正恩国務委員長が「北朝鮮の人々よりも、北朝鮮の食文化についてよく知っている」と大同江ビールを勧めてくれるという夢を見たいと思う。

二〇一九年秋
キム・ヤンヒ

一部

北朝鮮の
食文化と制度

一　配給制度によって維持されてきた社会

どちらが本当の北朝鮮なのか

二〇一八年は、南北関係が急速に進展した興味深い一年だった。それに呼応するように、テレビでは事あるごとに北朝鮮の様子が映し出された。画面の中の平壌の人々は、私たちの漠然としたイメージとは異なり、服装もずいぶん垢ぬけていて、誰もが携帯電話を使いこなしていた。特に「平壌のマンハッタン」（略して「ピョンハッタン」）と呼ばれる黎明《リョミョン》通りの華やかな雰囲気は、ソウルのような国際都市のきらびやかな夜景と比べても見劣りしないほどだった。

しかし、北朝鮮離脱住民（いわゆる脱北者のこと。韓国でも「脱北者」という言葉が広く使用されているが、言葉自体に否定的なイメージが強いという理由から、政府は「북한이탈주민（北朝鮮離脱住民）」の使用を推奨している）を前面に押し出す一部の総合編成チャンネル（ニュースなどをはじめとして、ドラマや教養、スポーツなどあらゆるジャンルを編成して放送できるチャンネルのこと。放送はケーブルテレビと衛星テレビに限られる）や国際支援団体などは、北朝鮮の住民が未だに慢性的な栄養失調状態にあると訴えている。飢えに苦しむ人々が空腹に耐えきれず命がけで国境を越えてきており、その過程で大変な思いをしているというのだ。国際支援団体が公開している、ガリガリにやせ細った子どもたちの写真は実に衝撃的だ。

華やかな黎明通り

このように、北朝鮮を見つめる私たちの視点は両極端である。一方は、今でも食料不足で餓死する人々が大勢いると考え、もう一方は、北朝鮮の人々もコーヒーをたしなみ、頻繁に外食をするぐらいまでの消費水準に達したと考えている。食料難にあえぐ困窮した生活とピョンハッタンの華やかな日常とでは、どちらが北朝鮮の現実により近いのだろうか。

正解は「両方ともに北朝鮮の現実を言い当てている」と言うべきだろう。以前の北朝鮮では、ごく少数の特権層を除き、配給制度によって食料をはじめとした生活必需品、さらには住宅までが割り当てられていたため、一般住民の生活はどこも似たり寄ったりだった。しかし、一九九〇年代初頭の「苦難の行軍」（詳細は一部の五を参照）と呼ばれる時期を経る中で配給制度が事実上崩壊し、市場が発達してお金を稼ぐ人々が現れたことで、平等主義を標榜する北朝鮮でも、おのずとお金の有無によって生活に大きな差が生まれることになった。深刻なレベルで貧富の格差が広がるようになったというわけだ。二〇一六年の報告によると、韓国ウォンに換算して百億ウォン以上の財産を持つ北朝鮮の新興富裕層が百名あまりにのぼるという。北朝鮮の富裕層が一度の夕食で数千ドルを事もなげに使っていた、という北朝鮮離脱住民の証言もしばしば耳にする。もちろん、ごく稀なケースではあるだろう。だがその一方で、食べるものがなくて腹を空かせている住民も未だに存在しているのだ。

配給制度の歴史

これまで、北朝鮮の人々の食生活に最も大きな影響を与えてきたのは配給制度だ。韓国で小学校・中学校・高校での給食無償化（韓国では学校給食の無償化が進んでいる。自治体ごとに異なるが、ソウル市では二〇二一年から市内のすべての小中高で給食が無償化された）が話題に上るたびに、保守政党が「ポピュリズム」だとか「社会主義の政策」だと批判するのをよく目にする。それほどまでに、配給制度は社会主義国のトレードマーク的な存在だった。しかし、北朝鮮が配給制度を数十年にわたって実施してきたのとは異なり、他の社会主義国では、社会主義への移行期または戦時共産主義下において、不足した物資を国家が効率的に分配し統制する目的で一時的に導入されていた。北朝鮮でも配給制度の初期は、日本の植民地支配からの解放後、鉄道など公共の利益を目的とする事業に従事する労働者の生活を安定させるために実施されたものだった。国有化された企業は営利目的で運営されているわけではないため、そこで働く人々の生活を国家が保障するという意味で配給制度が導入されたのだ。

北朝鮮は、一九四六年一二月に配給制度を開始した。当時は労働者、事務職従事者、学生などの限られた階層を対象に、配給の基準を一等級から四等級に分け、差別化して食料を支給していた。最も高い等級である一等級には炭坑、特殊鉱山、化学工場、金属工場、造船所など国家の重要産業施設で働く重労働者が該当し、二等級にはその他の労働者が含まれていた。教授や教師、政府官吏などの事務職従事者は三等級、四等級には一・二・三等級の労働者の扶養家族が該当した。つまり、きつい仕事を行う重労働者が、教授や教師よりもはるかに高い給与を受け取っていたことになる。

その後、住民のほとんどに適用される食料配給制度が本格的に定着するのは、一九五七年一一月からだった。この時、一般住民を対象にした全面的な配給制度が開始された。この制度を通じて米やトウモロコシなどの主食はもちろん、醤油、味噌、肉、野菜などの副食類まで、あらゆるものが一定量配給された。北朝鮮当局は、農民から買い取った穀物を十五日に一度のペースで住民に配給した。穀物の生産者である協同農場員、すなわち農民だけがこの制度から除外された。農民は総人口の三十％ほどだったため、食料の配給を受ける人口が約七十％だったということになる。農民は半月に一度のペースで配給を受ける労働者とは異なり、一年に一度、収穫期の九月から一〇月の間に農場で収穫した穀物の一部を受け取った。その量は、農場作業班の目標達成度合いによって変動した。穀物の収穫量が目標の八十％であれば、農民の取り分もその分だけカットされた。

きつい仕事をする人には、より多くの配給を

工場や企業で働く労働者には、十五日ごとに職場から配給票と配給カードが配られた。労働者は毎月定められた日にこれを持参して糧政事業所に行き、決められた量の食料配給を受け取った。就労していない六十五歳以上の年老保障（年金）受給者や職場に配置される前の子ども、世帯主の扶養に入っている専業主婦は、世帯主の職場から配給を受ける。未婚女性や夫に先立たれた女性などはここから除外されるため、配給を受けるためには仕事に出て積極的に働かねばならなかった。

社会主義は平等な社会の実現を掲げているが、すべての人が完全に同一の扱いを受ける画一的な平等を主張しているわけではない。北朝鮮当局は、年齢や職業によって住民を九つの級に分けて食料を分配していた。最上位の一級は有害業務従事者や重労働者で一日に九百g、最下位の九級は一歳以下の乳児で百gが与えられた。成人のうちで最下位に位置づけられていた強制収容所の収容者は、生存に必要な量よりもはるかに少ない一日に二百gしか与えられなかった。一般的な基準で二～四歳の幼児に該当する配給量だったため、食いつなぐのに精いっぱいだっただろう。その後、配給制度の施行当初よりも等級はさらに細分化されたが、重労働者が教授や教師よりもはるかに多くの量の配給を受けるという、労働者優遇の基準に変化はほとんど見られなかった。

ただし、決められた量の食料を、無条件にすべて受け取ることができるわけではなかった。十五日間のうち一日無断欠勤すると、その分だけ配給量が削られた。遅刻三回は欠勤一日と同じ扱いだった。つまり、遅刻を三回したり一日休んだりすると、何も口にすることができない日が一日あるということだった。

食料不足の深刻化に伴って、一九七三年から「戦争備蓄米」という名目で基本配給量の十二％を、さらに一九八七年からは「愛国米」という名目で十％が控除されたため、配給量の二十二％が削減されるに至った。その後、北朝鮮経済が最も悪化した一九九〇年代半ばの「苦難の行軍」を経て配給がストップし、配給制度は事実上崩壊してしまう。

配給を通じた住民統制

北朝鮮で配給制度が正常に機能していた時期には、出張や旅行に行く時にも、「糧票《リャンピョ》」と呼ばれる糧券を事前に発給してもらう必要があった。糧券とは国家が発行する証票で、お金と一緒にこの糧券を渡さなければ食べ物を買うことができなかった。食料品店で販売されているクス（麺料理の総称。一般的には素麺やうどんのような麺のことを指す）やパンなどを購入する時にも、出張時に宿泊先で食事をする時にも糧券が必要だった。いくらお金があっても、糧票と一緒でなければ食べ物は購入できない。そのため、他地域に出張に行くためには、必ず安全部（警察）から旅行証明書を発給してもらい、所属している職場から糧券を受け取らねばならなかった。業務の内容が何であれ、行き先がどこであれ、食べるためには糧票が必要だったのだ。

また、子どもを託児所や幼稚園に預ける時にも、糧券の提出を求められた。軍人食堂や国防部の直轄部隊および機関、企業、従業員用の食堂で使用する食券も、お金さえあれば買えるというわけではなく、穀物を持参するか、糧券を一緒に渡さなければ購入することができなかった。糧券の発給を受けると、その日の分の食料は配給から除外されるため、出張や旅行に行く際には、糧券を受け取った日数分の配給票を切り取っておく必要があった。

北朝鮮の配給制度は、社会主義の計画経済体制下において、食料の均等な分配と食品ロスの防止という目的で実施されていた。また、決められた量以上の食料を個人が消費できないように規制するねらいもあった。特に、糧券など社会給養（食堂や給食施設などで食べ物を生産・供給すること）施設を通じた分配は、国家権力が住民の日常生活全般にまで介入することを意味した。出張や親せき訪問の時でさえ糧票を使用させることで、食料を徹底的に統制するだけでなく、住民個人の地域移動まで把握することができた。このように北朝鮮当局は、計画的な食料管理を住民統制に役立てた。そのため、配給制度が維持されていた時期には、特権層を除き、一般住民の食生活に大きな差はなかった。それぞれの家庭で口にする食べ物やその量にほとんど違いはなかったということになる。

二　女性の社会参加を奨励せよ

社会給養事業の育成

いつだったか、結婚して間もない後輩が久々に大学に出てきたことがあった。昼休みになったので食事をしようと移動していた時、一緒にいた人たちが、毎日食べている学食のご飯はうんざりだと不満を並べ立てた。すると、前述した後輩がボソッとつぶやいた。「結婚してみればいいんですよ。人が作ってくれるご飯は、何でも全部おいしく思えますから」。結婚後、慣れない家事労働に疲れての発言だったのだろう。この後輩だけでなく、ベテラン主婦も「誰かに作ってもらったご飯が一番おいしい」とよく話している。

学校給食が本格的に開始される前、母親の最も大変な仕事のうちの一つが子どもの弁当作りだった。その上、高三の受験生を持つ親は、毎日弁当を二、三個作らねばならず（受験競争が厳しい韓国の高校では、授業が始まる前の朝の自習時間や、夕食を食べてから教室で勉強する「夜間自律学習」の時間があるため、給食制度が整う以前は二、三食分の弁当を持参せねばならなかった）、子どもが多ければその分弁当の数も増えた。おかずは何にしようかと頭を悩ます上に、早起きしなければならなかったので、精神的にも肉体的にも負担が大きかっただろう。

韓国の場合、一九八一年一月に「学校給食法」が制定され、一部の小学校を皮切りに学校給食が実施された。しかし、学校内に設備を整えた本格的な給食は二〇〇〇年代に入ってからだ。つまり、毎日のように明け方に起床し、子どもの数だけ昼と夜の弁当を作るという戦争のような日常から母親たちが解放されて二十年ほどしか経っていないということになる。

醤油や味噌類の産業化も、給食の本格的な実施と密接な関わりがある。近頃ではコチュジャンや味噌を買うのが当たり前になり、それらを家庭で仕込む様子も『恋のスケッチ〜応答せよ1988〜』のようなドラマでしか見られなくなったが、一九八〇年代にはほとんどの家庭で自家製の醤油や味噌を食べていたし、市販のものを買う人もほとんどいなかった。給食の拡大がもたらした変化の代表的な例が醤油や味噌の産業化なのだ。

一方、北朝鮮では一九五〇年代から給食施設が整えられ、一九六〇年代には醤油や味噌などの副食品を生産する工場も数多く建設された。一九五五年には、内閣（北朝鮮の内閣は一九九八年憲法で「最高主権の行政的執行機関であり全般的国家管理機関である」とされ、国家管理を統一的に指導する役割を担うことになった）の命令で社会給養事業の拡大計画が伝達された。北朝鮮の内閣は、「最高主権の行政的執行機関」として最高主権機関の法令や決定を全国規模で組織し執行する役割を担っている。社会給養事業の拡大が法律として制定されたわけではなかったが、国家がこの計画を積極的に推し進めていくという姿勢を示したことになる。

このような方針に従って、平壌の中区域（区に該当）、西区域、南区域などに大規模な食堂が建設されるなど、社会給養網（給食ネットワーク）の拡大事業が推進されていった。一九五七年だけでも平壌市に八十七カ所の国営商店や食堂が新たに作られたほどで、平壌以外の地域でも農村商店、食堂、総合食料工場などの建設が急ピッチで進められていった。

社会給養網は人民共同の台所

北朝鮮が社会給養網の拡充に積極的だったのは、戦後復興に必要な労働力の確保が急務だったためだが、その中でも特に女性の労働力を確保することに力を注いでいた。北朝鮮は食堂以外にも託児施設などに投資して女性の社会参加に支障が出ないよう対策を講じるとともに、「戦闘を遂行する前線に劣らず、後方支援も重要な政治事業」だと宣伝して住民を鼓舞した。金日成主席が、次のように述べたこともある。

「指導的立場にある幹部が労働者の食衣住に目を配れば配るほど、党や国家に対する大衆の忠誠心はより一層強くなり、その分だけ彼らは仕事に情熱を傾け、創発性を発揮します。これは非常に重要な政治事業なので、後方支援事業を成功させるべく、幹部は総力を挙げて懸命に努力せねばなりません」

このような経験から、北朝鮮は能力のある女性を動員することに尽力した。北朝鮮当局の立場を公式に伝える『労働新聞』に掲載された一九五〇～六〇年代の社説を読むと、女性の社会参加と力量強化を奨励する内容が目につく。社会主義国のほとんどは女性の力量強化と社会参加を強調している。今でも中国やベトナムに行くと、朝食のみを提供する食堂が多く、家で食べる代わりに屋台で食事をする人々の姿もよく見られる。女性の労働力を家庭に閉じ込めない、社会主義国ならではの光景だ。

ソ連でも集団給食所の設置が大々的に推し進められ、一九三二年には大学生全体の約八十%、ホワイトカラーの約二十五%に食事を提供していたという。ソ連共産党中央委員会と内閣は、一九五九年から一九六五年の七カ年計画の期間に六万四千三百カ所の食堂および簡易食堂を新たに設置すると決定した。これは約三百十万人を収容できる規模で、ソ連も社会主義建設を早めるために女性労働力の確保が必須だと判断し、社会給養施設の拡大に積極的だったということがわかる。

町のどの家も醤油や味噌の味は同じ

二〇一六年八月一一日、平壌基礎食品工場の創立七十周年を記念した報告会が開かれた。この工場は、一九三三年九月に日本の財閥によって国糧醤油株式会社として設立されたが、日本の植民地支配からの解放後、一九四六年八月一〇日に「重要産業国有化法令」が公布されたことにより、醤油や味噌を供給する工場として生まれ変わった。これもまた、女性の労働力を確保するための措置だった。

その当時の韓国では、醤油や味噌の味が変わるとその家に不吉なことが起こるとされ、各家庭では手間暇かけて味噌や醤油を仕込み、独自の味を維持していた。しかし北朝鮮では、早い時期から醤油や味噌を大量生産して住民に配給していた。定められた区域ごとに同じ工場から醤油や味噌が供給されたため、周辺の家々はもちろん、町全体で使われる醤油や味噌の味はどこも同じだった。配給制度が有名無実化した近年でも、醤油や味噌は安価で供給されるので、市場で買わずに国家の配給網である国営商店で買う人が多いという北朝鮮離脱住民の話を聞いたことがある。ある意味、最後まで社会主義の特性を見せているのが醤油や味噌なのではないだろうか。

三　米はすなわち社会主義だ

韓国では「衣食住」、北朝鮮では「食衣住」

韓国の南部はそのほとんどが平野である反面、北朝鮮は地形的に山地が多く傾斜が急で、気候条件も食料生産に適していない。そのため、北朝鮮では一九四八年の政府樹立直後から食料が不足していた。厳しい食料事情を優先的に解決するという意味で「衣食住」という言葉を「食衣住」に言い換えていたほどだ。

金日成主席は一九八五年に幹部らとの会話の中で「人間が生きていく上で最も重要なのは『食』に関することです。服や家のようなものは足りなくても何とか我慢できますが、空腹をごまかすことはできません。人々の生活において重要なのは『食』なので、『衣食住』という言葉を『食衣住』と言い換えようと思います」と述べたという。金日成主席の公式な発言ではこの時初めて食衣住という言葉が登場するが、実際には一九六〇年代から使われていたという説もある。

北朝鮮は、食料問題を単なる経済的困難としてではなく、体制の根幹を揺るがす政治的かつ思想的な問題として捉えていた。食料の増産や節約を社会主義体制と関連付けて考えていたわけだ。

金日成主席は「米はすなわち社会主義です。われわれの社会主義建設は米なくしては成り立ちません。食料が十分にあってこそ、民族の自主性を守り、国家としての発言権を獲得し、経済的な自立と国防における自衛を実現することができるのです。（……）人民が白米に肉のスープを食べ、絹の服を着て瓦屋根の家に住むことができるようにするのが、私の一生の願いです[1]」と述べたことがある。また、亡くなる一年前の一九九三年にも新年の辞を通じて「すべての人が白米に肉のスープを食べ、絹の服を着て、瓦屋根の家に住むというわれわれの長年の願いを実現することは、社会主義建設の重要な目標」だと述べ、人生最後の時期まで食料問題の解決のために各地の協同農場を訪ねていたという[2]。北朝鮮当局は、金日成主席が指導者として、最後まで住民の食に関する問題に心を砕いていたと強調している。

また北朝鮮は、食料が革命や社会主義建設を成し遂げるための重要な手段になると考えていたため、住民らに食料節約のための努力を促した。台所を担う女性に対し、単なる家庭のレベルを超え、共に国家の米櫃を守っているのだという自覚を持たせようとした。さらには、食料の節約を食料問題解決に貢献する重要な政治事業であると認識させ、主体的な参与を働きかけた。

このような努力にもかかわらず、金日成主席は結局、白米に肉のスープを食べさせるという目標を成し遂げることはできなかった。これは「首領の遺訓」として金正日時代に引き継がれ、現在の金正恩時代に至っても依然として達成すべき課題として残っている。

二〇一二年は、金日成主席の生誕百周年となる年だった。金正日国防委員長は、二〇一二年までに「強盛大国」を建設することを目標に掲げてきたが、核兵器の開発などに力を注ぐ中で経済状況が悪化すると、目標を「強盛国家」に下方修正した。金正日国防委員長が語った「強盛国家」の経済水準は「住民が白米に肉のスープを満足に食べ、絹の服を着て、瓦屋根の家に住むぐらい」だった。

金正日委員長は「首領（金日成）は、人民が白米に肉のスープを食べ、絹の服を着て、瓦屋根の家に住むことができるようにせねばならないとおっしゃったが、われわれはこの遺訓を貫徹できていない。（……）可能な限り早い段階で人民の生活にまつわる問題を解決し、人民が裕福に暮らすことができるよう、首領の遺訓を何としても貫徹したいと思う」[3]という趣旨の発言を何度も繰り返した。金正恩国務委員長もまた、後継者時代から同様の発言を重ねている。

もう核実験は必要ない

北朝鮮が慢性的な食料不足に陥ったのは、地形や環境の影響も大きいが、著しく膨らんだ国防予算も要因の一つだ。東欧の社会主義国が消滅していく過程を目の当たりにして、体制が崩壊するかもしれないという心理的圧迫を受けたに違いない。熾烈な米ソの体制間競争が繰り広げられていた一九八〇年代とは異なり、ソ連の崩壊によって北朝鮮の危機感は一層高まったはずだ。

二〇一八年五月ごろに放送されたＪＴＢＣ（韓国で衛星放送やケーブルテレビ向けに放送を行っている中央日報系列のテレビ放送局）の『舌戦』（論客が討論を繰り広げる時事教養番組）で作家の柳時敏《ユシミン》は、「この間北朝鮮は、核を作らない代わりに体制の保障を要求してきたが、米国は聞き入れなかった。そのため、北朝鮮は核兵器を完成させてから廃棄しようとしている」とし、「少年家長（両親がおらず自分で生計を立てなければならない立場にある子どものこと。ここでは金正恩国務委員長を指す）が核を作るのにお金を使ったため、貧しい暮らしにたいへん苦労してきた」と述べて注目を集めた。苦しい台所事情にもかかわらず核実験に注力してきたのは、金正日国防委員長の「飴玉がなくても生きていけるが、鉄砲玉がなくては生きていけない」という発言からもよくわかる。

しかし、現在の金正恩国務委員長は、「過去には、食料がなくても弾丸は必要だと言っていたが、今は弾丸がなくても食料はなくてはならない」とし、経済の回復に力を入れている。特に、二〇一八年四月二一日に開かれた朝鮮労働党中央委員会第七期第三回全員会議で、中央委員は、この間の経済発展と核開発の並進路線において核武力の部分は完成したため、核実験を中止して経済の発展に総力を尽くす、という内容の決定書を採択した。この会議で金正恩国務委員長は、「核実験は必要ない」と述べ、「国じゅうに人民の笑い声が響き渡るようにする」と語った。これは、北朝鮮住民の食料問題の解決が何よりも重要かつ急務であることを認識しているということを示している。スイスのベルンに留学し、改革開放を経験してきた彼は、住民の要求を満たさない限り体制の維持は困難だということを誰よりもよく理解しているのだろう。

四　トウモロコシとジャガイモ、主食としてよみがえる

トウモロコシは畑穀物の王

金日成主席は一九五六年一月二八日、平安南道《ピョンアンナムド》党委員長に一通の書簡を送った。その内容はこうだ。「トウモロコシは干ばつにも雑草にも強く、生命力の強い作物です。また、トウモロコシは収穫量が多く、茎は家畜の飼料に最適です。平安南道でも、この作物を大量栽培する必要があります。平安南道にある畑全体の面積の五十％以上にトウモロコシを植えるよう、強く働きかけてもらえればと思います」

この書簡が届いて以降、「トウモロコシは畑穀物の王」というスローガンのもと、積極的にトウモロコシの栽培政策が推し進められた。その結果、トウモロコシが農作物の作付面積全体の三十五％を占め、畑作物の作付面積では五十三％にまで達した。北朝鮮は地形的に平野が少なく、米の生産が難しい。それゆえ、不足する米の代わりにトウモロコシやジャガイモの生産を奨励し、

トウモロコシ専門食堂

関連料理の開発に力を注いできた。ククスや冷麺などの麺料理が発達した北朝鮮では、今でも「カンネンイ（北朝鮮ではトウモロコシのことを「강냉이（カンネンイ）」という。韓国では「옥수수（オクスス）」）ククス（トウモロコシ温麺）」が住民の主食の代用品として好評を得ている。

現在食べられているカンネンイククスは金正日時代に新しく開発されたメニューで、従来のものと違い、熟成させた生地で作った麺を乾燥させずに冷凍しておく。それを湯がいて器に盛り、いろいろなコミョン（料理の仕上げに飾りとして載せる具材のこと。陰陽五行説にならった「白・黒・赤・黄・青」の五色が基本）を載せてからスープをかけて食べる、いわゆる生麺だ。スープは肉で取っただしではなく、オイネンクク（キュウリの冷製スープ）にキャベツのキムチの汁を入れたものを使い、麺の上には、キャベツやサツマイモのつる、キノコ、青唐辛子、ワカメの芯などを炒めたものを載せる。特徴的なのはキャベツのキムチの汁とキャベツ炒めを必ず入れることで、これが料理の味を引き立てるコツだという。金正日国防委員長が「トウモロコシで作られた食べ物の中で、カンネンイククスが一番好きだ」と語ったほどに、北朝鮮では人気のメニューだ。

ジャガイモは高山地帯の白米

ジャガイモは、一九九〇年代半ばから始まった「苦難の行軍」と呼ばれる時期に、食料の需給がひっ迫する中で大々的に生産された。ジャガイモは干ばつに強く生育期間が短いため、山間地帯などのやせた土地でも比較的栽培しやすい。ジャガイモの生産にとりわけ熱心だった地域は、白頭山のふもとの両江道《リャンガンド》大紅湍郡《テホンダン》である。ここは、一九九八年三月に金正日朝鮮労働党総秘書（当時）が「ジャガイモ農業革命」を提唱したことにより、北朝鮮最大のジャガイモ生産地としてモデル地域に指定された場所だ。

一九九八年五月には、この地域にジャガイモ研究所が設立され、退役軍人や科学者、技術者を総合農場に派遣してジャガイモの増産や研究を奨励した。だが、大紅湍のジャガイモが注目されるようになった決定的なきっかけは、深刻な食料難の真っただ中にあった一九九八年一〇月一日、金正日国防委員長が大紅湍郡の総合農場と農業科学院ジャガイモ研究所を視察し、「大紅湍郡がジャガイモ農業において新たな転換点となるように」と述べたことだった。金正日国防委員長はこの時、「アジアの『ジャガイモ王国』にならなければならない」と語り、その後、両江道の大紅湍郡には大規模なジャガイモ農業基地が建設された。

農業科学院傘下のジャガイモ研究所は、ジャガイモの品種改良や加工などの研究をリードしている。二〇一〇年からは伝染病に強い種芋の品種改良研究のため、オランダのワーゲニンゲン大学植物生命工学研究所に農業科学院の科学者らを留学させるなど、生産に携わる人材への投資も活発だ。

また、退役軍人を労働力として活用することにも意欲的で、白頭山のふもとの荒地だった大紅湍郡を開拓すべく、一九九九年三月と一〇月に合わせて千二百名の退役軍人を集団配置して退役軍人村を作った。同日、二度の合同結婚式が行われて数百組の夫婦が誕生し、一年後には六組の双子を含めた八百七十五名の子どもが生まれた。さらには、ジャガイモ農業でいい暮らしができるという噂が広まり、大紅湍郡の人口は数万人に増加した。また、退役軍人を移住させて配置するだけでなく、恵山《ヘサン》農林大学にジャガイモ農業を学ぶ専門学科を設け、一九九九年からは退役軍人のための「現地学習班」を運営するなど、優秀な人材を育成することにも労を惜しまなかった。

ジャガイモの歌も作られて

住民の間で『大紅湍三千里』という歌が広く歌われるほどに、二〇〇〇年代に入ると、ジャガイモはトウモロコシに次ぐ新たな主食として注目を集めた。忠誠をテーマにした歌詞は以下のとおりだ。

人民の武陵桃源《ぶりょうとうげん》を開拓せんと　首領が生涯かけて育てられた豊饒の大地
その志を　われらの将軍が花咲かせた大紅湍
忠誠も三千里よ　歌も三千里なり

「大紅湍のジャガイモ花畑」は、先軍八景に選定されている。金正日国防委員長によって命名された先軍八景とは先軍時代[4]にふさわしい絶景のことで、白頭山の日の出、タバクソル哨所《チョソ》の雪景色、鉄嶺《チョルリョン》のツツジ、将子山《チャンジャ》の不夜城、ウルリム滝の山びこ、ハンドゥレ平野の地平線、大紅湍のジャガイモ花畑、泛雁里《ポマンリ》の仙境の八カ所を指す。それほどまでに北朝鮮でのジャガイモの地位は高いというわけだ。

ジャガイモ農業が活発になると同時に、ジャガイモを使用した料理も広く普及した。「緑末《ノンマ》ククス（澱粉麺）」「緑末チヂミ（澱粉チヂミ）」「凍《オン》カムジャククス（凍ったジャガイモで作った麺）」（詳細は二部の三を参照）「カムジャクァベギ（ジャガイモねじり揚げドーナツ）」「カムジャトジャンクク（ジャガイモ味噌スープ）」「凍カムジャトッ（凍ったジャガイモで作った餅）」「生《セン》カムジャキムチ（生ジャガイモキムチ）」「カムジャソットンペチュキムチ（ゆでたジャガイモを材料に使用した白菜キムチ）」「カムジャカットゥギ（ジャガイモカクテキ）」「カムジャシッケ（ジャガイモの醗酵飲料）」「カムジャカジェミ食醯（ジャガイモとカレイの熟《な》れ鮨《すし》）」（塩をした生魚に粟飯や唐辛子、麦芽を入れて醗酵させた保存食で、熟れ鮨に似た食べ物）など千種類以上の料理が登場したほどだった。近年では北朝鮮のポテトチップスである「カムジャトィギ」が人気を集めている。ジャガイモ加工工場ではジャガイモを原料にした澱粉、粉糖、飴、酒なども生産されている。

　数年前に行った白頭山での記憶がよみがえってくる。三池淵《サムジヨン》の枕峰《ペゲボン》ホテルに宿泊したところ、レストランで出された料理のすべてにジャガイモが使われていたので、とても驚いた。北朝鮮で特別な意味を持つ「凍カムジャククス」から、ジャガイモキムチ、ジャガイモ炒め、ジャガイモの煮物など、ジャガイモ料理を総動員させたのかと思うほどに、主食から副食までジャガイモ一色だった。後の資料調査を通じて、ジャガイモを使った料理が千種類以上にものぼるということを知った。つまり、私が食べたのはほんの一部に過ぎなかったということだ。このように、北朝鮮の大紅湍に行けば、究極のジャガイモ料理に出会うことができる。

五　「苦難の行軍」が築いた食文化

北朝鮮で最も困難な時期

日本の植民地支配からの解放後、北朝鮮の人々が最も苦しい生活を強いられたのは「苦難の行軍」と呼ばれる時期だろう。苦難の行軍とは、一九三〇年代末から一九四〇年代初めの時期に抗日運動をしていた金日成主席と関連のある言葉で、もともとは彼が満州で日本軍の追撃を避けつつ、寒さや空腹に耐えて遊撃戦を強行したと言われる時期のことを指す。そのため北朝鮮は、一九九五年から一九九八年までの大飢饉の時期を「体制を維持するための闘争」という意味で「苦難の行軍」と呼んだ。

一九八〇年代末から一九九〇年代初頭にかけて東欧の社会主義国が消滅していくと、北朝鮮はこれまでの貿易相手を失うことになる。また、数年にわたる洪水の被害で深刻な食料難に陥ったのは泣きっ面に蜂で、結局、国家が安定的に食料を配給できなくなってしまった。北朝鮮離脱住民の証言によると、咸鏡北道《ハムギョンプクト》の会寧《フェリョン》では一九九二年末の時点で配給量が一カ月三kgに削減され、一九九三年には配給自体がストップした。咸興《ハムフン》のような大都市でも、一九九三年は配給が三カ月分しか実施されず、一九九四年には完全に中断した。さらには特権層が暮らす平壌でさえも、一九九五年には九カ月分、一九九六年には二カ月分しか配給されず、その後、減量配給が続いた末に完全に配給がストップしてしまう。つまり、一九九〇年代半ばから、党および政府機関の高級幹部、高級将校などの特別な階層を除いては、地域、階層を問わず、配給制度を当てにできなくなるほどに食料難が深刻化したというわけだ。半月に一度の配給に頼って生活していた住民は、配給が滞った途端に苦しい生活を余儀なくされた。

北朝鮮の住民は、これを「未供給」の時期と呼んでいる。この時期には、相当数の住民が食べ物を手に入れるために国境を越えて中国などに脱北した。しかし、それに勝るとも劣らない数の人々が、なすすべもなく餓死していった。二〇一〇年一一月二二日、韓国の統計庁は国連の人口センサス調査の結果をもとに、「苦難の行軍」の時期（一九九六〜二〇〇〇年）に北朝鮮の住民約三十三万人が死亡したと推定した。

国際社会による対北支援の本格化

三十三万人あまりの餓死者を出したという未曽有の惨事に、心が痛む。当時、北朝鮮による国際社会への食料支援要請により、米国は一九九六年から二百二十万tを超える量（貨幣価値に換算して約八億ドル）の食料を支援した。金額に換算すると米国の支援額は、一九九五年は九百七十万ドル、一九九六年は三千万ドル、一九九七年は八千二百四十万ドル、一九九八年は一億二千二百九十万ドルと年々増加していった。ところが、韓国の支援額は多くなかった。一九九五年に世界貿易機関（ＷＴＯ）が設立されて外国産の農産物の輸入量が急増し、過剰に生産された米の安定的な消費が大きな課題であったにもかかわらず、である。人道支援の額は、一九九五年こそ当局レベルで約千八百五十四億ウォンだったが、南北間の体制競争により、一九九六年から一九九八年までは国際機関を通じてそれぞれ二十四億ウォン、二百四十億ウォン、百五十四億ウォンにとどまった。国際社会の支援により、悪夢のような食料危機は一九九八年以降に一定程度解消され、北朝鮮は二〇〇〇年の朝鮮労働党結成五十五周年（一〇月一〇日）を機に「苦難の行軍」の終了を宣言した。

未供給という試練の時期にも、北朝鮮では新たな食文化が形成された。「苦難の行軍」の時期に配給制度が崩壊して食べ物が不足すると、住民は服や家具などお金になりそうな家財道具を市場で売って生計を維持していたが、その過程で市場の規模が一気に拡大していった。

社会主義国である北朝鮮では、原則的に市場は許容されておらず、農民が余剰生産物を販売する農民市場だけが認められていた。しかし、未供給の時期に一般住民までが農民市場に出入りし始め、また配給制度の維持が困難になったことで国家の影響力も及ばなくなると、市場の増加は避けられない状況になった。

「未供給」が作り出した新たな食べ物

「苦難の行軍」の時期に多くの人々が市場を利用するようになると、軽食を売る人たちが急増した。その当時に商売を始めた人たちのほとんどは、勤めに出なくても処罰を受けることが比較的少ない女性だった。食べ物の商いはわずかな元手でも始めることができるので、雨後の筍のように店が立ち並んでいった。だが、手に入る材料が限られていたことから、売られているのはどれも似たような食べ物だった。

この時期の市場でよく売られていたのは、豆腐飯《トゥブパプ》や人造肉飯《インジョコギパプ》、速度戦餅《ソクトジョントッ》など。

「豆腐飯」は、三角形の豆腐を薄く切り、軽く焼き目を付けてから断面に切り込みを入れ、そこに味付けしたご飯を挟んだもので、形や作り方が稲荷寿司に似ている。咸鏡道《ハムギョンド》をはじめとした内陸地方ではチュモンパプ（おにぎり）をよく食べるが、商売に目覚めた北朝鮮の住民が、チュモンパプよりもタンパク質が豊富でおいしいストリートフードとして豆腐飯を開発し、市場で売り始めた。日本からの帰国者（一九五九年から一九八四年まで行われた帰国事業によって、日本から北朝鮮に渡った在日コリアンや日本人配偶者のこと）が寿司を食べているのを見て、北朝鮮風にアレンジしたという説もある。香ばしい豆腐飯は三、四つ食べただけで満腹感が得られると人気を博し、北朝鮮全域に広がっていった。

豆腐飯は「苦難の行軍」の時期に作られた食べ物ではあるものの、二〇〇〇年代以降も北朝鮮

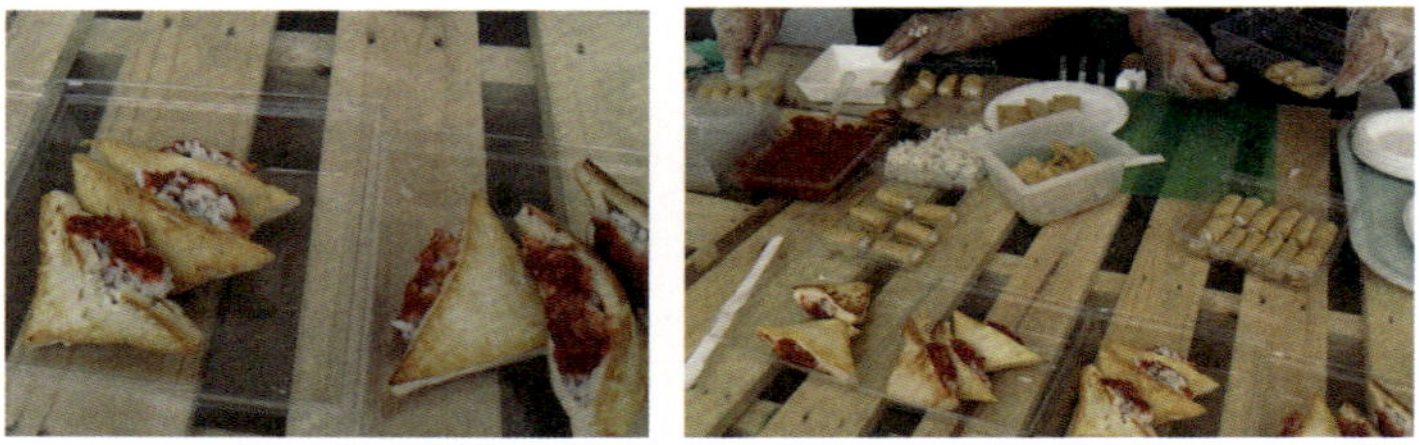

左：豆腐飯／右：豆腐飯と人造肉飯

の市場で売られている。また、北朝鮮離脱住民が故郷を思い出すたびに手軽に作ることができる食べ物でもある。

このように、豆腐飯が短期間のうちに人気を集めた理由は、栽培期間が短く、北朝鮮の気候にも合う大豆が大量に栽培されていたためだ。食料が不足すると、安くて栄養価も高い上に満足感が得られる大豆の加工食品がよく食べられるようになった。商売を始めた住民は、市場で大豆を十kgキロ購入して豆腐や豆腐飯を販売し、自分たちは豆腐を作る過程で出るおからを食べて空腹を満たし、手元にお金が残るとまた大豆を買って商売をする、というように一日一日を生き抜いてきたのだ。

もう一つの人気商品は、「人造肉飯」だ。人造肉飯は大豆から油を搾り取ったあとに残る大豆粕を加熱・加圧して作った、いわゆる「大豆ミート」でご飯を包んだもの。色や形は、まるで薄い練り物を海苔代わりにした巻き寿司のようだ。人造肉という名前は、味というより、肉を噛んだ時の食感に似ているという理由でつけられた。練り物や肉よりもボソボソしているが、「苦難の行軍」期の北朝鮮住民にとって優れたタンパク質供給源だった。パプリカや玉ねぎ、唐辛子、マッシュルームなどの材料をあれこれ入ると、また違った味になる。
「速度戦餅」は、加熱したトウモロコシの粉をお湯でこねて一口サイズに丸めた、あっという間に出来上がる餅のことだ。速度戦とは、社会主義経済の建設を促進するために使用されていた言葉で、「短期間に推し進めて勝利を導く」という意味を持つ。速度戦という名前のとおり、この餅は材料さえ揃えばいつでもどこでもすぐに作ることができる、真のファストフードだ。「苦難の行軍」の時期に軍隊で食べられていたものだったが、それが住民にも広がって人気を集めた。

豆腐飯や人造肉飯などは簡単に作ることができるため、北朝鮮離脱住民関連の行事には欠かすことのできない代表的な食べ物であると同時に、韓国人にとっても比較的身近に感じられる北朝鮮の食べ物のうちの一つ。「苦難の行軍」の時期に誕生したということで複雑な思いはあるものの、朝鮮戦争の頃に米軍部隊から流出したさまざまな材料を煮込んで作った部隊《プデ》チゲのように、もしかすると豆腐飯や人工肉飯も新たな料理（ダイエット食品など）として脚光を浴びるようになるかもしれない。

六　草を肉に変えよう

食料不足を解消するための増産努力

北朝鮮にとって、食料不足は早急に解決すべき切実な問題だった。単なる節約運動だけでは不十分だったため、食料の増産にも力を注いだ。「苦難の行軍」の時期を経る中で、北朝鮮は積極的に食料事情の改善に乗り出す。食料事情改善事業は、米の代替作物としてトウモロコシやジャガイモの栽培を奨励するだけでなく、ヤギやダチョウといった草食動物の飼育や、ナマズのような淡水魚の養殖事業として具体化された。

タンパク質が絶対的に不足している北朝鮮で、最も簡単に飼育できる家畜は草食動物だ。一九九〇年代後半から食料増産政策の一環として、住民にウサギやヤギなどの飼育を奨励した。金正日国防委員長が「ウサギは、飼料用穀物を与えなくても肉や毛皮をたくさん生み出してくれる生産性の高い家畜」であるとして「現在、草食動物の飼育事業を大々的に展開しているが、今後も継続してこの事業に注力していかなければならない」と強調したほどだった。

北朝鮮が特に注目したのは、草さえあれば肉や毛皮を生産することができ、繁殖率が高い上に成長スピードも非常に速く、他の家畜に比べて肉の生産性が高いウサギだった。北朝鮮の雑誌『千里馬《チョルリマ》』二〇〇六年八号は、優良な雌ウサギを一匹育てて繁殖させると、一年に百五十から百八十kg、四匹なら六百から七百kgの肉を生産できると紹介した。ウサギの毛皮はコートや帽子、靴、手袋などにも広く使用され、ウサギの毛で高級スーツの生地やセーター、手袋、マフラー、布団などを作ることができる。また、ウサギの糞には窒素成分が多く含まれているので、肥料としても利用価値が高い。このような理由から、「苦難の行軍」の時期には多くの学生がウサギの飼育に動員された。

草食動物であるダチョウの飼育に注力

この時期の農村では、ヤギ、ウサギ、ヒツジをはじめとする草食動物の数が飛躍的に増加し、多くの草地が造成された。北朝鮮メディアは、「二〇〇〇年の一年間に、ヤギは三十九万頭あまり、ウサギは三百五十九万匹あまり増加し、草地を追加で七万七千六百町歩造成した」[5]と報道した。特に、咸鏡南道《ハムギョンナムド》端川《タンチョン》市や虚川《ホチョン》郡、徳城《トクソン》郡などでは数万頭のヤギが飼育され、千頭以上のヤギを育てる協同農場が二十六カ所にものぼった。ヤギは、有用なタンパク質供給源であるヤギ乳も生産できることから、積極的に飼育された。

また北朝鮮は、上記と同じような理由でダチョウの飼育にも力を注いだ。金正日国防委員長は、「ダチョウをたくさん育てなければなりません。ダチョウは肉や卵をたくさん生産するだけでなく、革や羽毛でもさまざまな製品を作ることができるので、きわめて収益性が高いのです」と語った。この発言の後、タンパク質の供給拡大と食料増産の目的でダチョウ飼育運動が繰り広げられた。

ダチョウは、二年半ほど育てると卵を産むようになる。生まれたばかりのヒナの体重は一kgに過ぎないが、一年経つと九十〜百二十kgまで育つため、肉の生産性も非常に高い。北朝鮮はダチョウの肉を使った料理を開発して『朝鮮料理』という雑誌で紹介するなど、熱心に活用法を宣伝していた。二〇〇一年二月一六日に金正日国防委員長の誕生日を迎えると、あちこちの食堂ではダチョウのユッケジャン、ダチョウ肉マンドゥ（餃子）、ダチョウ足の煮込み料理などが特別メニューとして出された。

魚の養殖は絶対に譲れない事業

北朝鮮は養魚や養殖にも強い関心を寄せ、水産資源の造成と保護および取り締まりに関する規定（一九九七年七月）、海洋汚染防止法（一九九七年一二月）、養魚法（一九九九年三月）などの関連法を制定していった。金正日国防委員長が養魚場を視察するなど養魚事業に熱心だったため、国を挙げて熱帯・亜熱帯地方に生息するナマズの人工繁殖および養殖に取り組み、夏だけでなく冬にもナマズを育てられる環境を整えた。

タンパク質を十分に供給するためには在来種だけでは足りないと判断し、サイズが大きく、少ない飼料で早く成長する熱帯地方のナマズに注目したのだ。このナマズは飼料の消費量が少なく、四~五カ月のうちに五百g程度まで育つほどに成長速度が速い。その上、北朝鮮には温泉が多いので、冬の時期には温水を利用できるというメリットもあった。このような条件のもと、一九九八年四月から養殖事業に力を入れ、あちこちの温泉地でナマズを育てて淡水魚の生産を増やした。同時期には養魚場も急増し、金正恩時代に入ってからもその努力は続いている。

平壌市や平安南道、黄海南道《ファンヘナムド》、咸鏡北道、慈江道《チャガンド》など、北朝鮮全域に養魚場や加工施設を備えたナマズ工場が建設された。ナマズは低水温を嫌うため、水の温度を適切に保つことが何よりも重要だ。かつては温泉や火力発電所から出た温水を利用していたが、近年では科学化が推進され、太陽エネルギーなどを活用している。科学的な養殖業体系が構築されて以降、平壌ナマズ工場の生産量は以前の九百tあまりから、二〇一六年にはその二倍の約千八百tに増加したという。

北朝鮮当局は、ナマズの養殖事業を積極的に推し進める一方で、消費を促進するためにナマズ料理専門店の設置を拡大している。平壌市内にある平壌ナマズスープ店や新日《セナル》ナマズスープ店といった大型店には、一日に平均して約千五百人の客が訪れるという。調理法も、ナマズスープやナマズ蒸し、ナマズの揚げ物をはじめとして、刺身、寿司、燻製などバラエティに富んでいる。

七　子どもは国の王様

後世への愛情は党や国家の最優先事項

子どもはかけがえのない存在であると同時に保護すべき対象であるというのは、現代国家の常識だ。韓国でも子どもの日を祝日として定めるだけでなく、子どもたちへの手厚い支援に取り組んでいる。それにもかかわらず、人権の死角地帯に追いやられた子どもたちに関するニュースは後を絶たない。虐待死や、ネグレクト、しゃべることができない幼い子どもに対する保育所での体罰といった話が一日おきに耳に入ってくる時代だ。このような報道に接すると、韓国社会が本当の意味で子どもたちに寄り添うことができているのかと疑いたくなる。

むしろ北朝鮮では、社会の至るところで、子どもたちに対する優遇政策を目にすることができる。「子どもは国の王様」だと強調し、「後世への愛情」を党や国家の最優先事項として位置付けている。このような認識は金日成主席の時代から始まった。

金日成主席の「後代観」をもとに「子どもは国の王様」というスローガンが打ち立てられ、日

金日成主席と子どもの絵

本の植民地支配から解放された直後には、平壌の中心部に子どもたちの教育機関である「学生少年宮殿」が建てられた。「万景台《マンギョンデ》学生少年宮殿」[6]の一階には、壁一面に「子どもは国の王様」というスローガンが書かれている。金日成主席の時代から、子どもの地位は法的にしっかりと守られていた。

一番良いものを子どもたちに

子どもたちは祖国の未来かつ革命の継承者であるだけに、彼らをどう育てるかが国の興亡に関わる重要な課題だった。北朝鮮が子どもの福祉を充実させるのは、子どもたちに対して社会主義社会の理念に即した思想教育を施すと同時に、養育の負担を軽減して女性の労働力を積極的に活用するためだった。

蒼光幼稚園の小さな運動会

北朝鮮は、一九七六年四月の最高人民会議第五期第六回会議で「子供保育教養法」を制定し、親の職業や労働の種類を問わず、すべての子どもが教育の恩恵を受けられるよう定めた。この法律を根拠として「一番良いものを子どもたちに」という原則が掲げられ、すべての未就学児童は、託児所や幼稚園で国家予算や社会的費用により、社会主義の教育法に従って養育されている。

北朝鮮では、一九五六年から「初等義務教育制」、一九七二年からは「十一年制義務教育」、そして、二〇一四年からは「十二年制義務教育」が実施されている。金日成主席は、一九八〇年に制定された「人民保健法」に、「該当機関、企業、団体は、子どもたちに対して健康と発育に必要なビタミンや成長促進剤といった栄養剤を円滑に供給せねばならない」という内容の条項を追加するよう指示したこともある。

金日成主席に続き、金正日国防委員長も子どもたちへの投資に積極的だったが、金正恩時代に入ってからは、児童百貨店（平壌の倉田（チャンジョン）通りにある、子ども用品専門のデパート）の全面リニューアルや新たな児童病院の建設、北朝鮮全域に孤児養育施設を建設するなど、子どもの福祉にとりわけ力を入れている。最新設備を備えた子どものための総合医療機関である玉流児童病院は、金正恩国防委員会第一委員長（当時）の指示により建設され、二〇一三年一〇月に開院した。

「王車」と「オモニ工場」

北朝鮮は、病院や百貨店の他にも、日常生活に欠かせない食料品にいたるまで子どもたちを優遇した。金日成主席は一九七〇年代に「国家が責任を持って子どもたちを育てているのだから、彼らの健康や発育に良い食料品をたくさん生産せねばならない」と述べ、平壌に子ども用の食料品を専門的に生産する「子ども食料品工場」を建設するよう指示した。

二〇一二年六月三日付の『労働新聞』によると、金日成主席は他国に向かう道中で草原の乳牛の群れを見ながら、どうすれば北朝鮮の子どもたちに思う存分牛乳を飲ませることができるだろうかと頭を捻っていたという。帰国後すぐに党中央委員会全員会議を招集し、畜産業に不利な実情を鑑みて、大豆から豆乳を作るよう指導した。その後、工場で初めて製品が生産されたという報告を受けた際には、うれしさのあまり『この世に羨むものはない』[7]という歌を歌ったというエピソードが残っている。

子ども食料品工場で豆乳の生産が本格化すると、豆乳車（豆乳を運搬する車）に、市内のすべての道路を優先的に通行できる権限が与えられた。子どもたちに少しでも早く豆乳を飲ませるための措置だったが、最高指導者が乗る車も豆乳車に道を譲らねばならなくなったため、豆乳車は「王車《ワンチャ》」と呼ばれるようになった。

平壌子ども食料品工場は党の重要施設で、国じゅうの母親たちからも特別な関心を寄せられていることから「オモニ（お母さん）工場」とも呼ばれている。二〇一五年七月九日付の『労働新聞』は、平壌子ども食料品工場で生産された豆乳を運搬する豆乳車の総走行距離が、地球の数百周分にあたる約千六百十万kmに達し、平壌の託児所や幼稚園、学校に供給された豆乳の量は数十万tにも及ぶと伝えた。

金正日国防委員長は二〇〇一年七月八日、金日成主席の逝去七周忌に平壌子ども食料品工場を訪問し、「苦難の行軍」の時期にも毎日欠かさず正常に豆乳が生産・供給されていたという報告を受け、「これがまさに、われわれの社会主義がどのような社会であるかを示している」と語り、子ども食料品工場の数をさらに増やしていくよう指示した。

平壌子ども食料品工場への関心は、金正恩国務委員長にも受け継がれる。彼は「平壌子ども食料品工場の生産正常化に関する課題は、単純な経済の実務的な問題ではなく、先代の首領（金日成）や将軍（金正日）に対する道徳的な義理、党の信念と良心に関わる問題」だとし、「これを解決するために積極的な努力が必要であり、子ども用の食料品の生産を一瞬たりとも止めてはならない」と述べた。原料や電力の不足という困難な状況にあっても、食料品の生産を保障することほど重要なことはないと強調したのだ。

北朝鮮の子ども政策の目的が、社会主義の思想に合致する人材の育成であることは間違いないが、未来の希望になる子どもに国家が特別な関心を持ち、持続的に支援する姿勢くらいは、私たちも学ぶべきなのではないだろうか。

八　イメージを形成する象徴としての食べ物

革命家にとって理想的な「途中食事」

韓国では新大統領が誕生するたびに、その人物の好きな食べ物が世間の耳目を集める。金大《キムデ》中《ジュン》大統領の好物はホンオフェ（醗酵させたガンギエイの刺身。一般的には、キムチや茹でた豚肉などと一緒に食べる）で、付け合わせのおかずがなくても刺身だけを食べていたという。金泳三《キムヨンサム》大統領はカルクス（小麦粉の生地をのばしてカル（包丁）で切ったククス（麺）という意味で、鶏肉や煮干し、アサリなどでとっただし汁に入れて食べる麺料理のこと）が好きで、青瓦台《チョンワデ》（韓国が建国された一九四八年から二〇二二年五月まで大統領府が置かれていた場所で、現在は一般公開されている）での晩餐はもちろん、閣僚会議の直後にも昼食として食べたと報道されたこともあった。蔘鶏湯《サムゲタン》（詳細は二部の六を参照）に目がなかった盧武鉉《ノムヒョン》大統領は、行きつけの店の料理人を青瓦台に招いてこの料理を味わったそうだ。大統領の好物が話題にのぼることで大衆に親しみやすい印象を与えることになり、それが庶民派大統領という言葉を生み出した。このような理由から、大統領候補者は市場や大衆食堂を訪ねては、庶民派のイメージを作り上げようと躍起になる。それほどまでに食べ物が与えるイメージが大きな意味を持っているということなのだろう。

北朝鮮でもメディアを通じて指導者にまつわる食べ物について報じられることがあるが、そのうちで最も注目すべきは「チェギパプ（チェギ飯）」だ。

北朝鮮の『朝鮮語大辞典』によると、「チェギ」とは「丸くこねて固めた小さな塊」という意味で、「チェギパプ」はご飯の中に具を入れたものや、手に持って食べることができるように小さく握られたご飯を指す。つまり「おにぎり」のことなのだが、韓国のものよりも少し小ぶりだ。

チェギパプは、多忙な指導者が簡単に食事を済ませるための食べ物として知られている。金正日国防委員長は、「一番おいしいのは、お腹がすいたときに食べるチェギパプだ」と述べ、「特別な材料も必要なく、作る手間もほとんどかからないので準備しやすく、すぐに食べられるので他人に迷惑をかけることもない、革命家にとって理想的な『途中食事』だ」と語っていた。

北朝鮮メディアの報道内容を見ると、金正日国防委員長が激務のため仮眠を取りながら仕事をし、チェギパプをよく食べていたと報じたものが多い。「午前一時でも夕方のように思われる方、フカフカのベッドより車内での仮眠、豪華な食卓よりチェギパプを好まれる方[8]」と紹介しているのがその例だ。

チェギパプについて頻繁に言及されていたのは、一九九〇年代末から始まった「苦難の行軍」の直後や、二〇〇四年の六者会合を通じた米国からの圧力が強まった時期、二〇〇五年の党結成六十周年を迎えた時など、国内の結束と体制の安定を強化すべきタイミングだった。チェギパプは、金正日国防委員長が「外勢の圧力によって先軍政治を行ってはいるものの、人民を愛し人民のために献身している」ということをアピールするための象徴的な食べ物だといえる。

また、北朝鮮メディアは、金正恩国務委員長もチェギパプをよく食べていると報道している。二〇一三年一月七日付の『労働新聞』によると、金正恩国防委員会第一委員長（当時）は、「私は『苦難の行軍』の時期に、熟す前のトウモロコシ一本で食事を済ませることもあったし、毎日のようにチェギパプと粥を食べていた。『苦難の行軍』の期間中、将軍（金正日）に仕え、人民とともに人民が経験した苦難を味わった」と語っていた。

忠誠の意味を持つキキョウ

もう一つの象徴的な食べ物はキキョウ（北朝鮮や韓国では、キキョウの根をナムルにしたり炒めたりして食べる）だ。二〇〇〇年代以降、キキョウは北朝鮮社会で忠誠を象徴するものとしてよく登場する。北朝鮮の雑誌『児童文学』二〇〇二年第三号に掲載された「白キキョウの主人を探して」という文章に、その由来が出てくる。

前川邑《チョンチョン》にある臥雲《ワウン》高等学校の学生らによって造成された、将子山革命史跡地[9]のシルム（朝鮮の伝統的な格闘技。朝鮮相撲とも言われる）場周辺にある白キキョウ畑に関する話だ。一九九二年のある日、将子山を訪れた学生たちが、この場所をより美しくするためにはどうすれば良いかと知恵を絞り、その日から全校生が山を登り下りしながらキキョウを探して植え替えはじめた。授業が終わると、先生の後に続いて皆が山に入っていった。キキョウを抱いて戻ってくる学生の靴は破け、顔には木の枝で引っかかい

金日成、金正日の銅像

た傷あとが残っていたけれど、彼らはどんな時も笑顔を絶やさなかった。熱心に植え替えた甲斐あって、夏になると一株、二株と花が咲き始めた。その花々から取れた種を蒔き、心を込めて育てた花を将子山のふもとに植える、という作業を繰り返し、これまでに約三万株のキキョウを植えた。金日成主席の銅像がある「学びの千里道」学生少年宮殿の周辺に植えられたキキョウも数千株になるという。

また、「雨が降ろうが雪が降ろうが、一株、二株と白キキョウを植え、将軍に対する一点の曇りもない澄み切った忠誠心を育てていくこの学生たちの胸には、どんなときも白キキョウがきれいに咲いている」とも紹介されている。

また、別の雑誌『人民教育』二〇〇四年四号の「キキョウの花に込められた熱い想い――羅先《ラソン》市駅前《ヨクチョン》中学校のリ・ジョン教員」という文章にも、忠誠心の象徴としてキキョウの花が出てくる。この雑誌には、錦《クム》繡山《スサン》記念宮殿[10]（二〇一二年に「錦繡山太陽宮殿」に改称）にある樹木園周辺の、教室十室分の土地に根を下ろして花を咲かせたキキョウの花についてのエピソードも掲載されている。

北朝鮮では、金日成主席と金正日国防委員長に関連する史跡地を美しく手入れすることが忠誠の証しとなる。それゆえに、学生たちにキキョウを植えさせ、この事実を広く宣伝することで、彼らに忠誠心を植え付けようとした。学生の頃から国家に尽くす心を養えば、大人になってもそれが身につくはずだと考えられていたためだ。

このように北朝鮮は、二〇〇〇年代以降、錦繡山記念宮殿の花壇にキキョウの花を植え、また全国のキキョウを掘りかえして万景台や錦繡山にある記念宮殿の周辺に植えかえる運動を展開した。これは「苦難の行軍」の時期を経験した北朝鮮が、国家秩序を取り戻し、国内の結束を固めるためのものだった。

革命の業績を刻む白頭山密営のキノコ

チェギパプやキキョウとともに象徴的な食べ物をもう一つ挙げるとすれば、白頭山密営《ミリョン》のキノコだろう。『労働新聞』は、二〇〇一年四月三〇日から五月一七日まで計十回にわたって「白頭山密営故郷の家周辺に生える、異彩を放つキノコ」という記事を掲載した。

白頭山密営故郷の家[11]とその辺り一帯、すなわち正日峰《ジョンイルボン》（白頭山の一部を構成する山。一九八八年以前は将帥峯（チャンスボン）と呼ばれていた）や日の出岩、

金正日国防委員長の生家

龍馬岩《リョンマ》、長剣岩《チャンゴム》の周辺、小白水《ソベクス》（白頭山地区にある川）の岸辺などに百種類あまりのキノコが春、夏、秋の季節ごとに生えてくる、という内容だ。「偉大な首領（金日成）と敬愛する将軍（金正日）を、このキノコでもてなしたであろう抗日の女性英雄金正淑《キムジョンスク》（金正日の母）同志にとって、白頭山密営周辺のキノコは深い意味を持つ」とし、「このキノコは、白頭山三大将軍（金日成主席、金正日国防委員長、金正淑のこと）の不滅の革命業績をいま一度記憶に深くとどめさせ、故郷の家の趣と情緒をより一層引き立てる、白頭山のもう一つの自慢である」と書かれている。また『朝鮮女性』二〇一〇年五号に掲載された「二十九本のキノコ（革命説話）」などの記事を通じて、北朝鮮はキノコと抗日革命闘争のイメージを結び付け、キノコの生産を奨励した。

北朝鮮当局は二〇〇二年三月、白頭山密営故郷の家周辺に生えている「落葉キノコ」「ハナビラタケ」「ツルタケ」「赤色のカラカサタケ」「ナカグロキツネノカラカサ」などをデザインした五種類の郵便切手を発行した。これも、キノコ栽培の拡大と、それに対する関心を集めるための施策の一つである。

かつて、人類学者のシドニー・W・ミンツは、「食品を支配し、また同時にその食品が暗示する意味を支配することは、平和的な統治手段になりうる」と語ったことがある。つまり北朝鮮は、食べ物に象徴的な意味を付与することで、指導者の愛民精神を強調し、住民らの忠誠心を育てながら食料生産を奨励すると同時に、それを統治手段として活用しているのだ。

九　特別な恩恵に感謝する

賞と贈り物のパワー

小学六年生の時、作文で賞をもらったことがある。大きな大会で入賞したわけでもなく、学校の代表として選ばれたわけでもなかったけれど、それ以降「私は他の子よりも作文が上手だ」という自意識が芽生えた。このような思いをずっと持ち続けていたので、文を書くことにも特に抵抗はなかったし、おのずと文筆業に携わることになった。記者が書く文章はやや型にはまったものではあるが、とにかく、一時は書くことを仕事にしていた。今振り返ってみると、小学生レベルのどれも似たような作文の中で、私の文章がとりわけ上手だったわけではないだろう。だけど、その小さな賞が、文章を書きたいという気持ちをかき立てる原動力になったのは間違いない。

賞ももちろんだが、「タダなら洗剤も飲む」（タダと言われれば後先考えずに欲を出す人のことを言うことわざ）ということわざがあるように、プレゼントをもらって嫌な人はいないだろう。ましてや、大好きな人からもらう物なら、生涯忘れることができない思い出にもなる。

北朝鮮の指導層も、このような褒賞や贈り物の効果を積極的に活用している。住民に賞や贈り物を与えることで、忠誠心を育てるということだ。これは「贈り物政治」といわれる社会主義国に共通する統治方法の一つで、北朝鮮でも慣例として長く行われている。

北朝鮮は、金日成主席の誕生日（四月一五日）、金正日国防委員長の誕生日（二月一六日）など国の祝日として定められた日はもちろん、正月などの名節《ミョンジョル》（伝統的な祝日）や朝鮮労働党の創立日（一〇月一〇日）などの祝日を迎えるたびに、住民に贈り物を与えてきた。特に指導者の誕生日は、贈り物がもっとも多い最大の祝日として挙げることができる。

特定の日を迎えると、特権層や核心階層（北朝鮮には、政治的地位を規定し判別する階層制度があり、「核心階層」は「動揺階層」「敵対階層」と合わせて三大階層と言われている。核心階層は統治階層で、全人口の約三十％を占める）、さらには託児所、幼稚園、小学校などに通う子どもたちに贈り物を与えるのは、対内的に「指導者の統率力」を誇示するためだ。それと同時に「将軍の特別な恩恵」に感謝の気持ちを持たせることで国家や体制に服従させ、長く続いた経済難による社会の動揺を食い止めるねらいもあった。

特別な賞は、主に珍しいものを指導者の名において授けられるが、物資が不足している北朝鮮において指導者からの贈り物は、単なるモノというより感動の経験そのものだといえる。贈り物が届くと、子どもたちの場合は託児所や幼稚園、小学校ごとに、保護者まで出席の上で贈り物伝達式が行われる。首領に熱烈な感謝を捧げてから贈り物を胸に抱いて家に帰る日の喜びを、子どもたちは一生忘れることができないのだ。特に、食料難が深刻だった時期、基本的な食事さえままならない状況の中で受け取ったおやつのプレゼントに、うれしさのあまり肖像画に膝をついて頭を下げてから食べたという北朝鮮離脱住民の証言も少なくない。

感激の極み、みかんの贈り物

金亨稷《キムヒョンジク》師範大学の元教授で、米国のイェール大学で教鞭を執っていた金賢植《キムヒョンシク》の著書を読むと、北朝鮮の贈り物政治を垣間見ることができる。

私も首領からの贈り物を受け取ったことがある。その時、どれほどうれしくて感激したか、今もその日を思い出すと胸が高鳴る。金日成は毎年、学者や科学者、文化や芸術に携わる人の中から功労者を選び、還暦や古希を迎えた人には還暦賞や古希賞を与える。この賞を授けられた人は首領に熱烈な感謝を捧げ、その功績をたたえることで、この恩に報いた。また、功労者として選ばれた人には正月にみかん一箱が贈られるのだが、その貴重な贈り物が私のもとに届いたのだ。（……）

あまりに感激したので、数十年経った今でも、その日の胸の高鳴りが昨日のことのように思い出される。贈り物伝達式が終わって外に出ると、みかんはもう車に載せられていた。

大学に戻り、校内にある党の秘書室に向かった。みかんの贈り物を机の上に置くと、党の秘書や副秘書、党の委員、学部長、講座長らがずらっと並んだ。党の秘書と学部長から順にやってきてはみかんを一つずつ手にし、皮を剝いて食べながら感謝の涙を流した。大学内の会合が終わると研究所の人たちが集まってきて、みかんを半分ずつ分けて食べながら感激していた。家に帰ると、娘夫婦までが来ていた。家族みんなで首領の肖像画の前に立ち、感謝を述べて忠誠を誓ってから、愛のみかんを味わった。

『私は二十一世紀理念の遊牧民：イェール大学から来た平壌の教授の手紙 나는 21세기 이념의 유목민: 예일대학에서 보내온 평양 교수의 편지』（金賢植著、キムヨンサ、二〇〇七年、末邦訳）より

金賢植教授が脱北したのは一九九二年なので、みかんの贈り物のエピソードはそれよりも前の出来事ではあるが、首領からの贈り物に感動したエリート教授の心境が生き生きと伝わってくる。有識者でもこうなのだから、一般住民は言うまでもない。

このような物質的・政治的な褒賞は、住民の忠誠心を育てる。多くの人の中から選ばれ、授けられた贈り物の価値は計り知れない。指導者への感謝の気持ちをかき立てるのはもちろんのこと、他人と自分を差別化し、指導者とお近づきになれたと感じられる効果まで発揮する。このような国家や指導者に対する忠誠心は、体制への積極的な支持につながっていくのだ。

この贈り物政治もまた、金正日時代から金正恩時代に引き継がれた。北朝鮮では百歳の長寿者

や国家の発展に寄与した功労者に誕生日賞を与えてきたが、金正恩時代にもこのような内容の記事がよく見られる。また、指導者の誕生日には、正月などと同じく子どもたちにお菓子のプレゼントが贈られるというのも変わらない。二〇一三年、金正恩委員長は自身の誕生日に、海が凍って船の運航がストップした黄海《ファンヘ》の西《ソ》島、席《ソク》島、姉妹《チャメ》島、水運《スウン》島、多《タ》島、大和《テファ》島、蠟《ナプ》島、艾《エ》島、炭《タン》島の子どもたちにプレゼントを届けようと飛行機まで飛ばした。島に着陸した飛行機を取り囲んだ住民と子どもたちは、飛び上がらんばかりに喜んでいたという。

金正恩委員長の誕生日にキャンディが贈られたのは、その時が初めてだった。一九八〇年代から金日成主席と金正日国防委員長の誕生日には、全国の満十歳以下の子どもたちにキャンディが与えられていたが、二〇一三年に初めて、金正恩第一委員長（当時）の誕生日にもプレゼントが準備されたのだ。その時はまだ金正恩国務委員長の誕生日は祝日に指定されていなかったものの、すでに贈呈式や誕生日を祝う行事が執り行われていたため、公式的な記念日と変わらなかった。これは、先代の威厳を保ちつつ、自身の誕生日を祝日として定める準備の一環だったと見ることができる。北朝鮮の住民にとっても、贈り物を受け取ることができる祝日のほうが重要なだけに、今では金正恩委員長の誕生日も他の記念日に劣らず大切な祝日だと捉えられている。

十　科学化と標準化を通じて発展する民族料理

民族の矜持、愛国心の高揚にピッタリ!

韓国では身土不二《シントプリ》（人間の身体と土地は一体で、切っても切れない関係にあるという意味。その土地でその季節にとれたものを食べるのが健康に良いという考え方を表す）の概念をもとに、郷里の食材や食文化を大切にしようという動きが活発だった時期がある。では、北朝鮮はどうだろうか？　北朝鮮はこれまで、固有の食べ物、固有の文化の保存に力を入れて取り組んできた。

一九九〇年代半ば以降の「苦難の行軍」と呼ばれる食料難の時期に、住民が出勤せず国境を行き来するなど、社会の至るところで厳格だった秩序が乱れ始めた。このような混乱が、体制の安定的な維持に悪影響を及ぼすのは明らかだった。この状況を改善すべく、北朝鮮当局は住民の心をつかむ求心力として民族性と愛国心を利用した。民族性と愛国心を前面に打ち出す雰囲気は、社会全体に広がってあらゆる分野に影響を及ぼしたが、食文化も例外ではなかった。このような経緯から、北朝鮮では、民族料理を強調し積極的に発展させていくムードが醸成された。

金正日国防委員長は「民族料理を積極奨励し、発展させなければなりません。祖先が作り上げた伝統的な民族料理を一つ残らず見つけ出して発展させることは、われわれ人民の食生活をより豊かにするだけでなく、人々に民族の矜持と自負心、愛国愛族の精神を植え付ける重要な意義を持っています」[12]と述べ、民族料理の重要性を説いた。

北朝鮮は、民族料理の特性をいかし、より一層発展させるべく、料理と食品加工技術の開発に注力すべきだと強調した。住宅のような建築物は、国家の経済状況が改善され、資材が調達できればすぐに解決可能だが、食品加工技術は一朝一夕で向上するものではないため、調理師や科学者、技術者が責任感を持ち、早急な発展のために最大限努力すべきである、というわけだ。北朝鮮当局は、民族料理の発展において「料理の加工技術」が重要な役割を担っているとして「料理加工」の専門化・科学化・標準化・現代化を推し進めた。

金正日国防委員長は、何よりもまず料理加工の専門化を推進した。料理加工の専門化とは、さまざまな料理を作るのではなく一、二種類の料理を専門的に作ったり、調理工程の一部を集中的に担ったりすることを意味する。つまり、専門店の設置や食堂内における料理ごとの担当者配置、または調理の各工程を専門化するという方法を取った。これにより、各区域や郡に民族食堂一カ所と民族料理の専門食堂が五、六カ所設置された。その結果、平壌市内にある平壌市給養管理局傘下のすべての総合食堂では、平壌の食べ物として名高い平壌冷麺（詳細は二部の一を参照）、平壌温飯《オンバン》（詳細は二部の四を参照）、緑豆《ノクトゥ》チヂミ（詳細は二部の九を参照）、大同江スンオクク（ボラスープ）（詳細は二部の十一を参照）、トジャンクク（味噌スープ）、テジカルビチム（豚カルビの蒸し煮）や、民族茶菓の薬菓《ヤックァ》（小麦粉に蜂蜜やシナモンを混ぜ、その生地を揚げたお菓子)、茶食《タシク》(黒ゴマや栗などの粉に蜂蜜や水飴などを加えて練った生地に、型で模様をつけたお菓子)、強精《カンジョン》(ナッツや穀物を水飴などで固めたお菓子)、一時は影を潜めていた伝統飲料のマッコリを含め、平壌地方の郷土料理を味わうことができるようになった。

料理の科学化と標準化

北朝鮮当局が料理の専門化とともに推進してきたのは、料理加工の科学化だ。その一環として、食品加工時に発生する科学的な問題の研究に取り組んでいる。料理加工の科学化とは、科学的原理に則って調理することを意味するが、それは料理の標準化とも密接に関わっている。韓国ではトッポギソースでさえ「嫁にも教えない秘密のレシピ」だが、北朝鮮は違う。料理加工の標準化に積極的なため、商業科学研究所の社会給養研究室は、玉流館のような名高い食堂で食べられるさまざまな民族料理を標準化し、また社会給養管理局は、平壌地方の民族料理のレシピを標準化した。民族料理の専門食堂で働く従業員も、それぞれの食堂の条件に合わせてレシピを決めている。

北朝鮮当局は、標準化された料理の加工法を全国に広めることにも力を注いでいる。張鐵久《チャンチョルグ》平壌商業大学、人民大学習堂(科学技術、文化知識普及の拠点とされている高等教育機関で、図書館や各種講義を受講できる施設がある)、玉流館、清流館《チョンリュ》などでは、民族料理の優秀性を総合的に紹介する多媒体編集物(マルチメディア)コンテンツ「朝鮮の民族料理」

玉流館の接客係

「ナマズ料理」「ウナギ料理」「玉流館の料理」「清流館の料理」などを作成し、民族料理の科学性と悠久性をより深く理解してもらえるようPR活動を行っている。また、給食食堂や一般食堂の料理長を有名店に送って教育を受けさせるなど、レシピの普及にも尽力している。玉流館の平壌冷麺が最も有名ではあるが、玉流館以外でもその味を楽しめるということだ。レシピを伝授された全国各地の食堂が、その味を再現している。

また、二〇〇〇年代以降には料理加工の現代化が推進された。これは、使用される設備や道具、備品などの現代化を通じて料理加工の過程を機械化・自動化し、労力を要する作業を代替させることを意味する。

民族料理発展のための方策

一方、金正日国防委員長は、民族料理を発展させるには地域独自の料理の特性をいかすことが重要だと強調した。彼は、郷土料理の奨励事業が十分ではなく、地方固有の食べ物が失われたり混ざり合ったりしているとして、各地域で長年暮らしてきた高齢者を民族料理の啓発に参加させるよう求めた。また、平壌市内にある各道の郷土料理店を互いに競わせ、この分野をより一層発展させるよう指示を出した。

このような理由から、張鐵久平壌商業大学は、各地方を訪ね歩きながら郷土料理を広く発掘している。全国に広がった民族料理や一部の地方でのみ食べられてきた郷土料理をくまなく探すべく、南部の開城《ケソン》一帯から北部の山あいの奥地にいたるまで、津々浦々を訪ね歩いているのだ。この時に探し出された郷土料理のうちで適正と判断されたものは「多媒体編集物」を通じて宣伝されている。

十一　金さえあれば、いくらでも食べられていい暮らしができる

百億ウォン台の資産家が百名以上

社会主義国である北朝鮮には市場がないと思われがちだが、そうではない。配給制度だけでは住民の需要を満たすことができなくなると、一九六四年から農民市場が許容され、農民が余剰農作物を売る市場として細々と運営されてきた。しかし、一九八〇年代半ば以降、工場や企業の余材で作られた生活必需品までが取引されるようになると、市場の規模はさらに大きくなっていった。特に「苦難の行軍」の時期に配給制度が機能不全に陥ったことに伴って市場は急速に拡大し、二〇〇三年には公式に市場が許容されるに至った。

これによって、商才に長けた人々が現れ出し、おのずと貧富の差が広がっていくことになる。市場が生まれた当初は、個々人が不足する食料を求めて物々交換をしたり、少額のお金を払ったりする程度だったが、その後、家の畑で野菜や穀物を栽培し、それを原料に酒や豆腐を作って販

売したり、豚やウサギ、鶏などの家畜を売ったりすることで副収入を得る人も出てきた。このような副収入のおかげで住民の生活に多少の余裕が生まれ、配給制度が機能していた頃にはめったに口にすることができなかった酒や豚肉も、お金さえあればいつでも食べられるようになった。今では個人が商いをするだけではなく、会社に相当する機関や企業なども商売に乗り出し、中国やロシアなどと積極的に貿易しながら大金を稼いでいる。「苦難の行軍」の時期に国家の財政状況が悪化すると、北朝鮮当局は、各機関に対して自主的な予算の確保による運営を指示し、商業活動と市場への参入を許容した。一九九〇年代初頭に各機関や企業に対して食料配給の「自体解決」(自主解決)指示が伝達されると、食料を求めて新たな貿易体系が構築され、北朝鮮の党、軍、政府のほとんどの機関が自前の貿易会社を設立して外貨稼ぎに乗り出した。北朝鮮では金持ちのことを「トンジュ(金主)」と言うが、平壌について研究している淑明《スンミョン》女子大学(一九〇六年に設立された韓国・ソウルにある私立女子大学)のクァク・インオク教授は、二〇一六年に「北朝鮮で『トンジュ』が急速に増加し、韓国ウォンに換算して百億ウォン台の資産を持つ人が百名を超える」と発表した。

北朝鮮離脱住民のインタビューを読むと、以前は飢えに直面して生き延びるために脱北した人がほとんどだったが、近年では、子どもの教育や成功のためといった生活の質の向上を求めて脱北する人が増えていることがわかる。珍しいケースではあるものの、北朝鮮でかなり良い暮らしをしていたのに、韓国に来てからは家が狭くて息が詰まりそうだと訴える人もいる。

東大門市場に匹敵する規模の大型市場だけでも計九カ所

統一研究院（一九九一年四月に設立された韓国の政府系シンクタンク）が二〇一六年に発表した研究資料を見ると、北朝鮮の市場がどれほど発展したのかがわかる。北朝鮮には行政区域上、平壌直轄市、羅先特別市、南浦《ナムポ》特別市、そして二十四の一般市を合わせた計二十七の市があるが、これらの市で公式に認められた市場だけでも全部で百七十六カ所あり、全国的に見ると合わせて四百四カ所にのぼる。北朝鮮の公式市場の中で最大面積を誇るのは清津《チョンジン》市にある水南《スナム》市場（二万三千四百八十七㎡）で、最も小規模なのは江原道《カンウォンド》川内《チョンネ》郡の禾羅《ファラ》区市場（三百二十三㎡）だ。各道にある最も規模の大きい市場の平均面積は一万五千八十三㎡（四千五百六十三坪）で、敷地面積だけを見ると、韓国の東大門《トンデムン》市場（一万四千四百三十七㎡）よりも広い。北朝鮮全域に、東大門市場よりも大きな市場が九カ所あるということになる。

市場の拡大に伴って住民がお金を稼ぐようになると、食生活も改善されていった。安定的に食料が供給されていた時期には、特権層を除いた大多数の一般住民は、配給されたものしか口にすることができなかった。しかし、現在は市場でお金を支払えば食べ物を買うことができるので、お金の有無によって食生活のレベルに大きな差が生まれるようになった。

統一研究院は、二〇〇六年以降に脱北した北朝鮮離脱住民へのアンケート調査および四十一名に対する深層面接を二〇〇八年に実施した。その結果、階層分化の傾向がはっきりと見て取れた。

北朝鮮のスーパー

一カ月に数千ウォン（北朝鮮ウォン）（二〇一六年の為替レートは、おおよそ一米ドル＝八千二百北朝鮮ウォン）で生活しなければならない人がいる一方で、月に百万ウォン以上の収入を得ていた人もいた。二〇〇六年にも、肉類をはじめ、新鮮な海産物やさまざまな果物など、一般住民は名節の時ぐらいしか口にできない高価な食べ物をやすやすと手に入れる人たちが存在していた。配給制度が比較的正常に実施されていた「苦難の行軍」以前の時期には想像もできなかったほどに所得の格差が生まれているのだ。百億ウォン以上の資産を持つ富裕層が百名を軽く超えるという研究結果に信ぴょう性をもたらす内容でもある。配給制度が崩壊して市場が活性化するのに伴い、北朝鮮住民の間で格差が一層拡大したというわけだ。

「苦難の行軍」の時期に数十万人の餓死者が

出た要因のうちの一つとして、それまでは半月に一度のペースで食料が配給されていたために食べ物を備蓄しておく必要がなかったという点が挙げられる。備蓄食料がなかったために、配給がストップした途端に食べる物がなくなってしまったというわけだ。

市場はトンジュだけでなく、荷物運びをしながら日銭を稼いでいた下層民にも仕事を提供した。市場で稼いだ金で食べ物を買って備蓄したり、その食料を活用することができるようになったので、近年の穀物生産量は「苦難の行軍」の時期とほとんど変わらないにもかかわらず、餓死する人はほとんどいなくなった。市場の拡大によって、住民のほとんどが以前より良い暮らしができるようになったのは明らかだ。

北朝鮮離脱住民へのアンケート調査、量的・質的に食生活が改善

ソウル大学の統一平和研究院は毎年、北朝鮮離脱住民を対象に脱北直前の食生活についてアンケート調査を行っている。注目すべきは、二〇一五年以降は安定的な状態が維持され、二〇一八年には一日三回の食事を摂っていたとの回答が八十七・四％、肉を毎日または週に一回以上食べていたとの回答が四十四・八％にのぼったという点だ。肉の摂取については、対北制裁による食肉価格の急騰によって二〇一七年（五十四・五％）よりも大幅に減少したものの、二〇一二年の二十四・四％に比べ二倍近く増加した。また、調査対象者の多くが中国との国境付近など地方に

発展した北朝鮮

居住していたという事実を考慮すると、平壌などの都市部ではこの結果よりも食生活のレベルが高いと推測される。

住民の食生活がどう改善したのかを知るために、二〇〇七年から二〇一六年までの輸入動向を見てみると、果物およびナッツ類の輸入量が大きく増加している。農水産物全体の年平均輸入額のうちに占める割合は、二〇〇七年の四・七%から、二〇一六年には十七・三%に増加した。

二〇一二年以降、金正恩時代に入ってから果物類の輸入額は急増したが、特にこの間は南方果物と呼ばれるトロピカルフルーツが破竹の勢いを見せている。二〇一六年には、バナナの輸入額が二〇〇七年に比べ千倍近く増加し、他の果物に比べると少額ではあるものの、オレンジの輸入額も十三倍ほどに増えた。果物およびナッツ類は、穀物類のように食事に欠かせない食べ物ではないにもかかわらず輸入量が増加したのは、北朝鮮住民の生活水準が向上したことを示す一例だといえる。以前までは、日々生き延びていくために穀物類の輸入が何よりも優先されていたが、今では果物やナッツ類を嗜好品として食べる人が増えたということだ。

魚類を見てみると、二〇〇七年には農水産物全体の輸入額に占める割合は五％程度だったが、二〇一六年には二十％ほどまで増加した上に、輸入額はトップとなった。

数年前、北朝鮮離脱住民にインタビューをしたことがある。その時彼は、「韓国人の偏見がとても怖い」と語っていた。北朝鮮で、彼はいわゆる成功者だった。広いマンションに住み、食べるものや着るものにも困ったことがなかった。それゆえに、韓国で北朝鮮離脱住民に提供される賃貸マンションは狭くて息が詰まりそうだと言っていた。それにもかかわらず、韓国人から「君、これ食べたことある?」「食べ物がなくて苦労しただろうね」などとよく言われるそうだ。北朝鮮離脱住民は誰もが悲惨で苦しい生活をしてきたのだろうという漠然とした思い込みでさえも、今となっては偏見になりうるという状況なのだ。

十二　人民においしい外国の食べ物を広く知らせよ

北朝鮮のチャジャン麺は「ジャンビビムウドン」

北朝鮮でもピザやハンバーガーといった西洋の料理を食べることができるのだろうか？　正解は「食べることができる」。過剰なほどに民族料理文化を強調する北朝鮮だけに、伝統的な料理しか食べていないように思われがちだが、外国のさまざまな食べ物を排除したりはしない。民族料理の発掘に力を入れる一方で、「人民生活の向上」という福祉の観点から外国の食べ物を取り入れているのだ。

二〇〇〇年代に入り、金正日国防委員長が「人民もおいしい外国料理を味わう必要がある」と語ったことで、外国料理を提供する飲食店が一つ、二つとオープンしていった。当初は北朝鮮から最も近い中国の料理が多かったが、徐々にその他の国の料理を出す店が増えていった。中華料理のうちで人気なのは、韓国でチャジャン麺《ミョン》と呼ばれる「ジャンビビムウドン（醤混ぜうどん）」だ。北朝鮮の雑誌『千里馬』二〇〇一年三号において、「ジャンビビムウドン」は「朝鮮味噌

チャジャン麺店

（韓国のチャジャン麺のソースには春醤（チュンジャン）が使われているが、北朝鮮では朝鮮味噌（テンジャン）を使う）を少量の油で揚げてから豚肉などいろいろな材料を入れて一緒に炒め、そこにスープを注ぎ入れて煮込んだものをうどんにかけた料理」で、「中国人だけでなく、われわれ人民も好きな料理」だと紹介されている。

だが、「ジャンビビムウドン」とともに、「チャジャン麺」（中華料理のジャージャー麺をアレンジしたもので、韓国では庶民的な料理の代表。日本では「韓国風ジャージャー麺」とも呼ばれる）という言葉もよく使われている。北朝鮮は外来語の使用を意識的に避ける言語政策を取ってきたため、チャジャン麺をジャンビビムウドンと言い換えていたが、その後自然にチャジャン麺という呼び方が定着したと思われる。

北朝鮮でこの料理が人気を得るようになったのは、金正日国防委員長の発言がきっかけだった。二〇〇〇年一一月にジャガイモの産地である両江道大紅湍郡を訪れた金正日国防委員長は、現地指導の際に「ジャガイモ農業だけでなく、小麦や大麦農業も発展させ、住民にチャジャン麺をたくさん食べさせるように」と指示を出した。この発言を受けて、基礎食料品工場では味噌の生産に力を入れるなど、チャジャン麺にも関心が寄せられるようになった。

北朝鮮で最も有名なチャジャン麺専門店は、平壌の中心、鍾路《チョンロ》交差点にある「玉流橋《オンニュギョ》チャジャン麺店」だ。ここはチャジャン麺の元祖と言われるだけあって、数十年の歴史を誇る。味も良く、一日に千杯ほどのチャジャン麺が売れるという。金正日国防委員長は生前、玉流橋チャジャン麺店について「粉食《プンシク》（小麦粉などの粉で作った食べ物）がうまい店」だと高く評価した。ここで出されるチャジャン麺は韓国で食べられているものとは違い、モチモチした麺を豚肉とジャガイモが入った朝鮮味噌ベースのソースにからめる。脂っこい韓国のチャジャン麺とは違い、あっさりしていて風味も良いそうだ。また、麺もソバやジャガイモの澱粉などさまざまな材料から作られるので、韓国のものとはまた違ったチャジャン麺を味わうことができる。

この料理が人気を集めると、一九八九年に光復《クァンボク》通り（万景台区域）の造成に合わせてオープンした「青春館《チョンチュン》」や、普通江《ポトンガン》のほとりにある「清流館」などの高級レストランも、メニューにチャジャン麺を追加した。それにもかかわらず、玉流橋チャジャン麺店が人気を集めた理由の一つは、大衆的な食堂で一般住民も気軽に食事ができるという点だった。北朝鮮の雑誌などを読むと、大学生や突撃隊員（国家レベルの大規模な建設工事が行われる際に、全国各地から動員されて労働に従事させられる若者たちのこと）が昼食にチャジャン麺を食べようと列をなすが、待ちくたびれた人と割り込む人との間でケンカが起こることもある、という話が出てくる。また、若者の間では「待ち時間があまりに長いので、二杯食べないと満足できない」と言われ、大学生の中には授業をサボってまで列に並ぶ人もいるというから、玉流橋チャジャン麺店の人気のすごさがよくわかる。

「速成飲食」という言葉が作られて

二〇〇〇年代後半からは、ファストフード店をはじめ、西洋料理を提供するレストランも参入し始めた。これは、二〇〇二年の「七・一経済管理改善措置」[13]によって、二〇〇五年から本格化した動きだ。在日本朝鮮人総聯合会（朝鮮総聯）（在日朝鮮人の権利擁護を目的として、一九五五年五月に結成された運動組織。北朝鮮と日本との間では国交が結ばれていないため、朝鮮総連が二国間をつなぐ唯一の窓口としての役割を果たしてきた）の機関紙『朝鮮新報』二〇〇九年七月二五日付の記事によると、その年の六月初旬、平壌の金星《クムソン》交差点に「速成飲食《ソクソンウムシク》センター」（ファストフード店）の三台星《サムテソン》清涼飲料店がオープンした。公的に認められた初のファストフード店が平壌に登場したのだ。平壌市牡丹峰《モランボン》区域のキンマウル二洞、四・二五文化会館の交差点を隔てた場所に位置する「速成飲食センター」は、トレンドに敏感な市民の間で話題を集めた。

ここは、ワッフル店を運営しているシンガポールの企業との連携で出店されたファストフード店で、シンガポール側は設備のみを提供し、労働力と食材はすべて北朝鮮で調達している。オープンに先立ち、従業員はシンガポール側の担当者から調理法や接客法に関する教育を受けたが、提供する商品の味は、試作を重ねて北朝鮮住民の味覚に合うようにアレンジされた。北朝鮮が語る「ウリ（われわれ）式速成飲食」というわけだ。

この店がオープンすると同時に、速成飲食という新語が生み出された。店のメニューを見てみると、ハンバーガーは「ひき肉とパン」、ワッフルは「焼きパンチヂミ」と表記され、ヒラメ百％の「魚のすり身とパン」、脂質を避けたい人向けの「野菜とパン」や、「ひき肉とパン＋ジャガイモ粥＋キムチ」といった「定食」メニューもある。

速成飲食センターがオープンする以前にも、北朝鮮ではハンバーガーを食べることはできた。『朝鮮新報』は、二〇〇三年八月末に修学旅行で北朝鮮を訪問した朝鮮総聯傘下の朝鮮大学校の学生が、平壌体育館の向かいにある、二十四時間営業のハンバーガーショップでハンバーガーを購入して食べたと報じた[14]。この店ではフライドチキン、ポテトサラダ、ジュース、アイスクリームなどがついたハンバーガーセットが販売され、ハンバーガーは二段、三段重ねになっているものもあったという。

『朝鮮語大辞典』にも掲載されていなかった「肉重ねパン」（ハンバーガー）は、金正日国防委員長が直接下した指示によって初めて登場したものだという。金委員長は二〇〇〇年九月にある幹部を呼び出して「国は未だ困難な状況にあるが、高級なパンとジャガイモ揚げを北朝鮮式に生産し、大学生や大学の教員、研究者に食べさせることを決心した」と述べ、「このことを重要視しているので、しっかりと準備するように」と指示を出した[15]。

その後、金委員長はハンバーガーを生産する大規模な工場を新たに建設し、最新の設備で大量生産に乗り出した。その工場は、金委員長が工場の建設を具体的に指示した日にちなんで「一〇月三〇日工場」と名付けられた。そこで作られたハンバーガーは当初、金日成総合大学の寄宿舎で生活する学生にのみ提供されたが、その後は平壌市内の大学にも供給されるようになり、「肉重ねパン」は一般住民にとっても慣れ親しんだ食べ物になった。

支配人と料理人のイタリア料理留学

北朝鮮には、速成飲食センターだけでなくイタリア料理の専門店もあり、ピザやパスタといった料理も味わうことができる。韓国語では「피자《ピジャ》、파스타《パスタ》」だが、北朝鮮では「삐자《ッピジャ》、빠스따《ッパスッタ》」と呼ばれている。二〇一八年七月に北朝鮮のウェブサイト『朝鮮の今日』には、「共和国の首都・平壌の光復通り、万景台区域祝典《チュクチョン》洞には、首都に住む市民がよく訪れる、特色ある人民奉仕基地がある。それは、世界的に名高いイタリア料理を専門に提供するイタリア料理専門食堂だ」と紹介されている。このサイトによると、オープンしてから十年が経ったが、この間に店を訪れた客は数十万名にのぼり、一週間に二、三度食べに来る常客もいるほどに人気があるという。

このように「イタリア料理専門食堂」が好評を博している理由は、本場イタリアに留学して調理を学んだ料理人がいるためだ。実力派の彼らは、現地から輸入した材料をふんだんに使うという。『朝鮮の今日』に掲載された。料理人のイタリア留学についての記事を整理すると次のようになる。

二〇〇八年一二月の創業当時、北朝鮮の従業員や料理人にとってイタリア料理はほとんどなじみのないものだった。しかし、金正日国防委員長の配慮により、レストランの支配人と料理人がイタリアに留学することになる。彼らは「『人民にイタリア料理を提供するためには、何かを真似るのではなく固有の味をそのまま いかせ』という、偉大なる将軍の崇高な意志を心に深く刻み、イタリアで血のにじむような料理実習戦闘を繰り広げた」という。「充血した目でひとときも休まない彼らのひたむきな姿にどれほど感動したのか、イタリアの名高いコックでさえ『帰国すれば間違いなく店は繁盛するだろう』と語った」とし、「数カ月後、彼らはピザやパスタをはじめとした多種多様なイタリア料理を、非の打ち所がないほど完璧に作ることができる技術を身につけて帰路についた」と説明した。それほどまで熱心に現地の料理を学んだということだ。

二十四時間営業のレストランもある

イタリア料理専門店以外にも、西洋料理を出す店の数は年々増加し続けている。二〇一一年一〇月末には金日成広場の横に位置する「朝鮮中央歴史博物館」内に「ビエンナコーヒーショップ」が、二〇一〇年六月には凱旋《ケソン》青年公園内に三台星《サムデソン》清涼飲料店の支店がオープンした。また、

ヘマジ食堂内のコーヒーショップ

世界各地でさまざまな支援活動を行っているアドラ（ＡＤＲＡ）（セブンスデー・アドベンチスト教会（キリスト教の一派）の牧師による援助活動が原点となった団体で、現在は約百二十か国に支部を持つ）は、二〇〇五年から平壌市内に「星《ピョル》屑《ムリ》カフェ」を運営している。このカフェでは、午前はコーヒーとパンを、午後はピザとパスタが食べられる。

金正恩時代に入ると外国料理に対する関心が高まり、さまざまな国の料理を進んで受け入れていった。訪朝取材の経験を一冊の本にまとめた記者の秦千圭《チンチョンギュ》は、著書『平壌の時間はソウルの時間と共に流れる 평양의 시간은 서울의 시간과 함께 흐른다』（タッカーズ、二〇〇七年、未邦訳）でこう述べている。「今やイタリアンレストランで、ピザに続きフォンデュまで味わうことができる」。

金正恩時代に建設された平壌市の倉田《チャンジョン》通り。その通りにある人民劇場の隣の「ヘマジ（日の出）食堂」も、世界各国の食料品や料理を提供している平壌市民に人気の場所だ。二〇一二年七月に竣工したこの食堂は、全面ガラス張りのモダンな二階建ての建物で、一階にはスーパーマーケットと大衆食堂、二階には外国料理を提供するレストラン、パンとケーキの店、コーヒーショップがある。

スーパーマーケットでは、ヨーロッパや東南アジアをはじめとする世界各国のさまざまな加工食品や肉、水産物、乳製品、フルーツジュース、菓子、キノコ類、豆類、酒などが販売されている。一階の食堂や二階のレストランでは、このスーパーで売られている材料や調味料を使用して、鉄板バーガー胡椒ピビンパや牛テールのシチュー、シェフのサラダなどのメニューを提供している。また、二階のコーヒーショップでは、普通のコーヒー以外にも、カプチーノ、エスプレッソ、モカといった多様なコーヒーを楽しむことができる。ヘマジ食堂は全面ガラス張りなので、高級なパンやケーキを食べ、クラシック音楽を聴きながら倉田通りの風景を眺めることができると評判だ。何よりもコーヒーショップは北朝鮮では珍しい二十四時間営業なので、一層注目を集めている。

また、二〇一六年には平壌市にある祖国解放戦争勝利記念館前の広場の近くに、二階建ての「平壌寿司専門食堂」がオープンした。この店には、収容人数が百名ほどの大衆食事ホールや食事室、さらには端末を使って注文した料理がベルトコンベアに載って運ばれてくる席などがある。「人民が最上の文明を、最高レベルで享受できるようにしなければならない」という金正恩国務委員長の指示によって生まれたこの食堂では、二〇一八年にオープンした大同江水産物食堂と同様に刺身を味わうことができる。

二部

北朝鮮の郷土料理

一　平壌の三大風物の一つ平壌冷麺と咸興緑末ククス

平壌冷麺の人気はバブル？

先日、知人らと平壌冷麺を食べに行った。意外なことに、初めて口にする人が多かった。平壌冷麺は南北交流の場ではおなじみのメニューで、二〇一八年四月に開かれた南北首脳会談の後には、韓国で一大旋風を巻き起こした。

平壌冷麺は、平壌温飯（詳細は二部の四を参照）、緑豆チヂミ（韓国でいうピンデットッ）（詳細は二部の九を参照）、大同江スンオクク（詳細は二部の十一を参照）とともに平壌四大料理の一つに数えられ、平壌の人々に最もよく食べられている料理だ。また、味と趣、風流の都市・平壌を語る際には、大同江、妓生《キーセン》と並んで三大風物の一つに挙げられるほど広く受け入れられている。以前から人気はあったものの、今では平壌だけでなく、北朝鮮を代表する料理になった。それにもかかわらず、本場の平壌冷麺を食べて首をかしげる人もいるので、おもてなしにはふさわしくないメニューでもあるのだ。

平壌冷麺の看板を掲げる店で本格的な平壌冷麺を食べ、その「슴슴한《スムスマン》（薄い）[16]」味に驚いて「布巾を洗った水のような味だ」と酷評する人もいた。「南北間の交流が活発になっても、平壌冷麺の人気だけはバブルが弾けるようにすぐ終わるだろう」と断言するのを聞くと、「一度でも布巾を洗った水を飲んだことがあるのか？」と訊き返したくなる。

このような不満の原因の大半は、淡泊で薄味の冷麺が、甘く、しょっぱく、辛い刺激的な味に慣れてしまった韓国人の口に合わないことにある。挙句の果てには、何の味もしない「無味」と評されることすらある。だが、「五回ほど食べれば、寝ていても思い出すほどに中毒性が高い」といわれる平壌冷麺。あの「슴슴한」味の魅力がわかる人たちが熱狂する料理なのだ。

高麗時代の平壌市冷泉洞が発祥の地

薄氷に覆われた冷麺を一杯食べれば、お腹の中までひんやりする。それゆえに、冷麺は夏の代表的な食べ物だと思われがちだが、本来は冬に食べるものだ。北朝鮮では、主に陰暦の一一月ごろ冷麺を食べる。これは、寒い時期にポカポカと暖かい温突《オンドル》（薪などを燃やした時に出る煙で床下を暖める設備）の部屋で冷たい冷麺を食べるのが、格別のご馳走だと考えられてきたからだ。

冷麺は、高麗時代にモンゴルから伝わり、朝鮮時代には主原料のソバが良く育つ西北地域《ソブク》（現在の平安道に該当する地域）や江原道以北の地域を中心に発達した。洪錫謨《ホンソンモ》の『東国歳時記《トングクセシギ》』（一八四九年に成立した朝鮮の年中行事や風俗を記録した書）に冷麺が文献上初めて登場し、「ソバ粉の麺に大根キムチ、白菜キムチを加えて豚肉を載せたものを『冷麺』といい、ソバ粉の麺に雑菜（さまざまな野菜）、梨、栗、牛肉、豚肉を刻み、ゴマ油、醤油と混ぜ合わせたものを『骨董麺《コルトンミョン》』（現在のビビン麺（コチュジャンベースの甘辛いソースに和えて食べる麺料理）を指すが、当時は醤油で味つけをしていた）という。関西《クァンソ》地方（現在の平壌や平安南道、平安北道、慈江道一帯を指す別称）の冷麺（平壌冷麺を指す）が一番おいしい」と紹介されている。

北朝鮮の国営メディア『朝鮮中央通信』二〇一五年二月九日付の記事には、平壌冷麺の由来が掲載されている。整理すると以下のとおりだ。

高麗時代、平壌の冷泉谷村《チャンセムゴル》（現在の東大院《トンデウォン》区域冷泉《ネンチョン》洞）にある飲み屋に、ダルセという婿が暮らしていた。ダルセは、衣岩《ウィアム》村（現在の大同江区域衣岩洞）に住む百歳の老人から、ソバで作ったスジェビ（すいとん）が健康に良いという話を聞き、ソバスジェビ入り麺を作って売り始めた。翌年の春、仕込みに追われるダルセ夫婦を見かねて、裏に住む職人が小さな穴の開いた鉄板とクヌギの桶でできた製麺機を作ってくれたので、麺を作る手間が省けるようになった。ダルセ夫婦が、この道具で作った蕎麦を茹でて冷水で締め、水気を切ってからトンチミ（大根の水キムチ）の汁に入れて食べたところ絶品だったという。この料理は後に「穀水《コクス》」（現在のククス）と呼ばれるようになった。さらに、ダルセ夫婦が浅い井戸を利用して「冷穀水《チャンゴクス》」を作ったところ、その噂が平壌城内に広まり、後日その料理は「平壌冷麺」と名付けられた。高麗中期のある王は、平壌冷麺を「天下一品の料理」だと称賛し、平壌冷麺発祥の地である冷泉谷村は、後に冷泉洞となった。

北朝鮮メディアも、「抗日革命闘争の時期、偉大な首領（金日成）は隊員らに対し、祖国が解放されたら皆で平壌に行って冷たい冷麺を食べよう、とよくおっしゃっていた」[17]と伝えている。おそらく、極限状況の中で素朴な故郷の味を思い出したのだろう。平壌冷麺は北朝鮮の料理として知られているが、実際には北朝鮮の建国以前から朝鮮民族の料理として存在していたのだ。

平壌冷麺はソバ粉百％の「平壌純麺」だ

北朝鮮は稲作に不向きな環境なので、米を使った料理や餅よりも麺料理の歴史が長く、その種類も多様だ。使用する粉によって蕎麦、澱粉麺、ジャガイモ麺、小麦粉麺などがあり、食べ方によって冷麺、温麺、錚盤《ジェンバン》ククス（詳細は二部の二を参照）、ビビン麺、フェククス（刺身入りのビビン麺）、カルククスなどに分けられる。

平壌冷麺は昔から平安道《ピョンアンド》の名物だった。平壌冷麺の特徴は、何といっても香り高いソバ粉を主材料にした麺にある。金正日国防委員長も「平壌冷麺は純ソバ粉で作られているので、平壌純麺」だと語っていた。

冷麺のスープは、牛肉と豚肉、鶏肉から取ったコクのあるだしと、さっぱりしたトンチミの汁を配合するので、爽やかな独特の味になる。かつてはだしを取るのに雉《きじ》が使われていたが、最近では地鶏を使うこともあるという。地鶏と大根を一緒に入れて煮込み、だしを取る。

麺の上に載せる具材は、白菜キムチ、大根キムチ、牛肉や豚肉、キュウリ、梨、茹で卵などだが、その組み合わせが実に科学的で、栄養のバランスが良い。ゆえに、原則的にはスープにヤンニョムジャン（ニンニクや唐カラシ、生姜、ネギ、ゴマ油、醤油などが入った合わせ調味料のこと）を入れないのが特徴だ。ただし、最近では味に物足りなさを感じる客のためにヤンニョムジャンが提供されている。また、醤油や酢、カラシ、唐辛子をテーブルに置くなどして、自分の好みに合わせて味付けできるようにもなっている。

玉流館の冷麺、一杯だけではもったいない

平壌冷麺に負けず劣らず有名なのが、北朝鮮を代表するレストラン、玉流館だ。平壌市中《チュン》区域に位置する合閣屋根[18]の建物で、大同江畔の玉流岩の上に建てられたことにちなんで名づけられた。金日成主席が「『春香伝《チュニャンジョン》』（妓生の娘と両班の息子の身分を越えた恋愛を描いた物語。朝鮮時代の代表的な古典の一つ）の中で春香が渡る玉流橋[19]、その橋のそばにあるので玉流館と名付けよと述べた」と言われている。

玉流館は、金日成主席の指示によって一九六一年八月一五日にオープンした。二〇〇〇年、二〇〇七年、二〇一八年に南北首脳会談が行われた際には、それぞれ金大中大統領、盧武鉉大統領、文在寅《ムンジェイン》大統領がここで食事をした。平壌市民はもちろん、平壌を訪れた国賓や観光客が必ず立ち寄る代表的な高級レストランなのだ。オープン当初は、一日に五百杯しか提供できないほどの小さな食堂だったが、その後規模を拡大していき、現在の姿になった。金正日国防委員長も生

玉流館の平壌冷麺

前には特別な関心を寄せ、二〇〇六年に本館、二〇〇七年に別館および牡丹《モラン》閣《ガク》のリニューアル工事を指示した。玉流館が五十周年を迎えた際には、この間に計六千八百八十万名の客が店を訪れたと報じられた。単純計算で、一年に平均して百三十七万六千名が来店したことになる。南北間の金剛《クムガン》山観光事業が全盛期を迎えていた二〇〇五年の九月には、その人気に後押しされて金剛山に支店がオープンした。当時マスコミは、玉流館本店の販売量が一日に二万杯にものぼると報道している。とにかく、このような事実だけを見ても、玉流館が凄まじい人気を誇っていることがわかる。

玉流館の主なメニューは平壌冷麺や

温飯だが、それ以外にもチョウザメ、ウズラ、スッポンなどを使った料理が提供されている。特に平壌冷麺や肉錚盤《コギジェンバン》ククス、緑末ククス、メミルククス（蕎麦）などの麺料理の味に定評があるため、冷麺専門店として広く知られているのだ。「一杯だけではもったいないからと、二杯、三杯食べる客も多い」と玉流館の関係者は語る。

玉流館の冷麺は、鶏から取ったスープを使っているので、比較的こってりしている。麺も、本来はソバ粉だけで作られるが、玉流館では弾力を出すためにソバ粉と澱粉を八対二の割合で混ぜており、韓国の冷麺よりも黒くてモチモチした食感になる。冷麺一杯に四十一種類もの材料が使われているそうだ。二〇〇三年、韓国のＭＢＣ（一九六一年一二月に開局した韓国の地上波放送局）が北朝鮮で料理関連のドキュメンタリーを撮影した。その際、玉流館の麺作りを撮影させてほしいと伝えたところ、「厨房には北側の接客係も入ることはできない」と突っぱねられたそうだ。最高の冷麺を作っている料理人のプライドは南も北も同じなのだろう。

玉流館で紹介されている「平壌冷麺のおいしい食べ方」には、「麺に直接お酢をかけて食べると一層おいしい」と書かれている。そうすることで麺にコシが生まれるが、スープに直接お酢を入れると味が変わってしまうという。これは生前に冷麺をよく食べていた金日成主席が教示した食べ方で、金主席は玉流館の冷麺の味にまで気を配るほど、食文化に関心が高かったと言われている。

映画になるほど人気が高い玉流館の冷麺

玉流館の根強い人気に便乗して、関連する映画や歌まで作られた。二〇〇〇年に制作されたテレビ映画『玉流の風景』(옥류풍경)は、北朝鮮における冷麺や玉流館の人気をうかがい知ることができる。[20] フィギュアスケート選手である女性と、玉流館の厨房で麺と格闘する男性料理人の愛を描いた話なのだが、単純なラブストーリーではなく、玉流館で出される平壌冷麺の素晴らしさを前面に押し出す広告要素の強い映画だ。映画の主題歌『平壌冷麺、一番だ』や『冷麺賛歌』といった歌もヒットした。『平壌冷麺、一番だ』の歌詞は次のとおり。

冷麺　冷麺　平壌冷麺　天下一の珍味だよ
若者もお年寄りも　真っ先に食べにくる冷麺
ああ　本当においしい　一杯じゃ少なすぎる
わっはっはっは　玉流館は平壌の誇りさ

冷麺　冷麺　平壌冷麺　天下一の珍味だよ
新郎新婦は冷麺食べて　夫婦の契りを結ぶのさ
ああ　本当にさっぱりする　二杯でも物足りない

わっはっは　玉流館は民族の誇りさ
冷麺　冷麺　平壌冷麺　天下一の珍味だよ
わが民族が一緒に食べて　統一の日をたぐり寄せる
ああ　本当に素晴らしい　この世に一つだけ
わっはっは　玉流館はわが国の誇りさ

平壌冷麺　一番だ
最高

玉流館が人気を博すと、中国やロシアをはじめとして、タイやカンボジアなど東南アジア各国にも支店がオープンした。一時は北朝鮮のレストランが全世界に三十店あまり出店されていたが、現在は対北制裁の影響で激減している。

そんな中でも、二〇一八年四月に開かれた南北首脳会談の直後には、玉流館の冷麺を実際に食べてみたいという声が急増し、青瓦台の国民請願掲示板（文在寅政権の時に設置された掲示板。政府に対する要望や苦情などを書き込ことができたが、二〇二二年五月に廃止された）には「韓国にも出店してほしい」という内容の書き込みもあった。絵空事に過ぎないと思うかもしれないが、京畿道《キョンギド》の李華泳《イファヨン》平和副知事が二〇一八年一〇月の二度にわたる訪朝を通じて、「京畿道

玉流館で接客係が冷麺を運んでいるところ

内への玉流館支店一号店の誘致」を提案し北側と合意に至ったことで、その一部が具体化しつつある。韓国で開催された「二〇一八年アジア太平洋の平和と繁栄のための国際大会」に出席した北朝鮮の代表団が、支店誘致の候補地を回ったという事実も明るみに出て、玉流館のオープンに期待が持てる状況となった。国際社会による対北制裁という課題はありながらも、これが解決すれば、韓国でも玉流館の平壌冷麺を味わうことができるようになる見込みだ（その後、韓国で複数の自治体が玉流館の誘致に名乗りを上げるなどの動きがあったが、韓国の政権交代による南北関係の変化や、料理人や材料調達の問題など、さまざまな課題を解決できないまま現在に至っている）。

咸興に咸興冷麺はない

韓国で平壌冷麺に負けず劣らず有名な料

理といえば咸興冷麺だが、北朝鮮に咸興冷麺という料理は存在しない。咸興で有名なのは、ジャガイモで作る緑末ククスだ。一般的に、水冷麺は平壌冷麺、ビビン麺は咸興冷麺と言われているが、北朝鮮の平壌冷麺と咸興緑末ククスの違いは麺の材料にある。平壌冷麺の麺はソバを原料にしているので、柔らかくて簡単に切れるのが特徴だが、それに比べて咸興の緑末ククスは、ジャガイモの澱粉を湯でこねて生地を作るので、蕎麦や小麦粉麺よりも弾力がありシコシコとした食感になる。咸鏡道はジャガイモ農業が盛んなためジャガイモ料理が発達したが、その代表的なものが緑末ククスなのだ。平安道、黄海道《ファンヘド》、江原道ではソバを原料にした冷麺やマッククス（冷たい混ぜ蕎麦）が主流だったが、ソバの栽培が困難だった咸鏡道では、痩せた土地でもよく育つジャガイモやトウモロコシの澱粉を使った緑末ククスが食べられていた。

緑末ククスは、咸鏡道でも特に咸興のものが有名だ。恵山や三水《サムス》、甲山《ガプサン》一帯の緑末ククスは材料や作り方が同じで、コンケクク（豆乳エゴマスープ）をスープに使用する。一方の咸興緑末ククスは、牛肉で取ったスープにガンギエイやカレイの刺身を入れるので、辛みを効かせるのが特徴だ。つまり、韓国でおなじみの咸興冷麺は、北朝鮮で食べられている咸興緑末ククスとは少し違う。咸興緑末ククスは、汁気のないビビン麺ではなく、ピリッと辛い汁気たっぷりの水冷麺なのだ。

「咸興冷麺」という料理名が韓国に定着したのは、植民地支配からの解放、さらには朝鮮戦争の影響で南に来た避難民のうち、平安道出身者が平壌冷麺を売るのを見て、咸鏡道出身者も「咸興冷麺」という麺料理を販売し始めたことがきっかけだ。そこから、薄味の平壌冷麺と、ピリ辛ソースで和える咸興冷麺が韓国の二大冷麺として人気を集めるようになる。また、二〇一九年には、咸興冷麺の看板を掲げる韓国の店がミシュランガイドに掲載された。もともと人気店だったが、ミシュランガイドに掲載されて以降、客足が爆発的に増えたそうだ。世界的に有名な店だけに当然味も良いだろうけれど、私は咸興冷麺の原型である「咸興緑末クス」に、どうしても惹かれてしまうのだ。

二　王族の麺を進化させた肉鉼盤ククス

温かいスープをかけて食べる鉼盤ククス

南北首脳会談が行われた時期には、韓国の平壌冷麺店が大繁盛した。南北の首脳がおいしそうに冷麺を食べる姿がテレビ画面に映し出され、それが宣伝になったというわけだ。その上、玉流館の平壌冷麺を食べているなんて、冷麺マニアたちはその味に興味津々だろう。

首脳らが冷麺を食べる場面をじっくり見た人はわかるだろうが、玉流館で出される水冷麺（スープのある冷麺）には二種類あり、それぞれ盛り付ける器が違う。一般的な深さのある器に入っているのが平壌冷麺で、足のついた平たい皿に盛られているのが鉼盤（お盆や平たい器のこと）ククスだ。韓国でも平壌冷麺を出す店は多いが、鉼盤ククスにはめったに出会うことができない。

昔から鉼盤ククスは、暖められた温突の部屋で、食卓を囲んで食べる料理だった。大きな鉼盤に麺とたくさんの具材を入れ、冷めないように温かいスープを注ぎながら食べる。こうすることで、ソバの香ばしさが引き立つという。

肉鉧盤ククス

一九八九年六月、金日成主席は「麺料理を出す店を建設せねばなりません。平壌冷麺と鉧盤ククスは昔から有名です。特に鉧盤ククスは噂になるほどでした。ところが、近頃の平壌市民は、この料理の作り方をよくわかっていません。四月に玉流館で食べてみましたが、スープが冷たかったのです。おそらく玉流館の料理人の中に鉧盤ククスについて知る者がいないのでしょう。本来、平壌の鉧盤ククスは、大きな鉧盤に麺と具材を入れ、麺が冷めないように熱いスープを注ぎながら食べるものなのです」と語ったそうだ。

玉流館の肉鉧盤ククスは先軍時代の食べ物

鉧盤ククスは、その名のとおり麺を鉧盤に

盛ったことからこう呼ばれるようになった。かつては、雌牛の御腹《オボク》（腹肉）を茹でて薄く切ったものを錚盤に並べ、醤油、唐辛子、ニンニク、ゴマ油で作ったヤンニョムジャンをかけながら酒の肴としてつまみ、最後に麺を入れて肉で取ったスープを注ぎながら食べていた。しかし、腹肉は希少部位だったため、大衆的な料理にはならなかった。

だが、金正日時代に登場した肉錚盤ククスは、御腹の代わりに鶏肉を並べ、その上に梨と茹で卵を載せたもので、錦糸卵で彩りを添えた牛肉や蕎麦、キムチ、肉のスープなどと一緒に提供される。まず、鶏肉を酒の肴として食べてから、その時の気分によって麺にスープや具材を加えながら食べるのが一般的だ。

「苦難の行軍」の真っただ中にあった一九九八年一一月、金正日国防委員長はある幹部に、かつては王族しか食べることができなかった御腹ククスの話を聞かせながら「人民にそんなククスを食べさせたいし、そうすることが私の決意」だと述べた。その後、金委員長は「養鶏場が次々と建設されている中で、新たに生産された鶏肉をたっぷり使い、そこにいろいろな具材を入れれば味も栄養も御腹ククスに劣らないもの」を作ることができるとして、肉錚盤ククスという新たな料理を提供するよう指示したという。このような経緯から、北朝鮮のマスコミは肉錚盤ククスを「将軍の熱烈な愛情により、味も調理法も何もかもが生まれ変わった民族料理」だと紹介している。

満腹なことにも気づかずに、たくさん食べてしまう

肉鉾盤ククスは、湯気が立ち上るほど熱々なのではなく温かいと感じられる程度なので、食べるとホッと気持ちが和らぐ。特に玉流館の肉鉾盤ククスは、あっさりした温かい鶏のスープに蕎麦を入れ、甘みのあるヤンニョムジャンやゴマ油をかけるので麺の喉越しが良く、食べる人はみな満腹なことにも気づかずにたくさん食べてしまうという。収容人数が一万人の玉流館で、肉鉾盤ククスは一日に二千食ほど売れる人気メニューだ。玉流館以外にも、平壌麺屋をはじめとした平壌の有名レストランで肉鉾盤ククスを味わうことができる。

以前に玉流館を訪れたことがあるのだが、その時は肉鉾盤ククスが温麺だとは知らなかった。有名だという理由で平壌冷麺しか食べなかったのが心残りでならない。もし再び玉流館で食事をする機会に恵まれたなら、今度は肉鉾盤ククスから食べてみようと思う。とはいえ、そこまで行って平壌冷麺を食べないわけにはいかないので、少々お腹が膨れていても、それぞれ一杯ずつ注文しなければ。冷麺と温麺を交互に味わうというのも、それはそれで贅沢な食べ方なのではないだろうか。

三　白頭山の精気に満ちた凍カムジャククス

抗日武装闘争を遂行しながら食べた料理

檀君《タングン》神話の中で桓雄《ファンウン》が与え熊女《ウンニョ》が食べたニンニクとヨモギ（檀君神話とは朝鮮の建国神話で、天から降りてきた桓雄に「百日間ヨモギとニンニクだけを食べ、陽の光を浴びることなく過ごせば人間にしてやる」と言われた虎と熊のうち、その教えを守った熊が人間の女性、熊女になった。その後、桓雄と熊女との間に生まれた檀君が古朝鮮を建てた、と伝えられている）、聖書に出てくるアダムとイブのリンゴなどは、歴史の始まりを象徴する食べ物だ。檀君陵[21]を建設するほどに、北朝鮮にとっても檀君神話は大きな意味を持っている。とはいえ、北朝鮮の起源ともいえる歴史的な食べ物を一つ挙げるとするならば、ニンニクやヨモギではなく「凍カムジャククス」なのではないだろうか。北朝鮮には、平壌冷麺をはじめ、温飯、海州攪飯《ヘジュギョバン》（詳細は二部の五を参照）など有名な料理はたくさんあるが、その中でも凍カムジャククスには特別な関心と愛情が注がれている。

凍カムジャククスは別名「遊撃隊《パルチザン》ククス」とも呼ばれ、日本の植民地支配下で金日成主席と遊撃隊員らが、白頭山一帯で抗日武装闘争を繰り広げながら食べた料理として知られている。韓国の作家・黄皙暎《ファンソギョン》のエッセイ集『黄皙暎の味と思い出 황석영의 맛과 추억』（デザインハウス、

凍カムジャククス

二〇〇二年、未邦訳）には、一九八九年の訪朝時に金日成主席と晩餐を共にした時のことが綴られている。黄皙暎は七度にわたって金日成主席と面会し、その席で凍カムジャククスに込められた意味を直接聞いたというのだ。

その内容はというと、第二次世界大戦の末期、日本の関東軍による武装勢力への攻撃が激化し、遊撃隊員の補給路が遮断されて食料の確保が困難になってしまった。遊撃隊員らは、関東軍を避けてあちこち移動していた満州の火田民（一九七〇年代まで存在した焼畑農業を行う人々）が小石で目印をつけて隠していた土の中のジャガイモを掘り起こした。白頭山がある両江道は山岳地帯で畑が多く、特にジャガイモがよく採れたので、当時も主食として食べられていた。だが、冬のジャガイモはカチカチに凍ってしまうので、食べられたものではない。すると隊員の一人が、凍ったジャガイモをすりおろして澱粉を取り出し、それで麺を作った。凍カムジャククスは遊撃隊員らにとって頼れる食料になると同時に、両江道の郷土料理として誕生したという。

一週間食べ続けても飽きない味

作家の黄皙暎も、訪朝時に食べたさまざまな料理の中で、凍カムジャククスが最も印象に残っていると語っている。金日成主席は抗日武装闘争を終えた後も、当時を忘れないようにと、ときどき凍カムジャククスを食べていたそうだ。金主席はこの料理が大好物で「一週間食べ続けても飽きない」と語っていたという。

緑末ククスも凍カムジャククスも、ジャガイモの澱粉を使用して麺を作るが、金主席は凍カムジャククスのほうを高く評価していた。「凍カムジャククスは緑末ククスよりもおいしいです。緑末ククスはツルッとすぐに飲み込めてしまうので味がよくわかりませんが、凍カムジャククスはエゴマのスープと相性が良く絶品です」

北朝鮮の料理専門雑誌『朝鮮料理』には、凍カムジャククスのレシピが紹介されている。凍ったジャガイモの粉末をお湯でこね、その生地を平たく伸ばしてから製麺機で押し出し、茹でてから冷水でしめる。麺の上にエゴマと大豆で作ったスープをかければ完成だ。

凍カムジャククスは、凍ったジャガイモ特有の若干の苦味や渋味、酸味がエゴマのスープと調和し、他の麺料理にはない独特な味を生み出している。

北朝鮮を訪問したドイツの小説家ルイーゼ・リンザーも、金主席との食事の席で「ジャガイモ料理で有名なドイツにも、このような調理法はない」「凍カムジャククスは唯一無二の食べ物」だと称賛したという。

凍カムジャククスを味わうなら、平壌の江界麺屋へ

単に、凍ったジャガイモを使った料理だからという理由で、この料理が有名になったわけではない。両江道の人々は、凍カムジャククスに「革命の聖山」と呼ばれる白頭山の精気が宿っていると考えている。そのため、この料理は客人をもてなす時や祭祀膳など、特別な日に出されるという。北朝鮮の雑誌『朝鮮文学《チョンソンムンハク》』には、「海外在住の同胞が北朝鮮で食べた凍カムジャククスの味を忘れることができず、帰宅後にジャガイモをわざわざ凍らせて麺を作ってみたものの、同じ味にはならなかった。その原因は、『白頭山の精気』が宿っていなかったせいだった」というエピソードが紹介されている。

凍カムジャククスを食べるには、白頭山に行くのも一つの方法だが、両江道まで行かずとも平壌の江界《カンゲ》麺屋《ミョンオク》で味わうことができる。平壌市大城《テソン》区域金星通りにある江界麺屋では、主に凍カ

ムジャククス、凍カムジャ餅、凍カムジャチヂミなどのメニューを提供している。

そうはいっても、どんな料理であれ「元祖の味」が一番！　私は、白頭山の三池淵にある枕峰《ペゲボン》ホテルで凍カムジャククスを食べたことがある。黒っぽい麺に濁ったエゴマスープという見た目には食欲をそそられなかったが、この料理を食べることは、すなわち白頭山の精気を取り入れることだと言われたので、一口噛んでみた。思ったよりも麺には弾力があり、スープはコンククス（大豆などの豆で作ったスープ）のような香ばしさがあった。麺とスープがうまく調和した絶品料理なだけに、同行者の中にはおかわりをする人もいたほどに好評だった。

四　切ない思いが込められた平壌温飯

「少し会っただけでも心臓の中に残る人がいるね」

北朝鮮の歌謡『心臓に残る人』の歌詞に「長い歳月を共にしても記憶に残らない人がいて、少し会っただけでも心臓の中に残る人がいるね」という一節がある。たった一つしかない、命と直結する心臓に芽生えた愛だなんて！

韓国ではバレンタインデー、ペペロデー（一一月一一日に「ペペロ」というお菓子を親しい人に配るというイベント）、クリスマスなどのイベントがあるたびに、うず高く積み上げられたチョコレートやケーキが販売される。マーケティング戦略に踊らされているような気がして抵抗を覚えることもあるけれど、大切な人に贈る小さなチョコレートぐらいならかわいくもある。では、北朝鮮にはこのようなイベントはあるのだろうか？北朝鮮にも愛する人に贈るチョコレートのような食べ物はあるのだろうか？　答えは、「もちろん存在する」。

二〇〇五年に初めて訪朝した時、少し年配の北朝鮮案内員は、妻とデートするたびに卵を渡していたと語っていた。彼に会ったのが二十年近く前である上に、その案内員がデートをしていたのはそれより十年以上も前のことだから、卵を渡して愛を伝えるというのは、北朝鮮でも「虎が煙草を吸っていた頃」（童話などによく出てくるフレーズで、遠い昔を意味する）の話なのだろう。

最近では北朝鮮でも、若い世代を中心にバレンタインデーのような記念日を祝うようになったという話を耳にした。韓国で放送されたドラマがほどなくして北朝鮮でも視聴できるほどに情報が大量に流れ込んでいる状況なので、チョコレートを贈り合うのが珍しいことではなくなったのだろう。とはいっても、このような現象は一部の若者の間でしか見られないはず。ここで私は、愛を伝える食べ物として温飯を取り上げたい。他のどんな料理も、温飯に込められた温かい愛にかなうものはないと思っているからだ。

温飯にまつわる悲しいストーリー

平壌温飯は平壌を代表する料理の一つで、脂を取り除いて塩であっさりと味付けした鶏のスープをご飯にかけ、その上に鶏肉やキノコ、緑豆チヂミを載せて食べる料理だ。ヤンニョムジャンを入れずに、塩で味を調えた鶏肉特有の淡泊なスープを使うのが特徴だと言える。平壌温飯には具として緑豆チヂミが載せられているので、一つの料理で平壌四大料理のうちの半分を味わうことができるのだ。

平壌温飯

温飯は、十九世紀末から二十世紀初頭にクッパ（スープの中にご飯を入れたもの）が大衆的な食べ物として広く普及する中で、「温かい汁にご飯を混ぜて食べるもの」という意味から名づけられた。北朝鮮の書籍『民俗名《ミンソクミョン》節料理《ジョルリョリ》』に平壌温飯の由来となる話が掲載されているが、これほどまでに切実な愛のストーリーは他にないだろう。

その昔、平壌の官庁街に、両親を早くに亡くし下働きをしながら暮らしていた「ヘンダル」と「ウィギョン」という若い男女がいた。幼い頃から支え合って生きてきた二人は、年を重ねて永遠の愛を誓う仲になる。ところがある年の冬、ヘンダルが無実の罪に問われて牢屋に閉じ込められてしまい、ウィギョンはたいそう心を痛めた。大みそかを迎え、ウィギョンはあるおばさんからご飯とナムル、チヂミを少しずつ分けてもらった。ひどく寒い日だったので、もらった食べ物を一つの器に入れ、そこに温かい汁をかけたものを胸に抱いてヘンダルのもとに届けた。それをあっという間に平らげたヘンダルはウィギョンに感謝を伝え、今食べた料理の名前を尋ねた。ウィギョンはすぐに答えることができなかったが、ふと思いついて「温飯」と答えた。するとヘンダルは、温飯よりおいしいものはどこを探してもない、結婚式には必ずこの料理を出そうと言った。その後、二人の結婚式で近所の人々に温飯がふるまわれたことで、その噂が広まっていったという。

祝い膳の温飯、「熱い想いとともに暮らせ」

その後、平壌地方では、新郎新婦が熱い情を交わしながら暮らしていけるようにと、結婚式の食事に温飯を出すようになったそうだ。二〇〇四年一月、MBCスペシャル『北朝鮮の伝統料理紀行』の撮影で訪朝した俳優のヤン・ミギョンも、北朝鮮料理の中で平壌温飯が最も印象に残ったとコメントしていた。マスコミとのインタビューで「韓国でいうとソルロンタン（牛骨をはじめ、牛の頭や内臓などを長時間煮込んで作る乳白色のスープ）のような庶民的な料理ですが、味も良くて、なぜか心惹かれるんです。鶏のスープに緑豆チヂミなどの具材を載せた温飯の由来にも胸を打たれました。そのせいか、お見合い中とおぼしき男女が、恥ずかしそうに温飯を食べていた姿が記憶に残っています」と語っている。

平壌温飯が韓国で広く知られるようになったのは、金大中大統領が南北首脳会談の初日の昼食として食べたという報道がきっかけだった。金大統領はソウルに戻ると「鶏のスープにご飯を混ぜた平壌温飯がおいしかった」「粘りのあるご飯も口にあったし、スープが非常にあっさりしていて良かった」と語った。

平壌温飯は温かいスープ料理なので冬にぴったりだが、夏の疲れた胃をいたわってくれる滋養食でもあるので、北朝鮮では季節を問わず食べられている。また、消化を助ける緑豆チヂミや淡泊な鶏スープのマイルドな味付けは老若男女にお勧めで、その上、ビビンバのようにさまざまな具材が載せられているので、栄養バランスも良い料理なのだ。

平壌温飯の名店は金星通り温飯店

「初日の出イベント」で金剛山に登った後、木蘭館《モンナン》というレストランで平壌温飯を食べたことがある。雪化粧した金剛山は宝石よりも輝いて美しかったが、寒くて道が滑りやすく、足先に全神経を集中させて歩いていたので、たちまち疲れてしまった。その時に出会った一杯の温かい温飯は、胃を満足させてくれるだけではなく、全身を暖めてくれた。スープを初めて一口飲んだ時、体じゅうが震えるほどに感動したことを今でも覚えている。平壌温飯は、寒くて腹をすかせた人たちを優しく抱きしめてくれる母のような食べ物だった。

平壌で最も有名な温飯の店は、「金星通り温飯店」だ。木蘭館で食べた味も感動的だったが、平壌市民の口コミで有名になった店の温飯はどんな味なのだろうか、気になって仕方がない。

五　黄海の豊かさを抱いた海州攪飯

一年の最後を締めくくるビビンバ

正月には、過去をきれいさっぱり忘れて心新たに年を迎えるという意味で、真っ白な餅の入ったトックク（お雑煮）を食べる。そして、一年を締めくくる大みそかにはビビンバを食べるという伝統的な風習があったのだが、これは、お正月の料理を準備する過程で残った材料を使い切るための工夫だった。各種ナムルや肉、卵などが生み出すハーモニーも絶品な上にバランスも取れているので、冬の間に不足した栄養を補うのにうってつけの料理なのだ。

韓国を訪れたマイケル・ジャクソンがビビンバを口にしてからというもの、ずっと同じものしか頼まなかったとか、ニコラス・ケイジやレネー・ゼルウィガーなどのハリウッドスターもビビンバに魅了され、アメリカに帰ってもビビンバをよく食べていたというようなエピソードもある。「外国人が一番好きな韓国料理」によく挙げられるビビンバは、国内はもちろん、アメリカや日本などでも韓国料理のファストフードとして人気が高い。

ビビンバが文献に初めて登場するのは、一八〇〇年代末に刊行された料理本『是議全書《シイジョンソ》』（大韓帝国末期の伝統料理が詳しく記されている料理専門書。この書によって現代韓国料理の体系がほぼ完成したといわれている）で、「비빔밥《ビビンバ》」は「부빔밥《ブビムバ》」と表記されている。「부빔밥」については、「ご飯を丁寧に炊き、肉は炒め、肝納《カルラプ》[22]は焼いて細切りにする。各種野菜を炒め、品質の良い昆布を油で揚げて砕いておく。これらすべての材料をご飯と一緒に混ぜ、ゴマ塩と油をたっぷり入れて混ぜてから器に盛る。その上に、雑湯《チャプタン》（牛肉やナマコ、アワビ、野菜など、さまざまな材料を入れて煮込んだスープ）の具のように卵を焼いて短冊切りにして載せる。団子は、ひき肉をよく練って珠玉ほどの大きさに丸めてから、小麦粉を軽くまぶし、卵にくぐらせてから焼いて載せる。ビビンバに添える汁物は雑湯にする」と記されている。

ビビンバは汨董飯《コルトンバン》とも呼ばれるが、「入り混じる汨」、「ビビンバの董」の漢字が使われている。すなわち汨董とは、さまざまなものを一つに混ぜ合わせるという意味で、汨董飯とは、炊いたご飯に各種おかずを入れて一つに混ぜ合わせたものを指す。

炒めたご飯に鶏肉を載せた海州攪飯

全州《チョンジュ》といえばビビンバ、ビビンバといえば全州と言われるほどに、全州ビビンバは韓国ビビンバの代名詞となっている。しかし、全州以外にも慶尚道《キョンサンド》の晋州《チンジュ》ビビンバと黄海道の海州ビビンバが有名で、これらは三大ビビンバと評されている。一方の北朝鮮では、平壌ビビンバと海州ビビ

海州攪飯

ンバ（海州攪飯）が有名だ。

平壌ビビンバは、炒めた牛肉と野菜をご飯の上に載せたもので、韓国のビビンバとほとんど変わらない。白米に、炒めた牛肉と緑豆モヤシのナムル、セリ、ワラビ、松茸、キキョウの根などを彩りよく盛り付け、その上に焼き海苔をふりかける。これに熱いスープやナバクキムチ（大根と白菜の水キムチ）、コチュジャンなどを添えて食べる。三伏《サムボク》（初伏（夏至から数えて三度目の庚の日）、中伏（四度目の庚の日）、末伏（立秋後初めての庚の日）を合わせた期間のこと。一年で最も暑さの厳しい時期にあたる）に食べる料理として平壌の人々に親しまれているが、牛肉の代わりに豚肉を、セリの代わりにホウレン草や春菊を使うこともある。

一方の海州攪飯は、白米ではなく豚の脂で炒めたご飯に塩で下味をつけ、山菜と鶏肉を基本の具として載せるところが他のビビンバと異なる。海州攪飯は黄海に面した黄海道の郷土料理だが、その地域は穀倉地帯なので米がよくとれる上に、海の幸が豊富なので、米や海産物を使った料理が発達した。

海州攪飯は、首陽山《スヤン》で採れたワラビやキキョウの根、ヒカゲミツバゼリをはじめとした山菜や、海の高麗人参と呼ばれるナマコ、黄角《ファンガク》（フノリの一種）、鶏スープ、ちぎった甕津《オンジン》海苔など、調味料を含め全部で十九種類の材料から作られる。

一九二五年に出版された崔永年《チェヨンニョン》の詩集『海東竹枝《ヘドンチュクチ》』にも海州攪飯が出てくる。「下味をつけた肉を油で炒め、セリ、ホウレン草、大豆モヤシ、キキョウの根は塩を少々振って炒め、卵は薄く焼いて糸のように切る。昆布は揚げておき、白米を器に盛ってナムルを彩りよく載せてから、真ん中に炒めた肉を置き、胡椒を少々振って糸唐辛子、錦糸卵をコミョンとして飾り、一番上に昆布揚げを載せて出す」

どこよりもおいしい海州攪飯を出す海州食堂

黄海南道《ファンヘナムド》海州市にある海州食堂は、住民がよく利用する店の一つだ。そこでは地域の特産品をはじめ、さまざまな料理が提供されている。金正日国防委員長は海州食堂のビビンバを食べて「海州攪飯」と名付け、「この料理は人民に親しまれている特別な料理の一つである。他の食堂もこのような料理を探し出して積極的に提供してほしい」と述べた。

この発言を受け、黄海南道や海州市では、食材の確保など海州食堂を支援するさまざまな対策を講じ、食堂の発展のために努力を尽くした。その結果、海州食堂は「最もおいしい海州攪飯を出す食堂」として知られるようになり、他の地方の人々も出張の際には必ず立ち寄る食堂としての地位を築いた。普通のビビンバも良いけれど、有機野菜はもちろん、豚の脂で炒めたご飯がおいしくないわけがない。このような調理の工夫によって、海州食堂は海州だけでなく、北朝鮮全土に名をとどろかせる食堂になったのだ。

南北を分断する壁はまだまだ厚いが、平和と協力の時代が到来したあかつきには、韓国の人たちが出張ついでに海州食堂に立ち寄る日が来ることを期待している。

六　三伏に食べる冷たい滋養食、醋芥湯

北朝鮮の蔘鶏湯はタッコム

暑さが厳しさを増してくると、韓国人は滋養食として蔘鶏湯《サムゲタン》を食べる。さまざまなアンケート調査の結果を見ずとも、蔘鶏湯は代表的な滋養食であり、韓国人にとって鶏肉は最も食べ慣れた食材だ。しかし、朝鮮時代には蔘鶏湯と呼ばれる料理はなく、大きさが雛鳥とひねどりの中間ぐらいになる若鳥を、下味をつけずに水から茹でた白熟《ペクスク》（鶏の水炊き）があるだけだった。その後、高麗人参が手の届きやすい食材になると、嬰鶏《ヨンゲ》（若鳥）白熟に高麗人参を入れたものを「鶏蔘《ケサム》湯《タン》」と呼ぶようになり、その後、海外でも高麗人参の価値が高く評価されるようになるにつれて蔘鶏湯と言い換えられるようになった。

『東医宝鑑《トンイボガム》』（一六一三年に刊行された朝鮮時代の医学書。宣祖（ソンジョ）の命をうけて許浚（ホジュン）が編纂した）に蔘鶏湯についての記載はないが、鶏肉や高麗人参、栗、ナツメなど、蔘鶏湯の主な材料に関する内容が記されているため、これらの組み合わせがどれほど健康に良いのかがよくわかる。この本には、「鶏肉は気血を補うため、食事療法によく使

われる。肉は温の性質を持ち、五味は甘で毒はない。また、緊張を緩め、五臓の働きを助ける」とある。また、「高麗人参の性質は微温で毒はなく、主に五臓の気が不足した時に使う。さらには、精神を安定させ、目の不調を改善し、記憶力を向上させ、虚損[23]を補い、霍乱《かくらん》（夏の暑い時期に起こす熱中症や急性胃腸炎などを指す）による吐き気やしゃっくりを止め、痰を切る」「ナツメは胃腸を丈夫にして脾を補い、気虚を改善し、諸薬の薬性を調和する」と記録されている。まさに、最高の材料を組み合わせて作られるのが蔘鶏湯なのだ。

では、北朝鮮にも蔘鶏湯という料理はあるのだろうか？　北朝鮮には蔘鶏湯の代わりに「タッコム」がある。韓国でタッコムといえば鶏を煮込んで作るスープのことだが、北朝鮮では蔘鶏湯という言葉が使われることはほとんどなく、高麗人参やもち米を入れて煮た蔘鶏湯の一種をタッコムと呼んでいる。

酢とカラシの酸っぱくて辛い醋芥湯

韓国では滋養食として熱々の蔘鶏湯が人気だが、北朝鮮ではさっぱりとした醋芥湯《チョゲタン》がよく食べられている。醋芥湯はもともと、キノコやナマコ、アワビまで入った贅沢な宮中料理で、そのことは、朝鮮時代の宮中宴会について記録した『進宴儀軌《チンヨンイゲ》』『進饌儀軌《チンチャンイゲ》』や、恵慶宮洪氏《ヘギョングンホンシ》（朝鮮王朝の第二十二代国王・正祖（チョンジョ）の母）の還暦祝いの宴に関する記述のある『園幸乙卯整理儀軌《ウォンヘンウルミョジョンニイゲ》』などでも確認できる。

醋鶏湯

一九三〇年代に明月館《ミョンウォル》（一九〇三年創業の朝鮮料理を出す高級料亭。宮中の食文化を大衆化する役割を果たした）などを通じて宮中の食べ物が民間にも広がっていったこと、また醋芥湯が李顛萬《イソンマン》の『簡便朝鮮料理製法《カンピョンチョソンヨリジェポプ》』（一九三四年に出版された料理本。主食から副食、デザートにいたるまで数多くの料理の調理法が紹介されている）に掲載されたことで、次第に庶民にも親しまれる料理になっていった。

醋芥湯は、ぶつ切りにした骨付きの鶏肉を、細かく裂いた牛肉と一緒に味をつけて煮込み、その汁を冷やしてから、緑豆ムッ（緑豆やソバ、ドングリを挽いたものを水にさらし、沈殿物を煮てから固めた食べ物）やキュウリ、イワタケやシイタケを炒めたもの、卵を具として載せ、酢をかけて食べる料理だ。スープが冷たいので、夏によく食べられている。

南北首脳会談や離散家族再会事業の食事会のメニューとして何度も登場したことがきっかけで、数年前から韓国でも醋芥湯を気軽に食べられるようになったが、もともとは平安道の郷土料理だ。平安道の人はカラシのことを「芥子《ケジャ》」というので、「食醋《シクチョ》」（お酢）の醋と「芥子」の芥を取って醋芥湯と呼ばれるようになった。北朝鮮の住民はさまざまな滋養食で気を補い体力を維持しているが、醋芥湯は平壌冷麺や大同江スンオクク、タンゴギクク（犬肉スープ）（詳細は二部の十七を参照）、鰻焼きなどと並ぶ北朝鮮の代表的な滋養食なのだ。

昔から平安道の人々は、蒸し暑い夏に醋芥湯をよく食べていたそうだ。さっぱりとした中にもコクのある味を出す秘訣はスープにある。たっぷりの水に鶏を入れて箸がスッと通るぐらいまで茹でたら、煮汁を冷まして脂をきれいに取り除き、そこにカラシと酢を十対七の割合で溶いたものを入れる。ピリッと辛いトンチミの汁とまろやかな鶏のスープが絶妙にマッチし、辛味と酸味が味に深みを出す。冷麺や蕎麦のような麺料理に比べると、手軽に作れる料理だといえる。

鶏工場の建設直後に探し出された民族料理

醋芥湯の歴史は長いが、北朝鮮で再注目され、民族料理として発展したのにはわけがある。「苦難の行軍」以降、北朝鮮当局が畜産業に力を入れる中で、鶏工場（養鶏場および加工工場）が大々的に建設された。

平壌市内には、下堂《ハダン》、万景台、西浦《ソポ》、龍城《リョンソン》、勝湖《スンホ》の五カ所に大規模な鶏工場がある。金正日国防委員長の指示により、平壌市民に一世帯当たり毎月鶏肉一kg、卵六十個を支給することを目標に掲げ、二〇〇一年の春から鶏工場の現代化に着手した。北朝鮮当局は鶏工場の建設または増改築事業を推進すべく、ヨーロッパ諸国と技術提携を結んでいる。

鶏肉は、韓国でダイエット食品としても利用されている。ダイエットメニューはワンパターンになりがちだが、北朝鮮の鶏料理が新たな献立として人気を得る可能性もあるのではないだろうか。平壌冷麺など有名な料理が何かと話題にのぼるけれど、南北間の交流が一層活発になれば、醋芥湯がその座を奪うかもしれない。

平壌には、鶏料理の専門店として知られる「月香閣《ウォルヒャンガク》」がある。牡丹峰（平壌直轄市牡丹峰区域にある大同江に面した小高い丘。その一帯は自然公園のようになっている）のふもとにあるこの店には、鴨や鶏、卵で作った燻製や、プルコギ、刺身、煮物、揚げ物など百種類以上のメニューがある。私もフライドチキンにビールという組み合わせは大好きだが、こんなにたくさんの鶏料理があるなんて。ぜひとも味わってみたいし、ワクワクしながらダイエットができるのではないかという気さえする。

七　開城の秋の滋養食、鰍魚湯

両班は口にしなかった官奴の食べ物

大正エビやコノシロ、栗など、秋に旬を迎える食べ物は多い。あらゆるものが豊かに実る季節ならではの光景なのだろう。その中でも、肌寒い風が吹き始めると必ず食べたくなるのが鰍魚湯《チュオタン》だ。スープにご飯を混ぜて食べればお腹が温まり、真冬でも風邪を寄せ付けない体になれそうな気がする。ドジョウを意味する「鰍」という漢字は、魚へんに秋と書く。ドジョウは、秋が深まり水温が五度から六度以下になると、砂の中に潜り込んで冬眠する習性がある。秋が始まる頃には栄養を蓄えて丸々と太っているので、味も良く栄養満点だ。秋のドジョウで作る鰍魚湯がこの上なくおいしい理由はここにある。

ドジョウはタンパク質やカルシウム、ミネラルが豊富なため、夏バテした体を回復させ、抵抗力を高めてくれる。また、肌のバリア機能を高め、高血圧や動脈硬化、肥満にも効果的な食べ物だ。『本草綱目《ほんぞうこうもく》』（中国・明の時代（一五九六年）に刊行された薬学百科全書。薬草以外の植物百科としても貴重な情報を伝えている）には、「体を温め、生気を増し、酒を素早くさまし、さらに強精あり」と記されており、『東医宝鑑』にも「ドジョウの五味は甘で、温の性質を持ち、無毒なので脾胃を補い、下痢を止める」と書かれている。

鰍魚湯は栄養面でも鰻に次ぐ滋養食だが、本来は、いわゆる官奴《クァンノ》の食べ物で、両班《ヤンバン》（高麗および朝鮮時代の特権的な官僚階級、身分のこと）は口にしなかったそうだ。そのため、朝鮮時代のどの料理書を見ても、調理法はもちろん、名前すら記録されていない。高麗時代末期に宋の使臣・徐兢が編纂した『宣和奉使高麗図経《せんなほうしこうらいずきょう》』（著者が高麗の首都・開城に滞在する中で見聞したことをまとめた書。高麗の歴史や制度、社会の状況が記録されている）に、鰍魚湯の由来に関する内容が出てくるだけだ。

認識改善のための調理法

鰍魚湯が朝鮮の文献に初めて登場するのは、朝鮮王朝の第二十四代国王・憲宗《ホンジョン》の時代（一八五〇年ごろ）に、実学者の李圭景《イギュギョン》が編纂した『五洲衍文長箋散稿《オジュヨンムンジャンジョンサンゴ》』だ。ここには「ドジョウを水に入れ、一日に三回ほど水を取り替えながら五、六日置くと、泥を全部吐き出す。釜に豆腐と水、五十～六十匹のドジョウを入れて火にかけると、ドジョウは熱気を避けて豆腐の中に潜り込む。さらに熱すると、豆腐の中のドジョウは暴れた末に息絶える。豆腐を切ってゴマ油で炒めて汁を作る」と「鰍豆腐湯《チュトゥブタン》」の調理法が紹介されている。『海東竹枝』にも「霜が降りる頃に豆腐を作り、固まりきる前にドジョウを入れて押し固める。これを切って生姜と山椒の粉を加えて煮込むと実においしい」と記されている。

北朝鮮の雑誌『朝鮮料理』にも、鰍魚湯の由来が出てくる。高麗時代、江華島《カンファ》付近に倭寇の大群が押し寄せて漁ができなくなると、ボラスープをはじめ各種の魚料理で有名だった開城のとある店がドジョウで汁を作り始めた。当時はドジョウを食べる習慣がなかったため、店の主人がその認識を変えるべく、おぼろ豆腐とドジョウを煮こんで混ぜ合わせ、それを押し固めてから分厚く切り、牛肉で取ったスープに加えて煮込んでみたところ、申し分ない料理になったという。これにより店は商いを再開し、鰍魚湯はその町で評判の料理になった。こうしてドジョウを豆腐の中に入れて煮込んだ鰍魚湯が誕生し、ドジョウをスープにして食べる調理法が全国に広がっていったのだ。

開城で発掘された民族料理

鰍魚湯はさまざまな地方で食べられているが、地方ごとに特色があるというのも興味深い。中部地方では、じっくり煮たドジョウと、下味をつけて炒めた牛肉やネギ、唐辛子、ニンニクなどを一緒に煮込んだ鰍魚湯、慶尚道では、茹でたドジョウを木べらですり潰し、シレギ（白菜の外葉や大根の葉を乾燥させたもの）とコチュジャンを入れて作る鰍魚湯が好まれている。昔から、咸鏡道のカボチャ入り鰍魚湯や開城の鰍魚豆腐湯《チュオトゥブタン》が有名で、一部の地方ではシレギやワラビ、朝鮮カボチャを入れていた。だが、何といってもドジョウと豆腐、さまざまな薬味と排草香（カワミドリ）の葉を入れて煮込ん

鰍魚湯

だものに山椒の粉をかける、開城の食べ方が最も有名だ。

このように、長い歴史を持つ鰍魚湯だが、北朝鮮では金日成時代に民族料理として発掘され、一層注目を集めるようになった。一九七二年に開城を現地指導した金日成主席が、この地域の特別な料理は何かと尋ねた。これに、開城で長く暮らしてきた老人が「昔から鰍魚湯がごちそうだと言われてきました」と答えたところ、金主席は「そのとおりだ。開城の人々は鰍魚湯を好んで食べてきた。鰍魚湯というのは、豆腐とドジョウを入れて煮たスープのことで、これまで開城の人々が食べてきた特別な料理を人民に提供できたらどれほど良いだろうか」と語ったという。

その後、子男山《チャナム》のふもとに「子男山食堂」という名前の鰍魚湯専門店が建てられた。この店は、開城の人々はもちろん、この地域を訪れる人々なら誰もが一度は立ち寄る名店となった。

八　大みそかから準備した開城の正月料理、チョレンイトックク

雉の代わりに鶏

正月を迎えると、トッククを食べてひとつ歳を取る（朝鮮では古くから、新年を迎えるたびに一つ歳を取る「数え年」が日常的に使用されてきた。しかし、社会の混乱を避けるため、韓国では二〇二三年六月に「満年齢統一法」が施行された）。新年最初の食事にトッククを食べるのは、カレトッと呼ばれる細長い餅のように長生きできるように、またカレトッの断面の丸い形に似たお金が入ってくるように、という願いが込められているからだ。トッククは別名「添歳餅《チョムセビョン》」とも呼ばれ、古い文献にもよく登場する。

一八〇〇年代に発刊された『京都雑志《キョンドジャプチ》』（柳得恭によって書かれた、朝鮮最初の歳時風俗誌）には、「うるち米で作った餅を棒状に伸ばし、固くなるのを待って横に切ると、断面が貨幣の形になる。それを煮込み、雉肉、胡椒などを加えるとトッククになる。ひとつ歳を取ることを、食べたトッククの器の数に例えることもある」と記されている。また、崔南善《チェナムソン》は『朝鮮常識《チョソンサンシク》』（朝鮮の常識を啓蒙する目的で一九四八年に刊行された書。風俗編、地理編、制度編の三編に分かれている）の中で「正月にトッククを作る風習には、白い食べ物で新年を迎えることで天地万物の新生を表す、と

いう宗教的な解釈が含まれている。このように、素朴なカレトッのように清らかな心で一年を迎えるという意味だ」と語っている。『東国歳時記』には「うるち粉を蒸して案盤[24]の上に置き、柄のついた杵で何度もついて細長くした餅を白餅《ヒントッ》という。これを薄く貨幣のように切って汁に入れ、牛肉や雉肉と一緒に煮込んでから、唐辛子を振ったものをトッククという」と記されている。本来トッククには、白餅と牛肉、雉肉が使われていたが、雉肉が手に入らない場合は鶏で代用することも多かった。ここから「雉の代わりに鶏」（「必要なものがなければ、それに似たもので代用する」という意味のことわざ）ということわざが生まれたのだ。

高麗王朝を滅ぼした李成桂への恨みを込めて

平野地帯の多い南部ではトッククがよく食べられていたが、平壌などの北部では米の栽培が困難なため、マンドゥ（小麦粉の生地に肉や野菜を詰めた、餃子に似た食べ物。詳細は二部の十を参照）スープに取って代わられることもあった。それでも、全国的にカレトッで作るトッククが食べられてきたが、開城には独特な形をしたチョレンイトッと呼ばれる餅の入ったトッククがある。チョレンイトッとは、カレトッが温かいうちに、木のナイフで餅を転がして雪だるまの形（∞）にした餅のことだ。

餅の形が「チョランジョラン」（「조랑조랑（チョランジョラン）」は、木の実などが鈴なりになっている様子を表す）しているところからチョレンイトッと名付けられたが、チョロンバク（ひょうたん）に似ているので「チョロントッ」とも呼ばれてい

チョレンイトックク

た。昔から開城の人々は、大みそかになると夜通しで「高麗を滅ぼした李成桂《イソンゲ》の首を取る」（開城は高麗の首都として栄えた都市だったため、人々は李成桂に恨みを抱いていた）という意味を込めて、雪だるま形の餅を切り離して繭《まゆ》のようなチョレンイトッを作ったそうだ。

そのため、開城の家庭には人数分の木のナイフがあったと言われている。正月の準備には家族全員が集まってチョレンイトッを作ったが、家長である年長者が餅を切り始めると、皆がそれに倣ったという。開城では、嫁ぐ娘にも木のナイフを持たせたが、そこには、幸せな生活への素朴な憧れと、木のような固い意志を持つように、という思いが込められていた。

木製のナイフを使うようになったのは、高麗の第二十三代王・高宗《コジョン》の味覚があまりに鋭く、普通の包丁で餅を切ると鉄の臭いがすると言ってたいへん嫌がったため、木で切るようになったのが始まりだった。木で切った餅の形は不細工だったが、たいそうおいしかったという。これが庶民にも伝わり、開城に木のナイフで餅を切る風習が生まれたのだ。

少女時代のユナが作ったチョレンイトックク

チョレンイトックク（チョレンイトッの入ったお雑煮）は、二〇一七年一月に韓国で公開された映画『コンフィデンシャル／共助』にもチラッと登場して注目を集めた。この映画は、韓国に逃亡した犯罪組織のリーダーを捕らえるべく、北朝鮮当局が韓国側に「南北共助捜査」を要請するところから始まる。北朝鮮の真意を探るため、韓国当局は共助捜査を装って刑事のカン・ジンテ（ユ・ヘジン）に、北朝鮮の刑事リム・チョルリョン（ヒョンビン）を監視するよう命じる。ユナはカン・ジンテの妻の妹・ミニョン役として登場し、ジンテが家に連れてきたチョルリョンの甘いマスクに一目ぼれしてしまうという設定だ。ミニョンはチョルリョンに気に入られようとあらゆる手を尽くすのだが、その一つがチョレンイトッククを作ることだった。これを食べたチョルリョンは、おいしいと言ってミニョンに初めて心を開く。北朝鮮全域で食べられている料理ではないので、チョルリョンの故郷は開城なのではないだろうかと、映画を見ながらふと考えた。

開城は高麗の首都だっただけに、チョレンイトックク以外にも、神仙炉《シンソルロ》（宮廷料理のひとつで、専用の鍋「神仙炉」に、下ごしらえした野菜や魚介類、肉などを放射状に並べ入れ、スープを注いで煮ながら食べる料理）や鰍魚湯、片水《ピョンス》（詳細は二部の十を参照）、薬飯《ヤッパプ》（蒸したもち米に蜂蜜やナツメ、醤油、ゴマ油、焼き栗、松の実などを混ぜて蒸し上げたもの。薬食（ヤクシク）ともいう）、瓊団《キョンダン》（伝統餅の一種で、もち米やキビの粉を練って生地を作り、ひと口大にまるめたものを茹でて作る。中にあんこを入れたり表面に黒ゴマなどをまぶしたりもする）、ウメギトッ[25]など、平壌に負けず劣らずさまざまな郷土料理がある。

九　外国人が最も愛した緑豆チヂミ

さまざまな呼び名がある緑豆チヂミ

平壌冷麺、平壌温飯、大同江スンオクク、緑豆チヂミは、平壌の四大料理だ。このうち、平壌冷麺と平壌温飯はそれだけで完結する料理だが、大同江スンオククは汁物、緑豆チヂミはおかず類で、しかも緑豆チヂミは平壌温飯の具材として使用されているにもかかわらず、それぞれ四大料理の一つに数えられている。

北朝鮮で「チヂミ」とは、もち米、緑豆、小麦、モロコシ、ソバ、ジャガイモ、トウモロコシなどの穀物の粉で作った生地に、ネギ、ニンニク、肉、野菜、山菜などを入れて油で薄く焼いたものを指す。さまざまな材料で作られたチヂミのうち、最も味が良いとされているのが緑豆チヂミだ。これは緑豆を挽いて豚の脂（ラード）で焼いたもので、韓国ではピンデトッと呼ばれている。緑豆チヂミは地方によって呼び方が異なる。

黄海道では、油をひいたチヂミパン（フライパン）に生地をボテッと広げて焼くことから

緑豆チヂミ

「マッ（適当、いい加減）プチ（焼き）」、中部以南の地域では、客をもてなす料理という意味の「賓待《ピンデ》トッ」、貧しい人がよく食べていたことから「貧者《ピンジャ》トッ」とも呼ばれていた。

文献史料に登場する緑豆チヂミは、現在食べられているものとは少し違う。朝鮮半島では三国時代以前から緑豆が栽培され、緑豆チヂミの作り方は比較的シンプルだった。一六七〇年ごろに刊行された『飲食知味方《ウムシクジミバン》』（張桂香（チャンゲヒャン）が娘や嫁に調理法を伝えるために作った料理書で、全文がハングルで書かれている）には、ピンデトッという料理名で、緑豆チヂミの生地に野菜や豚の脂を入れて焼くという調理法が紹介されており、このレシピどおりに作ると色も味も独特になるという。一方、一八〇九年ごろに完成したとされる『閨閤叢書《ギュハプチョンソ》』（憑虚閣李（ピンホガクイ）が家庭の日常生活に必要なあらゆる知識を記録した百科事典）に記録された緑豆チヂミは、平たい鉄板に固めの生地をひき、茹でてつぶした栗に蜂蜜をからめたものを置いてから、もう一度生地をかけて焼いた後に松の実とナツメを飾る、というものだった。このように、時間の経過とともに緑豆チヂミが変化していった様子がうかがえる。

宴会や名節に欠かせない食べ物

緑豆チヂミの作り方は地方によって異なるが、平壌を中心とした平安道のレシピは特に個性的だ。まず、緑豆を水に一時間ほどつけてふやかし、皮を剝いて挽く。豚を茹でて三分の二を細かく刻み、残りは薄く短冊切りにする。白菜キムチも四角く切り、ネギはみじん切りにする。鉄板に豚の脂をひき、短冊切りにした豚肉と白菜キムチを置いてから、その上にチヂミの生地をお玉一杯分ずつ流し込んでこんがりと焼く。平安道の緑豆チヂミは、緑豆を挽いて豚の脂で焼くところと、チヂミの真ん中に薄くスライスした豚肉が載っているのが特徴で、他の地方のものに比べて大きさは三倍、厚みも二倍ほどにもなる。

北朝鮮の人々にとって緑豆チヂミは特別な料理で、誕生日や結婚式などの行事には欠かせないものだった。平安道では、何段にも積み重ねられた緑豆チヂミを祝いの席に並べる風習があり、この料理がなければ中途半端な膳になると考えられていた。また、平壌では正月に出される料理でもあり、平壌温飯の具としても使われるようになったことで、さらにその存在が知られるようになった。

金日成主席も、訪朝した外国の代表団や要人との食事には必ず緑豆チヂミを出すよう指示し、食事の席では「緑豆は解毒の効果が高く、われわれの祖先もよく食べていました。ガス中毒や酒に酔った人には緑豆汁を飲ませました」と、うんちくを傾けていたそうだ。緑豆チヂミは味が良いのはもちろんだが、タンパク質や炭水化物、ビタミンなどがバランスよく含まれている上にデトックス作用もあるので、身体に良い食べ物としても知られている。

緑豆チヂミは、キムチ、プルコギと共に北朝鮮の三大嗜好料理に挙げられて（二〇二一年一一月、北朝鮮の対外用ウェブサイト「ネナラ」に掲載された情報）世界的にも評価を受けており、東南アジアをはじめとした各国で広く食べられている。余談ではあるが、一九八九年に平壌で開かれた第十三回世界青年学生祝典の際に、外国人からの注文が最も多かったのが緑豆チヂミだったという。

人民のための仕事

緑豆チヂミについて書いていると、金剛山でせわしなく食べたジャガイモのジョンと緑豆チヂミが目に浮かんでくる。「初日の出イベント」で金剛山に行った時のこと。冬の登山で全身が凍りつき、普段動かさない体を酷使したせいでヘトヘトになってしまった。下山途中、木蘭館という食堂の前で、接客係たちが鉄板に油をたっぷりひいてジャガイモのジョンと緑豆チヂミを焼いているではないか。その香ばしい匂いに誘われて注文したチヂミを、私は店にも入らず外で平らげてしまった。

緑豆チヂミの注文が殺到して屋外でもチヂミを焼いていたのだが、予定外のことだったのか、接客係らが身に着けていたのは室内用の薄い民族衣装だけだった。頬を真っ赤にした接客係に寒くないかと尋ねると、「寒くはありません。金剛山の味と趣を一人でも多くの方に知っていただくためですから」という答えが返ってきた。おそらく彼女は金剛山に配置された労働者で、ここでの稼ぎが自分の懐に入るわけではなかっただろう。今では北朝鮮もインセンティブ制度を導入しているので、働いた分だけ報酬に反映されることもあるが、当時は違った。それにもかかわらず、進んで熱心に働く姿が実に印象的だった。

北朝鮮には、仕事に使命感を持ち、骨身を惜しまず働く人が大勢いる。一緒に訪朝したうちの一人は、平壌の両江道ホテルでフロントスタッフにメモ用紙をくれと言ったところ、四分の一のサイズに切られた紙を渡されたという。「私物でもないのに、どうして切ったものをくれるのか」と尋ねたところ、「私のものならば一枚差し上げますが、国家の財産なので大切に使いたいのです」と言われたそうだ。緑豆チヂミを見るたびに、社会主義国らしく「一人はみんなのため、みんなは一人のため」「人民のために働くこと」をひたむきに実践していた木蘭館の接客係を思い出す。

十　夏の食べ物、開城片水

お客様をもてなす料理、マンドゥ

北朝鮮で、冷麺の次に有名な食べ物はマンドゥなのではないかと思う。韓国のマンドゥとほとんど変わらないが、北朝鮮のものは一つ食べるだけでお腹がいっぱいになるほど大きい。韓国のマンドゥが小ぶりだというべきだろうか。どの地域のものが特においしいというよりも、北朝鮮全土でよく食べられている。

そのため、北朝鮮では韓国よりもマンドゥに関連する食文化が発達した。平安道や黄海道、江原道ではお正月にトックの代わりにマンドゥクク（マンドゥスープ）を食べることが多い。稲作が困難なため、うるち米で作るトッククよりも小麦粉やソバ粉の皮で作るマンドゥのスープが食卓に上る。また、野菜や肉、豆腐などで餡を作るので、一つ食べるだけで炭水化物やタンパク質、繊維質、ビタミン、ミネラルをバランスよく摂取することができる上にカロリーも高いため、寒い季節に体力を維持する目的でよく食べられている。北朝鮮でマンドゥは、名節や大きな行事がある時はもちろん、客をもてなす際にも欠かせない大切な料理なのだ。

北朝鮮のマンドゥの中で特に有名なのが、平壌マンドゥと開城マンドゥだ。

平壌マンドゥは、手で薄く伸ばした皮に、豆腐をベースとしてキムチやモヤシ、ニラ、豚肉を混ぜた餡をたっぷり詰めて大きめに作るのが特徴だ。一方の開城マンドゥは、豆腐やキムチを少なめにする代わりに野菜をたくさん入れるので、あっさりしていて平壌マンドゥよりも小ぶりだ。

マンドゥは、皮の材料や形、火の入れ方によってさまざまな種類がある。皮の材料によって、小麦マンドゥ、ソバマンドゥ、魚マンドゥ、冬瓜マンドゥ、センマイマンドゥなどがあり、包み方によって、四角形のピョンス、ナマコの形をしたキュアサン、指ぬきほど小さなコルム（指ぬき）マンドゥ、ザクロの形を真似たソンニュ（ざくろ）マンドゥ、大きなサイズの大《テ》マンドゥ、小さなサイズの小《ソ》マンドゥ、小麦粉の上に餡を転がして作る皮のないクルリム（転がし）マンドゥなどがある。小麦マンドゥ、ソバマンドゥは粉から作った生地で皮を作るが、魚マンドゥは茹でた魚の皮で餡を包み、雉マンドゥやジュンチ（ヒラ）マンドゥは身を細かく刻んで丸くしてから、澱粉をまぶしてクルリムマンドゥと同じ要領で作る。

卞さんが初めて作った卞氏マンドゥ

開城では、四角い形をしたピョンス（片水）もよく食べられている。「水で茹でてすくい上げ

開城ピョンス

る」ことからピョンスと呼ばれるようになったが、水に浮いている様子からこう名づけられたという説もある。『東国歳時記』には、卞《ピョン》という姓を持つ人物が初めて作ったことから「卞氏《ピョンシ》マンドゥ」と呼ばれていたのが、次第に「ピョンス」になったと記されている。開城をはじめとした一部の地方では、丸い形のピョンスを正月料理として食べていた。『閨閤叢書』には、「胡椒が効いた餡の入ったピョンスは、澄んだ冷たい汁に浮かべて食べるので、蒸し暑い夏に人々の食欲を回復させてくれた」と紹介されている。

開城の代表的な食べ物の一つであるピョンスは、朝鮮カボチャやキュウリなどの野菜と牛肉や豚肉を混ぜた餡を作り、それを皮に包んで茹でたものを酢醤油につけたり、冷たい牛胸肉のゆで汁に浮かべたりして食べる。薄く伸ばした皮に、餡と錦糸卵、松の実を二、三粒入れ、四隅を中央に寄せるようにして包む。開城では豚肉がよく使われ、風味を出す材料としてはネギよりもニンニクが好まれている。一般的に、ピョンスは白菜キムチやナバクキムチと一緒に食べるものだが、開城では、有名な松筍酒《ソンスンジュ》（松の新芽を入れて作った酒）を飲みながら、ポッサムキムチ（詳細は二部の十二を参照）と一緒に食べるのが粋な食べ方だと言われていたそうだ。

ピョンスは、冬に食べるマンドゥとは違い、形が四角形で、餡には朝鮮カボチャやキュウリ、キノコ、錦糸卵、松の実などをたっぷり入れてあっさりと仕上げるので、夏のマンドゥとして知られている。だが、金正日時代に民族料理として発展したことで、季節を問わず食べられるようになった。

おいしいピョンスは安く手に入るものではない

『別乾坤《ピョルゴンゴン》』[26]第二十四号に掲載された文章「天下の珍味・開城のピョンス、珍品・名品・天下名食、八道名食物礼賛」には、「本当に上手に作られたピョンスは安く手に入るものではない」として、次のように紹介されている。

開城ピョンスの中でも、貧乏くさい店で適当に作られている、食べた気分だけを味わうようなピョンスは、ソウルの鍾路《チョンノ》通りの店で大皿に一つずつ出される二十銭のマンドゥにも及ばないかもしれない。それは、肉なんかはほとんど入っておらず、モヤシと豆腐の混合物に過ぎないからだ。人々が絶賛する開城ピョンスとはそんなものではなく、中の具材は牛肉、豚肉、鶏肉、生牡蠣、松の実、キノコ、モヤシ、豆腐、その他ヤンニョムなどさまざまだ。これらを適切な分量に配合して入れるのだが、おいしいピョンスを作りたければ、少なくとも、モヤシと豆腐を合わせた量が全体の三分の一を超えてはならない。ゆえに、真においしい開城ピョンスは、そんなに安く手に入るものではない。

二〇一八年四月二七日に開かれた南北首脳会談の晩餐にも、金大中元大統領の故郷・新安《シンアン》郡の可居《カゴ》島で獲れたニベとナマコのピョンスが登場した。この料理が公開されると、進歩陣営からは意味深い料理だという評価が、保守陣営からは見せかけだけの取ってつけたようなメニューだという酷評が相次いだ。いずれにせよ、このメニューが公開された時、金大中元大統領が長い年月をかけて平和のために尽力してきた道のり、そして今となっては足を踏み入れることさえできなくなってしまった開城工業団地や金剛山が脳裏に浮かんだのは確かだ。南北間の緊張が高まっていた状況から、紆余曲折の末に実現した南北首脳会談だっただけに、「おいしいピョンスは安く手に入るものではない」という言葉が身に染みる。

十一　大切な客人にふるまう料理、大同江スンオクク

秀でた魚、「秀魚」

漢江《ハンガン》がソウルを横切って流れているように、平壌には大同江《テドンガン》が流れている。二十年近くも前のことになるが、二〇〇五年に初めて訪朝した時、同行したある教授が「平壌はまるでヨーロッパの田園都市のようだ」と語っていた。当時は、塗装された建物もほとんどなく街並みは質素だったが、社会主義国の計画都市にふさわしく区画はきれいに整理され、大同江の周辺にはケヤキが植えられていたので風情があった。何より、大同江でのんびりと釣りを楽しむ人々の姿は、田園都市と言わしめるのに十分な雰囲気を演出していた。間近で見る大同江は、川底の石ころ一つ一つがはっきりと見えるほどに透き通っていた。

ボラは、沿岸域や塩分濃度の低い河口付近に生息する魚で、サケと同じく澄んだ水を好む。稚魚の頃は海に生息しているが、幼魚になると河川に戻ってくる。新石器時代の弓山《クンサン》遺跡[27]からはボ

ラの骨が出土したほどに、この魚を食用としてきた歴史は長い。中国の北宋時代に編纂された『冊府元亀《さっぷげんき》』（中国の北宋時代に成立した四大類書の一つ。五代以前の正史などの史料を抄録・編纂したもの）には、七二九年に渤海《パレ》が鯔魚《チオ》（ボラ）を唐に献上したと記録されており、どの古い文献を見ても「ボラは非常においしくてその卵も珍味だ」と記されている。朝鮮においてボラは、「最も味の秀でた魚」という意味で「秀魚《スオ》」と呼ばれていた。昔から平壌、龍岡《リョンガン》、江西《カンソ》、安州《アンジュ》、義州《ウィジュ》、鉄山《チョルサン》などがボラの産地として有名だったが、その中でも大同江で獲れるものが一級品だと言われている。特に、冬に氷を割って獲る「凍秀魚《トンスオ》」は、平壌のものが最も味が良いそうだ。

古くから、四月になると「死んだボラが大同江に生きて帰ってくる」と言われるほどに、大同江はボラの生息に適した環境になるため、この周辺では昔からボラを使った汁物などがよく食べられていた。大同江の河口をせき止めた西海閘門《ソヘカンムン》によってスンオククの命脈が絶たれる危機に陥ると、北朝鮮当局が閘門に魚道を設けた、という経緯もある。

大同江スンオククの味

平壌の四大料理の一つである大同江スンオクク（ボラスープ）は、大同江で獲れたボラを、大同江の澄んだ水で煮込んで作る料理だ。金日成主席は一九九〇年代末に「昔から平壌の人々は、大同江でボラを獲ってスンオククを作っていた」と述べ、「スンオククは平壌の特別な料理の一

大同江スンオクク

つ」だと強調した。また、「コチュジャンを入れて煮込む人もいるそうだが、スンオククは、水から煮なければおいしくならない」とも語ったという。この料理は冷たい水から煮込むので、「スンオ冷《ネン》水《ス》湯《タン》」とも呼ばれていた。平壌では、ボラを冷たい水に入れ、布に包んだ胡椒の粒と一緒に煮込んだものが食べられている。

ボラは他の魚に比べて身と皮が固いので、身の柔らかいカレイやスケトウダラとは違い、冷たい水からゆっくりと火を入れていかなければ十分に味を引き出すことができない。胡椒は、臭み消しと食欲増進のために使う。骨を取り除いてぶつ切りにしたボラを鍋に入れ、身に火が通るまでじっくり煮込むと、スープに黄色い脂がたくさん浮いてくる。スープの味を調えてから器に盛れば、スンオククの完成だ。独特な風味を殺さないためには、鉄よりも石の鍋を使うほうが良いという。

ボラは甘みがあり、身に弾力がある。また、後味もさっぱりしていて消化にも良いので、北朝鮮では汁物、焼き物、煮物、揚げ物など、さまざまな料理に使われている。平壌の人々は、古くから大切な客人に大同江スンオククをふるまうことを礼儀とし、また平壌を訪れた人も、このスープを食べなければ手厚いもてなしを受けたとは考えなかった。そのため、平壌に行ってきた人に「スンオククはおいしかったか?」と訊くのが挨拶代わりになるほどだった。このような理由から、平壌では冠婚葬祭の食事にボラの蒸し物が欠かせないという。

二〇〇七年南北首脳会談の晩餐会に登場

二〇〇七年に行われた南北首脳会談。木蘭館で開かれた晩餐会では、「大切な客人に出す」大同江スンオククが盧武鉉大統領にふるまわれた。この時、盧武鉉大統領と金正日国防委員長は、二〇〇〇年に発表された南北共同宣言(六・一五共同宣言)の具体的な履行について議論を交わした。この会談では、これまで南北当局が正面から扱うことができなかった軍事に関する問題や平和体制構築に向けた議論が進められると同時に、朝鮮半島の平和と非核化のための意志が再確認され、大統領の任期が残り二カ月となった時期に一〇・四共同宣言が締結された。韓国側の政権交代によってこの宣言の履行は困難になってしまったものの、六・一五共同宣言を具体化させた盧武鉉大統領は、北朝鮮にとって「大切な客人」だったに違いない。盧武鉉大統領やその側近は、大同江スンオククに込められた意味を知っていたのだろうか。

　スンオククで有名なのは、大同江沿いにある「平壌スンオクク店」だ。この店では、大同江スンオククはもちろん、スンオ冷水湯、スンオメウンタン（ボラの辛いスープ）、揚げ物などのボラ料理が提供され、味も良いと評判だ。韓屋《ハノク》（伝統的な朝鮮の建築様式を使用した家屋のこと）風の店では、青い波が揺れる大同江とその周りの風景を一枚の絵のように眺めながら、ボラ料理を味わうことができるそうだ。

　平壌には何度か行ったことがあるけれど、大同江スンオククにはありつけないままだ。大切な客人にふるまう料理だというから、私はまだ平凡な客人に過ぎないのだろうか。想像するだけで喉が鳴る大同江スンオクク、いつかきっと食べてみたい。

十二　開城屈指の名物、ポッサムキムチ

宮中で食べられていた高級キムチ

　最近ではキムジャン（長い冬に備えてキムチを大量に漬ける作業のこと。二〇一三年にはユネスコ世界無形文化遺産に登録された。時代の変化とともに、韓国ではキムチをつける家庭が減少している）の風景もすっかり様変わりしてしまったが、キムジャンの日ともなると、家族や近所の人たちが集まっておしゃべりをしながら、白菜や大根を洗ったり薬味を塗り込んだりする姿が目に浮かんでくる。体じゅうが痛くなっても、冬の間に食べる大量のキムチが積み上げられているのを見ると、どんなに心強いことか。しかも、その場で割いて食べるキムチは、その日の苦労も吹き飛んでしまうほどにおいしい。茹で豚と一緒に漬けたてのキムチを頬張るのは、一年に一度の贅沢なのだ。茹で豚とキムチの具、生牡蠣を白菜の葉で包み、それを口に入れた瞬間……。想像しただけでよだれが出てしまう。

　北朝鮮のキムジャンは、韓国よりもさらに骨が折れる。南よりずっと寒く、冬の間に新鮮な野菜を手に入れるのが難しいため、一度に数百株の白菜を漬ける家庭も多い。北朝鮮ではキムチを漬ける時期を「キムジャン戦闘」と呼び、材料や運送手段の確保に全力を傾ける。長い冬に備え

ポッサムキムチ

て半年分のキムチをまとめて漬けるので、キムチの種類も豊富だ。材料も作り方もさまざまなキムチがある中で、ポッサムキムチは味も見た目も最高のキムチだといえる。

ポッサムキムチは昔から開城屈指の名物で、「ポ（風呂敷）キムチ」または「サム（包み）キムチ」とも呼ばれていた。横に二、三等分した白菜を並べ、その間に味付けした野菜や果物、海産物など山海の珍味を挟み込み、最後に塩漬けした白菜の葉で包んで漬ける。白菜をざく切りにして薬味と混ぜ合わせてから葉で包む作り方もある。この時、塩と塩辛で味をつけたキムチの汁を、ポッサムキムチが浸かるようにたっぷりと注ぐのがポイントだ。ポッサムキムチの間に大根を挟んでおくと、汁がさっぱりしておいしくなる。海の幸や果物と一緒に漬けるポッサムキムチはこの上なく贅沢なキムチなので、主に宮中で食べられていた。いろいろな具材の味を楽しめるし、大きめの葉でご飯を包んで食べるのもまた格別なのだ。

いとしい人の帰りを待つ食べ物

ポッサムキムチは、他のキムチに比べて味と香りが独特で、汁も甘く、昔から広く名の知られた食べ物だった。特に開城でこのキムチが発達したのは、料理の腕前もさることながら、何よりも開城で栽培される白菜は大玉で葉が大きく、ポッサムキムチを作るのに適していたからだ。開城の白菜は、中の葉が長くて柔らかいので、さまざまな具を風呂敷のように包んで熟成させるのに打ってつけだったというわけである。薄切りにした大根、リンゴ、梨、千切りにした栗、ナツメ、さらには松の実やセリ、ネギ、ニンニク、生姜、糸唐辛子、アミの塩辛などの具が、熟成していく過程で混ざり合いながら風味を増していく。また、中の具の味や香りを逃がすことなく保存できるというのも特徴の一つだ。

ポッサムキムチやその調理法については、一九四〇年ごろから文献に現れ始め、植民地支配からの解放直後から大衆化したと見られている。

開城では、ポッサムキムチを正月の前後に食べる風習があった。朝鮮時代の商業都市だった開城では、男性が商いのためにこの地を離れることが多く、女性たちは夫の帰りを待ちながらポッサムキムチを漬けた。正月が近づき、商いから戻った夫に出された特別な一品がポッサムキムチだったのだ。

両班の家では大掛かりなキムジャンが行われていたが、その際、家の主人が使用人を労い、冬に不足した栄養を補うべく、漬けたてのキムチと茹で豚を出して宴会を開いたことがポッサムキムチの由来になったという説もある。高級なキムチなので、日常的に食べられていたというよりは、来客時や結婚式、誕生日など特別な日に出される食べ物だった。

開城の金持ちが食べていたキムチ

ポッサムキムチが開城の代表的なキムチと言われるようになったもう一つの理由は、開城の富裕層にある。ポッサムキムチは、具にさまざまな海産物や果物など、高価な食材がたくさん使われている上に手間もかかるため、手軽に漬けられるキムチではなかった。ところが、商いで富を築いた開城の人たちは経済的に余裕のある暮らしをしていたので、この贅沢なキムチを堪能することができたのだ。

ポッサムキムチは、新鮮な海産物が手に入る冬に食べるのが一番。開城への観光ツアーに参加した時（二〇〇七年一二月に韓国側から陸路で開城に行く観光ツアーが開始されたが、二〇〇八年一一月に中断された）も、レストランの接客係が「冬にいらっしゃれば、おいしい開城のポッサムキムチを味わうことができます」と言うのをよく耳にした。北朝鮮では最近、リンゴや梨、マクワウリの中身をくり抜き、そこに具を入れて漬ける果物ポッサムキムチという新たなメニューも登場したそうだ。

　北朝鮮は韓国よりも北に位置するため、冬の訪れが早く、降雪量も多い。二〇一五年一一月に行われた羅津《ラジン》―ハサンプロジェクト（北朝鮮の羅津とロシアの国境都市ハサン間の鉄道を近代化し、ロシア―北朝鮮―韓国間の物流輸送時間を短縮させるための事業。二〇一三年一一月に開始されたが、二〇一六年三月に全面中断された）第三回テスト運送事業の参観団の一員として羅津に行ったことがあるのだが、初秋だったので普段どおりショート丈の靴をはいて行ったところ、大雪が降ったせいで大変な目にあった。足の指の感覚がなくなるほどの寒さに、同行者らはみな参ってしまった。けれど、以熱治熱《イヨルチヨル》（熱をもって熱を制す）という言葉のとおり、冷たくして食べるべきものは、冷たいまま食べなければ。雪の降る日に、温かいチョレンイトッククと、歯にしみるほど冷たい海鮮たっぷりのポッサムキムチを一緒に食べれば、さぞかし幻想的な味になるだろう。寒さが骨身に応えたとしても、ぜひ味わってみたいものだ。

十三　咸鏡道の冬の珍味、明太スンデ

加工法や保存法によって変わる名称

二〇一八年四月一日と三日に行われた「南北平和協力祈願南側芸術団平壌公演──春が来る」は、南北首脳会談の事前行事として、また平昌《ピョンチャン》冬季オリンピック・パラリンピックの成功を祈願して行われた三池淵管弦楽団の訪韓公演への答礼行事だった。韓国のトップスターが北朝鮮住民の前でパフォーマンスを行うという意義深いひととき。チョー・ヨンピル、イ・ソニ、チェ・ジニなどのそうそうたる歌手が素晴らしい公演を披露したが、個人的に何よりも感動したのは、歌手のカン・サネが『明太《ミョンテ》（スケトウダラ）』を歌った時だった。

はらわたは塩辛に　卵は明太子に
エラで作ったエラの塩辛
目玉は焼いて酒のあてに

身は汁にして食べ
何一つ捨てるところがない明太

やや直接的な歌詞に北朝鮮の人たちは笑っていたけれど、咸鏡道出身の父親を思って作った歌だと紹介されると、カン・サネも北朝鮮の人もみな涙をぬぐった。その様子がテレビに映し出されると、視聴していた韓国人もその場の感動を共有した。つまり、スケトウダラが南北の人々の心を一つにしたのだ。

一九七〇年代から一九八〇年代ごろまで、スケトウダラはどこにでもいるような魚だったが、今となっては東海《トンヘ》（朝鮮半島の東側の海域のこと）ではほとんど見かけることができなくなった。韓国のある国立水産研究所では、スケトウダラを養殖すべく生け捕りにしたスケトウダラ一匹につき五十万ウォンの報奨金を出していたので、「明太」ではなく「金太《クムテ》」と呼んでもいいほどの高級魚になってしまった。

スケトウダラの加工法や保存法はさまざまで、それによって名前が変わる。一般的には「明太」「明太魚《ミョンテオ》」「太魚《テオ》」と呼ばれているが、冬に獲って凍らせたものを「凍太《トンテ》」、塩漬けにしたものを「カン（韓国語で「간（カン）」とは、「塩味をつける調味料」や「塩加減」を意味する）明太」「塩太《ヨムテ》」という。内臓を取り出し、屋根の上や籬《まがき》[28]に並べて凍らせては溶かすのを繰り返しながら乾燥させたものを「干し《マルン》明太」「乾《コン》明太」「乾太《コンテ》」といい、北部地方で獲れる魚という意味で「北魚《プゴ》」と呼ぶこともある。

愛国心が最も強い魚、スケトウダラ

スケトウダラは東海やオホーツク海、ベーリング海などの温帯海域に広く生息している、冷水を好む魚だ。十九世紀半ばに刊行されたある雑誌には、「明太」という名前の由来について「明《ミョン》川《チョン》に住む太《テ》氏が初めて獲ったので、こう名付けられた」と記されている。朝鮮時代後期から明太という名称が使われており、他国でもスケトウダラは明太と呼ばれていたという。意外なことに、北朝鮮では「짝태《ツチャクテ》」とも呼ばれているが、これは「짜갠《ツチャゲン》（割った）明太」という意味だ。

一九五八年三月、清津水産事業所を現地指導していた金日成主席が、漁師の誤用を正して「짝태」と呼ばせるようになったという。金日成主席は「明太は非常に良い魚です。他の魚よりも脂質が少なく、タンパク質が豊富なため、健康にも良くておいしいです。栄養も豊富で、はらわたまで丸ごと食べられる、わが国に定着した明太は宝だと言えるでしょう。愛国心が最も強い魚なので『愛国太《エグクテ》』なのです」とスケトウダラを高く評価した。

スケトウダラは味が良く、栄養が豊富に含まれているため、昔から朝鮮半島ではあらゆる料理にして食べられてきた。この魚をたくさん食べると背が高くなり、骨が強くなる上に傷の治りが早くなると言われている。また、身や卵だけでなく肝、白子、はらわた、骨、皮にいたるまで捨てるところが一つもなく、生臭さがないので祭祀膳にも供えられていた。明卵《ミョンナン》（スケトウダラの

明太スンデ

卵）の塩辛やはらわたの塩辛は、周辺の国々からも好評を得ていた。

特に、東海沿岸の咸鏡道地方はスケトウダラの産地なので、さまざまな料理にして食べられていた。その中でも、ジャガイモの緑末ククスにスケトウダラの刺身を載せた明太刺身《フェ》ククスや明太スンデ（スケトウダラの腹詰め）が有名だ。

明太スンデは、北朝鮮で立春に食べられる料理で、「凍太スンデ」とも呼ばれている。スケトウダラの身と内臓、豚肉、豆腐、キムチウゴジ（漬け終えたキムチの上に広げて置く白菜の外葉のこと）、ネギ、ニンニク、唐辛子を一緒に炒め、それをスケトウダラの腹の中に詰めて蒸し上げた料理だ。スケトウダラの頭に、白子や肝を米と一緒に詰めて蒸すこともある。明太スンデは、そのまま食べたり、生干しにしたものを焼いて食べたりする。咸鏡道地方の人々にとって干した明太スンデは、貴重な保存食かつ特別な料理なのだ。

客人をもてなす料理

明太スンデは、スケトウダラがよく獲れる東海に面した咸鏡道や江原道の郷土料理で、平安道の人々にとってはあまりなじみのない料理だ。咸鏡道の人々は、明太スンデを米の代用品として食べたり、酒の肴として客にふるまったりしていた。北朝鮮でも一九八〇年代まではスケトウダラがよく獲れたので、この料理がよく食卓に登場していたそうだ。

咸鏡道地方には、寒い冬に明太スンデを外に出して凍らせておき、客が来ると特別な料理としてふるまうという風習があった。韓国・江原道の束草《ソクチョ》には北朝鮮出身者が作った村があり、ここではアバイ（おじいさん）スンデ（豚の大腸に、もち米や野菜、血を混ぜた具を詰めた料理）やカジェミ食醢（カレイの熟れ鮨）（詳細は二部の十四を参照）など、北朝鮮の食べ物に出会うことができる。だが、スケトウダラが手に入りづらくなって価格も高騰したため、ここでも明太スンデはめったに食べられない料理になってしまった。

二〇一六年一〇月ごろ、「世界初のスケトウダラ完全養殖に成功」というニュースが報じられた。スケトウダラをいつでも思う存分に食べられる日が来るかもしれないと期待したものの、結局は失敗に終わってしまった。減少したスケトウダラの資源を回復させるべく、韓国政府が稚魚三十万匹を放流したにもかかわらず、成魚になったのはたったの三匹だったという。スケトウダラがありふれた魚になるには、まだまだ時間がかかりそうだ。

スケトウダラの減少は、地球温暖化の影響で東海の水温が上がり、冷水を好むスケトウダラの生息環境が変化したことも要因の一つだ。今後、南北間の水産分野における交流が活発化し、韓国海域よりも海水温度が低い北朝鮮海域でスケトウダラの養殖が成功することを期待したい。咸鏡道ならではの味、明太スンデを韓国でも気軽に食べられる日が来ることを願いながら。

十四　咸鏡道の自慢、酸味のあるカジェミ食醢

咸鏡道地方の珍味、カジェミ食醢

つやつやなご飯に塩辛をちょこんと載せて食べると、そのしょっぱさのおいしいこと。食欲がなくても、塩辛さえあれば、お茶碗一杯のご飯をあっという間に平らげてしまう。塩辛は材料によって種類もさまざまで、今食べられているものでも百種類以上あるそうだ。

北朝鮮にもたくさんの塩辛があるが、その中で最も有名なのは咸鏡道のカジェミ食醢だろう。韓国でカレイは「가자미（カジャミ）」と言うが、北朝鮮では「가재미（カジェミ）」と呼ばれている。

塩辛の一種である食醢は、「米」を原料にして醗酵させるという点で、朝鮮固有の飲み物のシッケ（もち米やうるち米に麦芽を加えて醗酵させた、甘酒に似た飲み物）と似ているが、実はまったくの別物だ。麦芽を醗酵させて作るシッケとは異なり、食醢は、酢でしめた魚に大根と炊いた米を混ぜ、唐辛子、塩、ネギ、ニンニクなどの薬味を加えて醗酵させた食べ物だ。

食醢を作る時は、魚の身だけでなく頭や内臓も使う。魚はスケトウダラやカレイ、ハタハタのような脂質の少ないものが望ましく、自己消化が始まる前のものを使わねばならない。代表的なものとしては、スケトウダラ食醢、カジェミ食醢、スケトウダラのはらわた食醢、スケトウダラの頭食醢などがある。この料理は主に海沿いの地域で作られてきたが、獲れる魚によってさまざまな種類がある。その中でも咸鏡道のカジェミ食醢やハタハタ食醢、黄海道の貝食醢、江原道の干しスケトウダラ食醢、慶尚道の干しイカや干しスケトウダラの食醢などが有名だ。

酸味があって歯ごたえのある独特な味

食醢についての記録は朝鮮時代の中期から見られるが、その歴史はもっと古い。専門家は、高《コ》句麗《グリョ》時代から朝鮮半島に根付いた食べ物だったと推測している。遊牧文化から農耕文化に移行していく中で、朝鮮半島の人々は不足していたタンパク質を摂取すべく、魚を保存・醗酵させ、その過程で食醢が伝統的な食べ物として定着したというわけだ。

『酒方文《チュバンムン》』（一六〇〇年代末ごろに書かれたと推測される料理書。酒の醸造法だけでなく、料理全般にわたって記されている）という朝鮮時代の本には、食醢の作り方についてこう記されている。「魚のうろこを取り、内臓を取り除いてから、きれいに洗って軽く塩を振る。魚に塩味がつけば、まな板の上に藁をひいて魚を広げ、その上に藁をかぶせて重しをする。白米で炊いたご飯に適量の塩を振ってから、魚と一緒に甕に入れて真竹の皮で覆う。重しを載せたら白

カジェミ食醢

湯をかけ、涼しい場所に置いて醗酵させる。二十一日経てば食べられるが、もう少し早く食べたい場合は、小麦粉で作った糊を入れると良い」

北朝鮮の雑誌などによると、カジェミ食醢は、下処理したカレイを酢漬けにして一日ほど置き、食べやすい大きさに切ってから粟飯、ニンニク、唐辛子、生姜のしぼり汁、砂糖、麦芽の粉と混ぜ合わせて小さな甕で保存し、二、三日後に切った大根を入れて作るという。三、四日ほどで醗酵するが、その間に水が出て酸味のある味になる。醗酵した魚の独特な味が絶品だ。カジェミ食醢は、ピリッとした辛味がありながらもほんのり甘く、後味がさっぱりしているので、ご飯のお供によく出される。海から離れた山間地帯で、魚を塩漬けにして保存したことに由来する食べ物だ。

他の地方とは違い、咸鏡道では粟飯を使うのが特徴だが、これは、白米を使うとご飯の粒が膨らんで味が落ち、見た目も悪くなるためだという。カレイに粟飯を混ぜて作る食醢には、独特の酸味と歯ごたえが生まれる。カジェミ食醢は北青《プッチョン》（咸鏡南道の東部に位置する地域）地方のものが有名だが、現在の北朝鮮では粟が手に入らないため、トウモロコシで代用しているそうだ。

食醢をたくさん作って人民に供給せよ

金正日国防委員長は「食醢は、朝鮮人の食生活になくてはならないキムチの一種と見るべきです」と述べたことがある。金日成主席も「カジェミ食醢は咸鏡南道の特産品」で「さまざまな種類の食醢をたくさん作って人民に供給」するよう教示した。

二〇一五年、羅津でカジェミ食醢を食べた。塩辛の一種だとはいうが、韓国の塩辛に比べると塩味がまろやかだった。鼻にツンとくるほのかなにおいがホンオフェに似ているとでも言おうか。粟が入っているからか、香ばしい後味だった。爽やかな風味も感じられ、新鮮な刺激を伴う清々しい味わいだった。たまに食欲が落ちて気力がわかなくなると、あの時のカジェミ食醢が食べたくなる。当時の羅津は平壌に劣らず栄えていて、タクシーもたくさん走っていたし、「燃油販売所」と呼ばれるガソリンスタンドもあった。建物につけられた、いわゆる「電気装飾」（ネオンサイン）もきらびやかに輝いていた。羅津の街並みを思い出すたび、カジェミ食醢が恋しくなる。

十五　妙香山の澄んだ水で育つ七色ソンオ

妙香山の珍味、ニジマスの唐揚げ

二〇〇五年に平壌を訪問した際、名山と呼ばれる妙香《ミョヒャン》山に登った。その姿が「絶妙」に美しく、神秘的な「香気」を放っていることから妙香山と名付けられたそうだ。白頭山、七宝《チルボ》山、金剛山、九月《クウォル》山、智異《チリ》山とともに朝鮮六大名山の一つにも数えられている。

妙香山は、その絶景もさることながら、金日成主席と金正日国防委員長が受け取った世界各国からの贈り物が展示されている「国際親善展覧館」も見どころの一つだ。

一九七八年八月二六日に開館したこの展覧館は、百七十あまりの国々から贈られた約二十二万点の贈答品が、国別、大陸別に二百ほどの部屋に分けられて展示されている。この贈答品を一点につき一分ずつ観賞したとしても、すべて見終えるのに一年半もかかるという。そのため、案内員は「贈り物を見れば、各国の特徴や風俗を知ることができるので、ここはパスポートやビザなしに世界一周ができる場所」で、「朝鮮に来て国際親善展覧館を見なければ中途半端な観光にな

ニジマスのホイル焼き

る」と説明する。金日成主席が「私個人が受け取ったものではなく、人民に贈られたもの」だとして、贈答品を共有するために作らせたこの施設は、「栄光の贈り物館」「世界の宝物庫」とも呼ばれている。

　妙香山の魅力はこれだけに留まらない。景色や国際親善展覧館に加えて、香山《ヒャンサン》ホテルのレストランで出されるニジマスの唐揚げも自慢の一品だ。妙香山の渓谷には、きれいな水でしか生きられないニジマスをはじめ、ヤマメ、アユ、マンシュウマスなどが棲み、妙香山には六百種あまりの高等植物（維管束を持つ植物（シダ植物・裸子植物・被子植物）を指す）や、クマ、ヤギ、ジャコウジカなど三十種ほどの珍しい野生動物、オシドリ、コウライウグイス、ヤツガシラなど三十種あまりの鳥類が生息している。

　金日成主席は生前、「妙香山に鉱山を開発すると、珍しくて美しい鳥が爆破の音に驚いて逃げてしまう上に、鉱山の廃水が清川江《チョンチョンガン》に流れ込んで魚を殺してしまう」として「われわれは数tの金と引き換えに、美しい妙香山の景色を壊すことはできない」と述べ、朝鮮戦争直前の一九四九年一〇月に鉱山の閉鎖を指示したという。このような理由からか、北朝鮮のどこに行っても水と空気はきれいだったが、その中でも、妙香山の水と空気は息をのむほどに美しく澄んでいたのが印象的だった。

別名、虹ソンオ

美しい自然が守られている妙香山。そこで採れた山菜の土醤《ドジャン》クク（味噌スープ）とニジマスの唐揚げはご飯にピッタリだった。ニジマスは骨が少ないので調理しやすく、脂質がないのかと思うほどにあっさりしていて食べやすかった。ニジマスの唐揚げは食べ飽きない味で消化にも良かったので、タイトなスケジュールでくたびれていた私たちにとって最高の夕食となった。

七色《チルセク》ソンオ（ニジマス）は虹のように美しく発色することから「虹《ムジゲ》ソンオ」とも呼ばれている。百科事典には「豆満江《トゥマンガン》や北朝鮮内陸の淡水湖に生息するニジマスはサケ科の魚で、体長は約三十cmで細長い。体の横に虹のような五色の模様が入っており、全体に小さな斑点が見られる。冷たい水を好み、脂がのっていて味がよく、韓国の中部以北の山間地帯にある冷たい水の池で育つ」と記載されている。

金日成主席は、ニジマスの大量養殖に向けて対策を講じるよう指導していた。また、一九九七

ニジマスの煮付け

年六月には「養魚事業を大々的に実施せよ」という金正日国防委員長の指示により、黄海《ファンヘ》北道《プクト》新渓《シンゲ》郡や咸鏡南道新興《シンフン》郡にニジマス専用の養魚場が建設された。

金日成主席と金正日国防委員長も健康食としてよく食べていたといわれるニジマスは、高級魚として祝いの席や客人に出される魚だ。南北首脳会談や閣僚級会談で訪朝した韓国の要人にも、きまってふるまわれた食べ物でもある。

余談ではあるが、北朝鮮が国を挙げて養殖しているだけに、ニジマスは文学作品にも登場する。北朝鮮の小説家・陣在煥《チンジェファン》の「魚の群れは川へと向かう 고기 떼는 강으로 나간다」という短編小説がその一例だ。この作品は、ニジマスの養殖法をめぐって衝突する、二人の技術者の軋轢と友情を描いている。

十六　開城・鳳東館のトルケチム

開城ダンス事件で有名な鳳東館

開城工業団地（開城工団）（二〇〇〇年の南北首脳会談を契機に活発化した南北間の経済交流を象徴する事業として、北朝鮮の南西部にある開城に建設された南北共同の工業団地）と聞いて真っ先に思い浮かぶのは鳳東《ポンドン》館だ。二〇〇六年一一月末、開城工業団地の植樹式に参加した頃のこと。行事の直前、開かれたウリ党（かつて存在した韓国の政党で、盧武鉉政権の与党だった）の故・金槿泰《キムグンテ》議長が、鳳東館で北朝鮮の女性従業員とダンスを踊って大騒動になった。

二〇〇六年一〇月九日、北朝鮮が初の核実験を行い、韓国国内では直ちに開城工業団地を閉鎖すべきだとの世論が高まった。党内外からの強い反発にもかかわらず、「開城工団事業は継続せねばならない」として、党の代表だった金槿泰議員は一〇月二〇日、開城工団管理委員会の創立二周年を祝う行事に参加するため開城に向かった。金議長と事務総長の元恵栄《ウォンヘヨン》議員など党の指導部七名は、開城工団の入居企業訪問などの公式日程を終え、工団内の北朝鮮食堂である鳳東館で酒を飲みながら昼食を取った。この席で、女性従業員が踊りと歌を披露しながら金議長と元《ウォン》事務総長、李美卿《イミギョン》議員を舞台に連れ出すと、議員らは従業員の真似をして舞台上で踊ったという。マスコミは、ダンス事件、醜態、事故などの表現を使って議員らの行動を不道徳極まりないと一斉に非難した。しかし、開城工団管理委員長だった金東根《キムトングン》の見解は違った。金槿泰議長は、事あるごとに生産現場に足を運んでは、事業中断を叫ぶ世論に頭を悩ませている従事者を励まし、また行事の場で「二度目の核実験反対」という意見を伝えたことで、北朝鮮側から「予定になかった発言だ」と抗議されることまであったというのだ。だが、このような事実が明るみに出ても、非難が止むことはなかった。

狭くて古びた鳳東館

鳳東館は、コンテナボックスをつなげて作られた臨時の食堂で、開城工団の第二段階開発予定地に位置していたため工事[29]の完了後に閉鎖される予定だった。そのせいか、クリスマスツリーに飾り付けられているような電球がいくつかぶら下がっているだけでまともな照明はひとつもなく、舞台といってもほんの少し段差をつけた狭いもので、想像していたよりもずっとみすぼらしかった。開城工団内で一番の食堂だとはいうものの、一度に百名ほどしか収容できないので、数百名が参加する行事では数回に分けて食事の時間を取らねばならなかった。

海外の北朝鮮レストランに一度でも行ったことがある方はご存じだろうが、北朝鮮の接客係は食事のサーブが終わると、十分ほど歌や楽器の演奏などを披露してくれる。この時、接客係が客の手を引いて舞台に連れ出すこともあるけれど、ほとんどの客は彼女たちのそばで歌に合わせて手拍子を打っているだけだ。ところが、この光景がダンス事件だと誤って報道されてしまう。私だけでなく、その場にいた人のほとんどが驚いた。窮屈で踊るに踊れない状況だった上に二百名近くの人が食堂にいたので、金議長も狭苦しい中で食事をしていたと思われる。マスコミがむやみやたらに連呼していた「接待」とは程遠いものだった。身動きが取れないほど狭い鳳東館で、かの有名なトルケチム（蒸し毛ガニ）を食べられたことがせめてもの収穫だったといえる。

兄が会いに来ても喜べない味

毛ガニは甲羅が厚く、形は縦長の楕円形で濃い赤褐色をしている。体全体にびっしりと毛のような突起がついており、濃厚な味が特徴だ。毛ガニは寒海性で、韓国でも高城《コソン》や束草など東海の北部沿岸で一一月から三月までの寒い時期に、スケトウダラを漁獲する網にかかってくる。北朝鮮をはじめとして、日本、カムチャッカ半島、ベーリング海、アラスカ州などに分布している。そのため、韓国ではあまり見かけない毛ガニが、北朝鮮では蒸し物といった料理で祝いの席に出されている。

『朝鮮の水産』という本には、一九一〇年の冬に咸鏡南道北青《プクチョン》郡の新浦《シンポ》に初めて毛ガニの缶詰

トルケチム

工場が設立され、一九二八年の一年間に輸出された水産物の六十％が毛ガニとズワイガニの缶詰だったほどによく食べられていた、と記されている。しかし、一九六〇年代以降、大規模な乱獲によりその数は激減し、北朝鮮でも祝いの席などでしか食べられない高級食材となった。昔から「毛ガニが食卓に上る日は、兄が会いに来ても喜べない」と言われるほどに、その味は格別なのだ。実際に味わった感想としては、小ぶりだが足までぎっしりと身がつまり、プリプリと弾力があって甘みもある。黄海沿岸のワタリガニ、東海沿岸のズワイガニなどカニにもさまざまな種類があるが、一度毛ガニを食べてしまうと、ほとんどの人が「毛ガニが一番おいしい」と絶賛する。本来トルケチムは東海沿岸で味わうべき料理だが、開城に韓国人観光客が大勢詰めかけていた時期には、毛ガニを空輸していたようだ。

文学作品の中の毛ガニ礼賛

文学作品の中でも毛ガニのおいしさに出会うことができる。一九八〇年代末に越北《ウォルブク》（自発的に三十八度線を越えて北朝鮮に渡ること）作家の解禁措置（韓国では一九八八年に、日本の植民地支配からの解放以前に発表された「越北作家」の作品の出版が許容された）がとられて以降、韓国で多くの支持を集め続ける平安北道定州《チョンジュ》出身の詩人・白石《ペクソク》（白石は北朝鮮で創作活動をしていたが、社会主義体制に適応できず、農作業をしながら晩年を過ごした）。彼の作品には、庶民になじみの深い食べ物が数多く登場する。日本帝国主義による文化弾圧を意識し、民族的な情緒を醸し出す土俗の食べ物にこだわった結果なのだろう。彼の作品に登場する料理や食材は百五十種類あまりにのぼると言われており、随筆「東海」の中では次のように毛ガニを絶賛している。

東海よ。今夜はこんなに蒸し暑いので、わたしは麦わら帽子をかぶってビールを飲み、街を歩いている。麦わら帽子をかぶってビールを飲み、街歩きをすれば、どこからかくどくて生臭い潮の匂いが漂ってくるのだけど、東海よ、たぶんこれはお前の岩に砂浜にワカメがびっしり広がっているせいだと思うが、ワカメが広がっているところでは、イワガニがのんびり歩き、シギがシャンシャン啼き、村の娘が誰かを待ち、またわたしみたいに、今夜が蒸し暑くて焼酎に酔った人が寝転がっているだろう。（中略）

こうして麦わら帽子をかぶってビールを飲み、友のことを考えるとき、お前がいつも自慢する毛ガニと千切りにした緑豆のところてんをタレで和えたものが、とてもおいしいつまみだが、わたしは実のところ、お前もよく知っている咸鏡道咸興の万世橋《マンセギョ》の真下にやって来る毛ガニの味に舌鼓を打って生きる人間なんだ。さらに、わたしと親しい間柄といえば、カレイが欠かせないよね。刺身麺《ククス》に入ってえもいわれぬ味わいとなり、熟れ鮨にも入って絶妙な味なんだ。アブラハヤの丸焼きも本当においしいんだ。カジカの味噌和えはどうだろうか。スケトウダラのスープ、ナマコの煮込み汁、鯛の刺身、鮎の塩辛が、お前の自慢だね。
「東海」(『定本　白石小説随筆』白石著、コ・ヒョンジン編、文学トンネ、二〇一九年)(『詩人白石　寄る辺なく気高くさみしく』アン・ドヒョン著、五十嵐真希訳、新泉社、二〇二二年より引用)

「天下の名山、金剛山も食後の見物」(「どんなに美しい景色でも空腹では楽しむことはできない」という意味で、お腹がすいていては何も手につかない) ということわざが生まれたきっかけになったのではないかと思うほどに、毛ガニの味は格別だ。白石の文章を読んでいると、開城工団で食べた毛ガニもおいしかったけれど、咸鏡道咸興の万世橋の下で味わう毛ガニはどんな味なのだろうかと興味をそそられる。

開城工団のある進鳳山《チンボン》のふもとには、かつて軍の部隊が駐屯していたが、開発により兵力はみな工団の東側に移った。平和の象徴そのものだった開城工団が閉鎖(二〇一六年二月一〇日)されてから八年以上が過ぎた。ふと、鳳東館で食べたトルケチムの味がよみがえってくる。

十七　三伏のタンゴギクは足の甲にこぼしても薬になる

金日成主席の教示によってタンゴギと呼ぶように

今となっては、韓国で補身湯《ポシンタン》（犬肉スープ）を出す店をほとんど見かけなくなってしまったけれど、一昔前まで犬食は珍しいことではなかった。ソウルオリンピック（一九八八年）を契機とした犬食文化に対する国際的な批判の高まりを受けて、犬肉食は議論の的になってきた。二〇一八年の夏、青瓦台の国民請願掲示板にも犬食用禁止法の制定を求める意見が提起されて四十万人がこれに賛同したが、青瓦台は「文化が大きく変化したとはいえ、犬肉食を禁止する法律の制定は時期尚早」と回答した（その後韓国では、二〇二四年一月に食用目的での犬の飼育・食肉処理・流通などを禁じる法案が可決され、三年間の猶予期間を経て二〇二七年に施行されることが決まった）。

韓国では、畜産法の施行規則で犬を「家畜」と定めている。ところが、畜産物加工処理法では犬肉が「畜産物」から除外されているため、犬の加工および食用は合法だとは言えない。そのせいで、補身湯の店は他の肉を扱う店とは違い、目立たない場所でひっそりと営業を続けてきた。

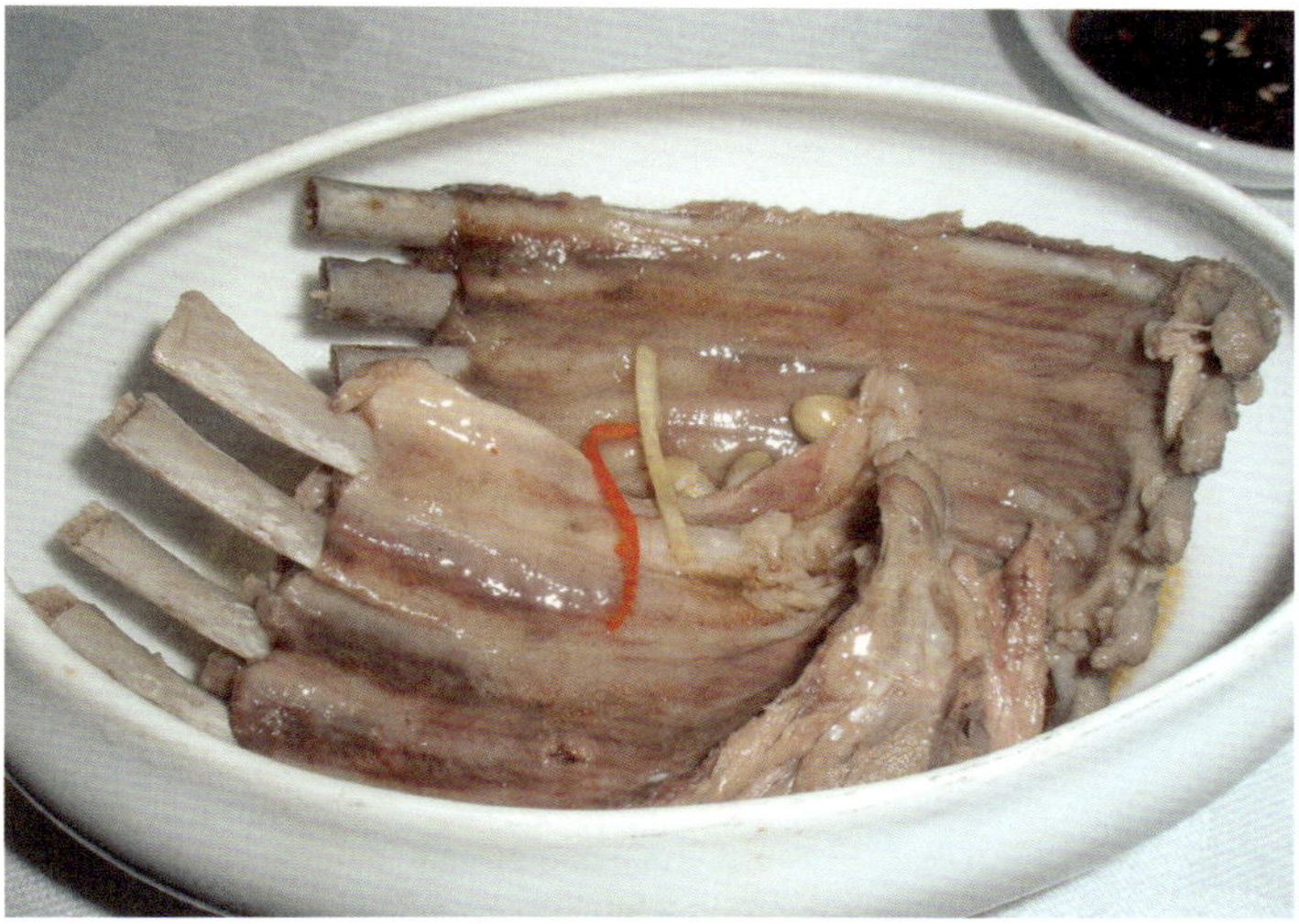

タンゴギのカルビ煮込み

調理法も、スープにしたり茹でたりするぐらいで、犬肉は年配の男性が食べるものだという認識が一般的だ。女性や若者が犬肉を食べていると、おかしな目で見られることすらある。

だが、北朝鮮は韓国と事情が異なる。北朝鮮では犬肉を「タンゴギ（甘い肉）」と呼び、政策的にタンゴギ料理の発展に努めている。では、犬肉をタンゴギと呼ぶようになったきっかけは何だろうか？

これについては、北朝鮮離脱住民のリム・イルの著書『平壌に、もう一度行こうか？ 평양으로 다시 갈까?』（イルグンソリ、二〇〇五年、未邦訳）を読めば理解できる。

リム・イルによると、以前は北朝鮮でも犬肉《ケゴギ》と呼んでいたが、一九七〇年代初頭に金日成主席が「犬は人間にとって非常に有益な動物ですが、犬肉を食べるというと、なんとなく嫌悪感を抱いてしまいます。だからといって、伝統を捨てるわけにはいかないので、犬肉を粋に言い換えて『タンゴギ』と呼ぶのが良いでしょう」と述べたという。それ以降、北朝鮮では犬肉をタンゴギと呼ぶようになったそうだ。

二〇一五年三月五日付の『労働新聞』でも、金日成主席が「犬肉スープは、肉のスープの中で最も甘みがあるので、昔から人民の好物だった。それで、タンゴギと名付けた」と語ったと報じた。

肉類摂取の対案としてのタンゴギ

北朝鮮では、国家規格を定めて政策的にタンゴギを生産している。北朝鮮当局は、各産業分野で規格化と標準化を掲げて「国際規格化[30]」を推進しており、タンゴギクク（補身湯）をはじめ、神仙炉や平壌冷麺といった民族料理や、大豆加工品、清涼飲料、基礎食品などの各種食料品に国家規格を定めている。

北朝鮮当局は、団体給食の担当者を対象に「タンゴギクッパ」講座を開いたり、朝鮮料理協会の主催で全国タンゴギ料理コンテストを開催したりしている。また、食堂の調理師も、伝統的な調理法への理解を深めるべく各地域のタンゴギククのレシピを研究し、技術学習や飲食品評会を開いている。これらのことからも、北朝鮮が国家レベルでタンゴギ料理の開発と普及に力を入れていることがわかる。

北朝鮮がタンゴギ関連産業の振興を図ってきたのには、肉類の摂取頻度を高めるねらいがあると考えられる。近年は、市場の発達に伴って金を稼ぐ人が増えて肉の摂取量が増加したとはいえ、北朝鮮では農作業に必要不可欠な牛の屠畜は禁じられていることから、住民が牛肉を口にすることはほとんどない。ゆえに、豚やウサギ、ヤギだけでなく、家でも簡単に飼育できる犬もタンパク質の摂取という観点から食用にされてきたのだろう。

咸鏡道のタンゴギクク、格別な甘み

北朝鮮でも、タンゴギククは三伏によく食べられている。「五、六月のタンゴギククは足の甲にこぼしても薬になる」ということわざがあるほどなので、滋養食としての犬肉に全幅の信頼を寄せていることがわかる。タンゴギククは朝鮮半島で広く食べられている料理だが、地方によって作り方に少しずつ違いがある。

平安道では犬肉を茹でる際に味噌を入れるが、咸鏡道では塩を入れて煮込んでから薬味醤油で味付けする。全羅道《チョルラ》や慶尚道では、野菜や山菜、小麦粉を入れてスープにとろみをつける。この中でも咸鏡道のタンゴギククは、下茹でした犬肉を煮込むので、スープが透明で臭みがなく、とりわけ甘みが強いという。

北朝鮮では、タンゴギを茹でたりスープにしたりするだけでなく、部位別のコース料理も開発されている。以前、「平壌タンゴギ店」を訪れる機会に恵まれたのだが、背骨肉煮込みやホルモン炒め、後ろ足のぶつ切り煮込み、スープ、脊髄煮込み、カルビ煮込み、バラ肉炒めなど、部位別にさまざまな料理が提供され、最後にタンゴギクッパが出てきた。

初めてお目にかかるものばかりだったので、まるで西洋の調理法を融合させたフュージョン料理を見ているかのようだった。これも、伝統料理のレシピを継承、発展させてきた北朝鮮ならではの料理文化で、全部で七十種類あまりのタンゴギ料理が開発されたというから驚くほかない。食堂には最大二十八種類の料理からなるコースが用意されていたが、私が食べたのは九種類の簡略化されたものだった。コースを注文すると豪華で多様な料理を味わうことができるので、北朝鮮の女性も嫌悪感を抱くことなく食べていた。また、外国人向けの観光商品としても非常に人気があるそうだ。

世界に誇れるタンゴギ店

一九六〇年四月、金日成主席が平壌市内にある食料収買商店（国に納付金を納める代わりに穀物取引を許可された国営商店）に立ち寄り、タンゴギ売り場の前で「売れ残った肉でタンゴギクッパを作れ」と述べたことをきっかけに、平壌

平壌タンゴギ店

タンゴギ店の前身である新興タンゴギ店がオープンした。その後、金正日国防委員長もタンゴギ料理に強い関心を寄せ、新興タンゴギ店が平壌市楽浪《ランナン》区域の統一通りに移転する際には、自ら場所を指定し、設計や施工の過程で全面的な支援を行ったという。金正日国防委員長が「世界に誇れるタンゴギ店を現代的に建設し、アピールせよ」と述べて以降、この食堂は一層広く知られるようになった。

平壌タンゴギ店は中国に次々と支店を出すなど、海外進出にも意欲的だ。二〇〇六年七月六日付の『朝鮮新報』によると、中国の遼寧省撫順市に中国第一号店「平壌チンダルレ（ツツジ）食堂」を出店したのを皮切りに、二〇〇七年五月には、瀋陽市のコリアタウンと呼ばれる西塔街に「平壌タンゴギ店」という店名をそのまま使用した直営店をオープンさせた。深刻な食料難に陥っていた「苦難の行軍」の時期にも、営業を継続できるよう金正日国防委員長が食材を支援していただけに、平壌タンゴギ店の中国進出は国家レベルで管理され、実現していたわけだ（現在は対北制裁の影響により、海外に店舗を構える北朝鮮レストランのほとんどが経営困難な状況に陥っている）。

北朝鮮では、多くの店でタンゴギククが提供されている。平壌の場合、平壌タンゴギ店、紋興《ムヌン》食堂、新原《シノン》食堂、衣岩《ウィアム》タンゴギクク店、将進《チャンジン》タンゴギジャン店、塔済《タプチェ》食堂、安山《アンサン》館、市場食堂などが有名だ。二〇〇五年八月四日付の『朝鮮中央通信』は、「紋興、紋繍、衣岩など、大同江区域にあるどの食堂でも本物のタンゴギ料理とスープを味わうことができ、クッパやヒレ肉料理、足の煮込み、ホルモンを使った料理など、メニューは三十種類あまりにのぼる」と説明している。

その中でもとりわけ注目を集めているのが、大同江区域に位置する「紋興食堂」だ。平壌タンゴギ店が外国人によく知られている店だとすれば、紋興食堂は北朝鮮の住民がよく訪れる店で、三伏には一日に千名もの人が訪れるほどの人気店だという。タンゴギククを中心に、客の好みに合わせて、各種薬味や野菜などを追加した足煮込みやヒレ肉煮込み、カルビ煮込み、炒め物、焼き物など、さまざまなメニューが用意されている。

十八　平壌の自慢、大同江ビール

韓国のビールはまずい？

大同江ビール[31]が四缶で一万ウォン？　他の輸入ビールと同じようにコンビニで買えるのだろうか？　二〇一八年四月二七日に開かれた南北首脳会談の直後、青瓦台の掲示板には、平壌冷麺とともに大同江ビールの輸入を求める書き込みがあった。

二〇一二年にイギリスの経済週刊誌『エコノミスト』は、ソウルから寄せられた「カッと熱くなる食べ物、味気ないビール」というタイトルの記事で、大手メーカーの寡占や中小企業の参入を妨害する規制などにより、韓国のビールの味は北朝鮮の大同江ビールよりはるかに劣ると酷評した。その影響か、南北首脳会談を契機に高まった北朝鮮への関心は、大同江ビールへの好奇心へとつながっていった。

平壌冷麺とは違い、大同江ビールはかつて韓国でも流通していた時期がある。二〇〇〇年の南北首脳会談以降に輸入が開始され、一般市民も大手スーパーで購入したりビアホールなどで飲ん

だりすることができた。しかし、二〇一〇年に起きた哨戒艦沈没事件（黄海で韓国海軍の哨戒艦「天安（チョナン）」が撃沈され、四十六人の死者・行方不明者を出した事件。国際調査団は「北朝鮮による魚雷の攻撃を受けて沈没した」と断定する調査結果を発表した）によって五・二四措置[32]がとられ、大同江ビールの輸入・販売が全面的にストップした。これにより、「쩡《ツチョン》 하《ハ》고《ゴ》（スカッと刺激的で）[33]」爽快な大同江ビールを韓国で味わうことができなくなってしまったのだ。

ところが、二〇一八年七月、亜太平和交流協会[34]が韓国国内の某企業と提携し、北朝鮮の民族和解協議会から大同江ビール事業権の正式承認（同意書）を受けたことが明らかになったことで、韓国のコンビニでも大同江ビールを買えるようになる可能性がわずかに高まった。

ロシアのビール、バルティカの工場訪問後に建設を指示

大同江ビールは、金剛ビール、龍城《リョンソン》ビール、鳳鶴《ポンハク》ビールとともに北朝鮮を代表するビールの一つで、二〇〇二年に生産が開始された。ロシアを訪問した金正日国防委員長が、サンクトペテルブルクにあるバルティカ・ブルワリーズ（バルティカ社）のビール工場を視察し、帰国後に大同江ビールの工場を建設するよう指示を出した。

北朝鮮の雑誌『千里馬』二〇〇六年八号には、金正日国防委員長が大同江ビール工場の建設を推進した過程が詳細に記されている。二〇〇〇年八月一日に軽工業製品の展示場を訪問した金正日国防委員長は、平壌にあるビール工場の生産実態に関する報告を受け、現代的なビール工場

大同江ビール

の建設と高品質なビールの生産を指示した。
また、二〇〇一年八月のロシア訪問時、モスクワから夜行列車で十時間かけてサンクトペテルブルクに出向き日程を消化した金委員長は、二時間ほど時間が余ると、休みたがる随行員を押し切ってバルティカ社を訪問した。これは、その日の昼食時に、サンクトペテルブルクのとある労働者が、バルティカのビールについて誇らしげに語ったのがきっかけだったという。その話を熱心に聞いていた金委員長は、百里も離れたビール会社まで出向き、生産工場はもちろんのこと、サンプルにまで興味を持って視察した。このような経緯で、大同江ビールの工場が建設されるに至ったのだ。

　バルティカシリーズはロシアで最も人気のあるビールで、バルティカ社はソ連末期の一九九〇年、レニングラード（現サンクトペテルブルク）に設立された。ソ連崩壊後の一九九二年に民営化され、二〇〇〇年にフランスと共同出資して大規模な醸造所を作ったことで世界的に名が知られるようになった。バルティカシリーズは、〇番から九番まで十種類のビールが生産されている。代表的なものは、ノンアルコールのバルティカNo.〇、まろやかな口当たりのバルティカNo.三、アルコール度数七%のバルティカNo.六、プレミアムビールを志向するバルティカNo.七、小麦ビールのバルティカNo.八、アルコール度数八%で飲みごたえのあるバルティカNo.九で、アルコール度数や原料、加工方法によって番号が振られている。

大同江ビール、一から七まで味が異なる

このような経緯からビール工場が建設されたため、大同江ビールはバルティカ社のビールと類似点が多い。韓国では、ブランドごとに一種類のビールが販売されているだけなので選択の余地はないが、大同江ビールは主原料の麦と米の比率、アルコール度数によって一番から七番まで七種類のビールが製造されている。

一番は大麦麦芽百%、五番は米百%など、一番から五番までは麦と米の比率を少しずつ変えた一般のビールで、麦芽の割合が多いほど味が濃く苦味が強くなる。米の割合が多くなるにつれてすっきりとした味わいになり、色も薄くなる。六番と七番は、それぞれコーヒーの香りとチョコ

（北朝鮮で宣伝されている）

大同江ビールの番号別の特徴

1番　原麦汁エキス10％、アルコール度数4.5％、大麦麦芽100％。麦芽の香りが強く、適度な苦味がある。濃厚な味を好む消費者向けのビール。

2番　原麦汁エキス11％、アルコール度数5.5％、大麦麦芽70％、米30％。まろやかでスッキリとした味わい。泡立ちの良いベーシックなビールとして好評を得ている。

3番　原麦汁エキス11％、アルコール度数5.5％、大麦麦芽50％、米50％。米のすっきりした味と麦芽のまろやかさ、苦味が調和した、ヨーロッパとアジアのビールのいいとこ取りをしたビール。

4番　原麦汁エキス10％、アルコール度数4.5％、大麦麦芽30％、米70％。ビール本来の味を残しながらも、米の香り、さっぱりとした味わいが特徴。アルコールやビールの苦味が苦手な消費者向けのビール。

5番　原麦汁エキス10％、アルコール度数4.5％、米100％。色が非常に薄く、泡立ちが良いことに加えて、米特有の香りとホップの味が調和した個性的なビール。特に女性に人気。

6番　原麦汁エキス15％、アルコール度数6％。コーヒーで香りづけしているため、味が濃厚でコクがある。強い香りと高アルコール、苦味が特徴の典型的な黒ビール。

7番　原麦汁エキス10％、アルコール度数4.5％。チョコレートで香り付けした黒ビール。ベースとなるビールはまろやかでスッキリとしながらも、チョコレートの香りとマイルドな苦味が若者の味覚に合う。

レートの香りを添加した黒ビールだ。

大同江ビールは、大同江上流の澄んだ水と、両江道のホップ、北朝鮮各地で生産された高品質な麦から作られる、百％「北朝鮮産のビール」だという。金正日国防委員長が工場建設時から特別な思い入れを持って多様な支援を行ってきただけあって、大同江ビール工場は北朝鮮を代表するビールを生産するだけでなく、新製品の開発にも精力的に取り組んでいる。

二〇〇七年三月二四日付の『労働新聞』は「大同江ビール工場でアルコール度数十％の乾《コン》ビールの生産が開始された」と報じた。乾ビールとはライトビールのことで、アルコール度数十二％のビールに比べると色が薄く苦味の少ないスッキリと爽やかな味わいだ。また二〇一七年には、小麦ビールと五百㎖の缶ビールも新たに生産された。小麦ビールは大麦麦芽の代わりに小麦麦芽を使用したもので、ビールの長い歴史を持つドイツやベルギーでも人気がある。二〇一七年三月一四日付の『朝鮮新報』は、大同江ビール工場で初めて「取り外し式缶ビール」（缶ビール）を生産したと伝えた。中身は住民に好評の二番のビールで、アルコール度数五・五％、大麦麦芽七十％、米三十％の製品だという。

スッキリしていてアツいビール

北朝鮮では、大同江ビール工場の存在自体が自負心の象徴である。経済的な苦境に直面していた時期に現代的な工場を建設し、生活の質を向上させるべく高品質な製品を生産してきたことそのものが誇るべきことなのだ。工場が建てられた二〇〇二年は「苦難の行軍」期の直後で、当時のマスコミの報道内容を見ると、ビール工場を建設することだけでも非常に困難な状況だったことがわかる。二〇〇二年五月三〇日付の『労働新聞』に掲載された大同江ビール工場に勤める労働者の話も、これを裏付けている。「普通の、何もない時に建てられた工場であれば、これほど情も湧かないでしょう。慎ましい生活をしながら、苦難の死線千里を乗り越えた直後に、敬愛する将軍（金正日）が人民のために貴重な資金を投じて建ててくださった工場なので、より一層情が湧くのです」

「苦難の行軍」を経験して間もない時期、疲弊した国の立て直しを図るために優先して取り組むべき課題が山積みだったにもかかわらず、住民への愛情ゆえに大同江ビール工場の建設に乗り出したというわけだ。金正日国防委員長は、「今日、わが国で実施されているあらゆる人民的な施策は、人民大衆中心のウリ式社会主義の優越性を見せつけるものであり、人民に対する党と首領の崇高な愛情からあふれ出たものである」と語っている。二〇〇二年一一月二九日、大同江ビール工場の操業式で朝鮮労働党中央委員会の秘書だった韓成龍《ハンソンリョン》が、「党が首都に住む市民に贈る、とてつもなく大きな贈り物だ」と述べたこともあった。

二〇〇八年三月一三日付の『朝鮮新報』は、大同江ビールが市民の関心を独占しているとし、「スッキリしていてアツいビール」と呼ばれていると報じた。ある工場関係者は、「大同江ビールは、市民らの中で『冷たいけれどアツく飲める』と言われている」と語った。金正日国防委員長の指示によって、世界に通用するビールをいつでも飲むことができることへの感謝から、「市民が胸を熱くして飲む」という意味が込められているのだ。

最高品質の製品に授与される「一二月一五日品質メダル」に選定

大同江ビール工場を設立するため、北朝鮮政府は二〇〇〇年にイギリスの酒造メーカー・アッシャーズから関連設備を百五十万ポンドで買収し、ドイツ製の乾燥室設備を導入した。平壌市寺洞《シドン》区域の松新《ソンシン》立体橋近くに位置する大同江ビール工場は、敷地面積が十町歩（九万九千㎡）、延べ面積二万㎡の規模で、アルコール度数五・六％の生ビールを年間七万kℓ、一カ月に平均二十二万四千本の瓶ビールを生産している。従業員は男性が二百六十八名、女性が百二十七名の計三百九十五名で、そのうち技術者は二百名だという。二〇〇一年一月に着工され、その年の一一月にテスト生産、二〇〇二年四月ごろから本格的に生産を開始した。

北朝鮮住民の口に合うビールを供給するため、金正日国防委員長は生前、数回にわたって大同江ビール工場を現地指導し、ビールの質を高めるよう繰り返し強調した。金委員長のこうした指導を受けて工場側は、技術革新と生産工程の技術指導事業を総合的に管理し、品質に対して全面的な責任を担う品質管理課を設置した。

また、二〇〇八年三月一四日付の『朝鮮新報』は、大同江ビールのおいしさを守る秘訣が、「国を挙げての配慮」にあると報じている。その記事では「おいしいビールの実現には、生産工程が五十％、製品が消費者に供給されるサービス工程が五十％の役割を担っているが、大同江ビールを載せた車両は、豆乳を載せた『王車』と同様に、優先的に道路を通行できる権限を与えられている」として、国家がビールの輸送を管理していることが紹介された。迅速な供給により、消費者が新鮮なビールを味わうことができるというわけだ。大同江ビールの品質改善のための努力は、金正恩時代に入っても続いている。二〇一五年一月二一日付の『朝鮮中央通信』は、各工場で生産された最優秀製品を対象とした「一二月一五日品質メダル」[35]に、大同江ビールが選ばれたと伝えている。

平壌でナンバーワン、大同江ビール工場直営の「慶興館ビアホール」

二〇一四年一〇月一三日付の『朝鮮中央通信』は、「平壌のあちこちにある百店あまりの大同江ビール工場直営のビアホールはいつも大勢の人でにぎわっているが、その中でも、立派な建物が立ち並び、街並みが美しい普通江区域にある慶興《キョンフン》館ビアホールが有名だ」と伝えた。この店を紹介する動画を見ると、一般的なビアホールのように座って飲むのではなく、ところどころに置かれたテーブルの周りを囲む「立ち飲み」スタイルだ。各階に生ビールサーバーが備え付けられ

大同江ビールは一番から七番まで味が異なる

ており、店員が手を休める暇なくビールをついでいる。

ドイツのホフブロイハウス（州立ホフブロイハウス醸造会社が直営するビアホールで、店内に千三百名以上を収容できる広さを誇る）のように収容人数が多いのももちろんだが、ここに来れば大同江ビール工場で生産されたさまざまな種類のビールを味わうことができるのが人気の秘密だ。ここでは七種類の大同江ビール（瓶ビール）とガスビール（生ビール）に加え、干し貝柱などの乾き物、お菓子といった簡単なおつまみが販売されている。外国人観光客を含め、一日に三千五百～四千名の客が訪れるほどの人気ぶりだ。外国人観光客はここで大同江ビールを飲み、「とてもおいしくて、素晴らしいビール」「東洋一のビール」と惜しみない称賛を送るという。

二〇〇二年七月一五日付の『朝鮮新報』は、

大同江ビールが平壌市民から好評を得たのは、低い度数ゆえに「青年飲料」と言われてきたこれまでのビールとは違い、度数を高め、独特な風味を加えたことが功を奏したと説明している。これまで北朝鮮では、ロシアで飲まれているような強い酒が主流だったが、大同江ビールが販売されるようになると、百カ所以上のビアホールがオープンするほどに人気が沸騰した。ある雑誌は、「平壌市内に新しく店を構えた百五十カ所あまりのビール奉仕基地は、仕事帰りの市民で連日にぎわっており、首都の街並みの風景を目新しいものにしている」と伝えた。

北朝鮮初のテレビCM

現在、大同江ビール工場直営のビアホールは、平壌だけで二百カ所以上にもおよぶ。大同江ビールが人気を得るのに、そのおいしさももちろんだが、テレビCMも大きな役割を果たした。社会主義国家は計画的にモノを生産して消費するため、商業広告を打つ必要がない。中国でも、改革開放政策が採択されてから約四十年が経過したが、商業広告は政策の採択から約十年後に初めて放映された。それゆえに、大同江ビールのCMが放送されるや、北朝鮮が改革開放路線を歩むのではないかと世界中が注目した。

朝鮮中央テレビは二〇〇九年七月、従来の形式張ったテレビCMとは違い、汗を浮かべた男性がジョッキを手にして「わあ、スッキリする！」とセリフを言う二分四十七秒の商業広告を放送した。これは北朝鮮初のテレビCMで、YouTubeなどでも「大同江ビール」と検索すれば誰でも簡単に視聴できる。初めて制作されたということもあり、内容や構成がまるで一九七〇年代に韓国で放映されていたCMのようだ。

また、大同江ビールにまつわるお祭りも話題を集めた。二〇一六年八月二二日付の『朝鮮新報』は、八月一二日に開幕した「平壌大同江ビール祝典」が、一日で平均千五百名を超える人々が訪れたほどに連日大盛況だったと報じた。中国の国営放送CCTVも、北朝鮮初のビール祭り「大同江ビール祝典」を取材した映像を公開した。

映像を見ると、白いシャツに青いスカート、青い帽子を被ったスタッフが大同江ビールを運び、テーブルにはおつまみのプレッツェルやグリーンピースなどが並んでいる。かなりの数の平壌市民がお祭りを満喫し、大同江号（レストラン船）の船着き場には、四百名あまりが着席できるテーブルが設置されているのも確認できる。「私の国が一番好き」と書かれたネオンサインが輝くブースでは、串焼きなどのおつまみが用意されていた。大同江号に乗って大同橋と玉流橋の間を遊覧しながらお祭りに参加することもできるし、舞台ではクイズ大会やビールの試飲、公演などさまざまなイベントが催されている。そこはまさに、祭りのハンマダン（一つの広場）なのだ。

十九　最高指導者が絶賛した康翎緑茶

人民への熱い愛情、恩情茶

コーヒーを飲むと動悸がするので、私はあまり口にしない。大学に入学したての頃、初めてコーヒーショップに行って注文したのが、小さなカップに入ったエスプレッソだった。気取って頼んではみたものの、面食らってしまった（？）記憶が、コーヒーにまつわる初めての思い出だ。

韓国でコーヒーは単なる飲み物以上の存在で、一つの文化として定着したといっても過言ではないだろう。繁華街に行けば、至るところにコーヒー専門店があるほどなのだから。

しかし北朝鮮では、食後にコーヒーを飲むという文化はそれほど発達しなかった。「苦難の行軍」以降にお茶が飲まれ始め、二〇〇〇年代後半に入ると、暑い夏の時期を中心に外でも冷たいお茶を飲む文化が広がった。特に、二〇〇九年には、北朝鮮の気候に合わず育てるのが困難だった茶樹の栽培に成功し、お茶専門店が急増した。

二〇〇九年五月一二日付の『民主朝鮮』は「自然地理的な特性により茶樹を育てられなかった

恩情茶

わが国で、大々的にその栽培を実現し、健康に良い緑茶を生産することになった」と報じた。金正日国防委員長は、このお茶を「恩情茶《ウンジョン》」と名付けた。

恩情茶は、一九八二年九月に中国・山東省を訪問した金日成主席が、そこで育つ茶樹を見て、同じ緯度にある黄海南道康翎《カンニョン》郡で栽培することを指示したことに由来する。金日成主席は研究チームを構成し、研究事業に取り組む地域を指定するほど茶樹の栽培に熱心だった。

一九九〇年代の「苦難の行軍」の時期には茶樹の栽培自体が困難になったが、二〇〇〇年二月に金正日国防委員長がこのお茶を「恩情茶」と名付けて対策を講じたことをきっかけに、再び栽培が本格化した。そして、二〇〇八年一二月に大規模な茶樹の植え付けを行った結果、翌年には栽培に成功し、該当地域は「恩情茶栽培園」と命名された。二〇〇九年には、黄海南道康翎郡に「康翎恩情茶栽培園」と「金銅《クムドン》恩情茶栽培園」が、江原道高城郡に「高城恩情茶栽培園」が造成された。

康翎緑茶

北朝鮮のマスコミなどによると、一般的なお茶は北緯三十六度以北の地域では栽培できない。だが、北朝鮮の農業科学院は、茶樹がマイナス十九度の気温にも耐えられるよう、順化に成功した。康翎恩情茶栽培園は通常の栽培地と比べて緯度が高いため、そこで生産されたお茶には独特の味や香りが生まれるという。茶樹の栽培に成功するや、金正日国防委員長は二〇〇九年五月、二〇一一年の八月と一一月に恩情茶栽培園を視察し、お茶の葉の増産とお茶専門店（平壌市倉田通り）の建設を指示した。これは、二〇一一年一二月一七日に死去した金正日国防委員長による「人民生活の向上」のための最後の遺訓となった。

金正日国防委員長の遺訓事業であるだけに、金正恩国務委員長もお茶文化の普及に関心を寄せている。二〇一二年五月二四日には倉田通りにある恩情茶店を訪れ、「ここには、人民が思う存分お茶を味わえるようにと心を砕かれた首領たち（金日成、金正日）の熱い愛情が込められている」として改装を指示、恩情茶店は現代的な建物として生まれ変わった。

茶樹栽培の成功により、北朝鮮住民は露店でもお茶を買って飲むことができるようになった。康翎郡や高城郡で生産された恩情茶は、平壌市の倉田通り、栄光《ヨングァン》通り、蒼光《チャングァン》通りにある恩情茶店、羊角島《リャンガクト》国際ホテルや延豊《ヨンプン》科学者休養所で提供されている。

「他国の緑茶より味がいい」

恩情茶の種類としては、黄海南道康翎郡で栽培されている康翎緑茶や康翎紅茶、江原道高城郡で栽培されている高城緑茶や高城紅茶などがある。お茶は加工方法の違いによって緑茶、ウーロン茶、紅茶に分類され、摘み取った茶葉を加熱して醗酵しないようにしたものが緑茶、完全に醗酵させたものが紅茶、その中間がウーロン茶になる。香りが良く薬草のような味のするウーロン茶は二〇一五年六月末から生産が開始され、平壌市内の食堂への供給を通じて北朝鮮の豊かなお茶文化の形成に寄与している。

その中でも、康翎緑茶は金正日国防委員長が絶賛したことで知られ、暑い日になると住民もこのお茶をよく飲んでいる。金委員長はこれを飲んで、「他国の緑茶よりも味がいい」と述べたそうだ。康翎緑茶は、平壌ホテルの一階にある売店をはじめ、外国人観光客が訪れる主要な食堂などで販売されている。

二十　故郷への募る思い、ノチ

秋夕の前日に焼いて食べた餅

二〇〇七年に平壌を訪問した時、私はそこで誕生日を迎えた。一緒に訪朝した人たちの中でもかなり若い方だったし、周りは要人ばかりで私の存在は目立たないものだった。それにもかかわらず、朝に部屋を出ると北朝鮮のスタッフが花束を差し出すではないか。それだけではない。食堂に行ってみると、メーンテーブルに私の席が設けられ、同行者と北朝鮮のスタッフがお祝いの歌まで歌ってくれた。「平壌で迎えた誕生日を忘れないで」とケーキも用意してくれた。事前に提出していた個人データを見てのことだったのだろうけれど、その日はどこかを訪問するたびに祝ってもらい、涙が出るほどうれしかった。一生分とは言わないまでも、しばらくは誕生日を祝ってもらえなくても寂しくないほどにたくさんの祝福を受けた。

その時に、大切な人にふるまうという「チョチャル餅《トッ》（粟餅に白小豆をまぶしたもの）」を食べることができた。ありがたくて幸せな気持ちのせいか、その餅がものすごく甘く感じられた。

ノチ

甘みがあってモチモチと弾力のあるチョチャル餅は、こんがり焼けたチヂミのような見た目で、ノチ[36]に似ていた。

ノチは、緑豆チヂミとともに平安道の有名な食べ物で、もち米やもちキビを材料にして作る、お菓子のような甘さが特徴のチヂミだ。もち米やもちキビ、もち粟などの粉をこね、そこに麦芽の粉を混ぜる。一晩ほど置いて醗酵させてから丸めて平たくしたものを、豚の脂をひいたフライパンでこんがりと焼く。もち米の粉にキビやモロコシの粉を混ぜ、そこに麦芽を加えて蒸し、もう一度麦芽を振って焼くという作り方もある。焼いたものを水飴や蜂蜜にくぐらせれば、甘くて香ばしい、弾力のあるノチの完成だ。

ノチは、平安道と黄海道の郷土料理で、特に平壌地方のものが有名だ。平安道と平壌では、秋夕《チュソク》（陰暦の八月一五日）前日の夜になると、大きな釜の蓋を庭に出してノチを焼いていた。こうして作られたノチを小さな甕や壺に入れておき、弾力が出てきたら取り出して食べる。秋夕だけでなく、収穫作業の合間や子どもたちのおやつとしても利用されていた。日持ちするので、遠出をする時に持参したり、一度にたくさん作っておいて数カ月かけて食べたりもしていた。

ノティを一切れだけ食べたいな

作家・黄皙暎のエッセイには、北朝鮮の食べ物がよく登場する。『ノティを一切れだけ食べたいな 노티를 꼭 한 점만 먹고 싶구나』（デザインハウス、二〇〇一年、未邦訳）『黄皙暎の味と思い出』『黄皙暎のご飯泥棒 황석영의 밥도둑』（キョユ書架、二〇一六年、未邦訳）と、さまざまな食べ物関連のエッセイ集が出版されているが、その中でも、本のタイトルにまで出てくるノチ（ノティ）の話は、この上なく印象的だった。

これらの本によると、著者は平壌に住む母方のおば二人を持つ離散家族である。彼の母親は、日本の歌や戦時中に流行った歌も歌える、教育を受けた新女性だった。朝鮮戦争の休戦後、家計に少し余裕が出てくると、レシピ本を見ながら珍しい西洋料理を作ることもあったという。母のきょうだい六人のうち三人だけが越南したが、一緒に南に来た伯父は秋夕や正月を迎えるたびに、妹（著者の母）に「ノティを作って食べよう」と言っては故郷の味を懐かしんだ。しかしこれは著者が幼い頃の話で、大人になってからはノティについて聞いたことはなかったそうだ。ところが、癌で余命いくばくもない状態の母が、何度も「ノティを一切れだけ食べたいな」と言うではないか。妻からノティとは何だと尋ねられたが、その存在をすっかり忘れていた著者は「さあ、何だろうな？」と答えたという。

その後、一九八九年に訪朝した著者は、従兄弟と末の叔母と対面した。その席で母の臨終とノティの話をしたところ、著者が韓国に帰国する日、順安《スナン》空港（平壌国際空港のこと。平壌市の順安区域にあることから平壌順安空港、順安空港と呼ばれることもある）に見送りに来た叔母からノティの入った包みを手渡された。彼は飛行機の中で人の目を気にせずノティを二つ食べ、北京で残りすべてを食べてしまったという。著者の母が死の間際に食べたがっていたノティは故郷への慕る思いで、著者が食べたノティは母を恋しく思う気持ちだったのではないだろうか。

故郷に帰ることができる希望の象徴

このように、ノチは単に秋夕に食べる餅なのではなく、離散家族にとって故郷を象徴する食べ物なのだ。二〇一八年四月に開かれた南北首脳会談の晩餐会には、平壌のノチ、ソウルのトゥトプ餅（もち米にクルミや松の実、ナツメ、栗、シナモンなどの餡を詰めて蒸したもの。宮中の宴会に欠かせない餅だった）、漢拏《ハルラ》山のふもとで育った柚子で作った柚子茶が茶菓として出された。メイン料理ではないにせよ、ノチは晩餐会の最後まで、北朝鮮の味を伝えるという役割を全うしたのではないだろうか。「死ぬ前にノチを一切れだけ食べたい」と願う離散家族は未だに大勢いる。彼らにとって、南北首脳会談の晩餐会で出されたノチは、故郷に帰ることができるという希望の象徴だったに違いない。

統一部が発表した統計によると、二〇一九年七月末の時点で、離散家族再会の希望者は十三万三千三百二十名、このうち半数以上の七万九千百九十四名が死亡、生存者は五万四千百二十六名となっている。生存者の年齢は、九十歳以上が二十三・五％、八十歳以上が六十四％、七十歳以上まで合わせると八十五・八％で、そのほとんどが高齢者だ。再会を希望する十三万名のうち、二十一回におよぶ南北離散家族再会事業を通じて家族に会えたのは、たったの一・六％（二千百三十五名）に過ぎない。

運よく家族に再会できたとしても、もう二度と会えないという喪失感から「むしろ会わない方がよかった」と悲痛な思いを訴える人もいるという。また、韓国に入国した北朝鮮離脱住民の数も、二〇一九年に三万名を超えた。彼らも、そのほとんどが家族を北朝鮮に残したままの離散家族だ。時間はほとんど残されていない。人道的な支援事業のうち、対北制裁の制約を受けない離散家族の常設面会所が一日も早く設置されることを望む。黄皙暎のように南北間で引き裂かれた家族が顔を合わせて故郷の味であるノチを分け合いながら、幸せな最後の時間を過ごすことができたらどんなに良いだろうか。

二十一　甘いけれどほろ苦い酒の味がするスィウム餅

ほろ苦くも温かい酒の味

五歳ごろ、初めてお酒を飲んだ。記憶にはないけれど、父やその友達と電車に乗って父の故郷に行く途中、喉が渇いたという私に缶ビールを飲ませたそうだ。今でこそミネラルウォーターはどこにでも売っているが、その頃は水筒を持ち歩かねばならなかった。だが、三十前後の男たちがそこまで気を回せるはずがない。よほど喉が渇いていたのか、私は差し出された缶ビールを飲み干して眠りこけ、目を覚ますとまた何か飲みたいと訴えたそうだ。寝ている間に水が用意されるわけでもなく、私は缶ビールをもう一本飲み、そのまま目的地に着くまで泥のように眠っていたという。

こんな経験をしたせいか、記者として働いていた頃はお酒を浴びるほど飲んだし、北朝鮮でお酒を酌み交わした思い出も蘇ってくる。韓国人がしきりに酒を飲もうと誘うので、北朝鮮の案内

スィウム餅

員が困った顔をしていたこともあった。韓国人からすると、一生に一度あるかないかの機会なので北朝鮮の人と酒を飲んでみたいと思う気持ちもわからなくはないが、案内員は毎日のように誘われるので、ほとほと参っていただろう。寒さが厳しいだけに、強い酒を好む北朝鮮の人は韓国人よりも酒に強いだろうと思われがちだが、案内員たちはあまり飲めない方だった。気を張りながら韓国人を案内する日々に、大きなプレッシャーを感じていたのだろう。そのため、案内員はなるべく韓国からの訪問客とお酒を飲もうとはしなかった。
二〇〇五年に行われた「光復六十周年記念平和文化遺跡探訪」のような一カ月間で五千名もの人が訪朝する大規模な行事は、何事もなく事を終えるだけでも大変なので、ピリピリと神経を尖らせている案内員と盃を交わすなど夢のまた夢なのだ。
それにもかかわらず、幸運なことに案内員とお

酒を飲む機会に恵まれた。二〇〇七年の訪朝時に誕生日を迎えた私は、その日の夜に、韓国からの参加者と二名ほどの案内員と酒の席を設けたのだ。一緒に飲んでいると、案内員が私のために一曲歌ってくれるというではないか。期待に胸を膨らませていると、その人が歌ったのは他でもなく、「どうして生まれてきたの？　どうして生まれてきたの？」（韓国では、子どもや若者が冗談で、誕生日の歌の歌詞を「왜 태어났니／왜 태어났니／얼굴도 못생긴 게／왜 태어났니（どうして生まれてきたの／どうして生まれてきたの／顔も不細工なのに／どうして生まれてきたの）」などに替えて歌うことがある）だった。韓国の子どもたちがふざけて歌っている歌が北朝鮮でも知られているという事実に驚き、「南であれ北であれ、同じようなことをしているんだね」と言いながら皆で笑い合った。お酒の飲み過ぎは健康を害するけれど、親しくなるにはお酒ほど良いものはない。酒の味はほろ苦いが、同時に甘くもあるのだ。

韓国では「ジュンピョン」、北朝鮮では「スィウム餅」

そんな酒の味を感じられる食べ物といえば「スィウム餅《トッ》」である。韓国では「ジュンピョン」と呼ばれており、一部の地域では「キジ餅」「起酒《キジュ》餅」、または、ガラス窓にできた霜の花のごとく真っ白なことから「霜花《サンファ》餅」とも呼ばれている。「米や雑穀の粉を酒で醗酵させて蒸したり膨らませたりして作る餅」という意味でこれらの名前がつけられた。

スィウム餅は、一五二七年に編纂された『訓蒙字会《フンモンジャフェ》』（朝鮮時代の学者、崔世珍（チェ・セジン）によって書かれた漢字学習書）に初めて登場し、十七世紀末の『酒方文』『飲食知味方』、十九世紀の『閨閤叢書』『東国歳時記』など、多くの本に記録されている。スィウム餅は十六世紀以前から食べられていた。『飲食知味方』には、家庭でスィウム餅を作る際の粉の挽き方や、酒を加えた粉をこねて醗酵させる方法とその配合比率、醗酵させた餅の生地を膨らませるために蒸し器に入れて蒸す方法などが記されている。また、『閨閤叢書』『東国歳時記』『閨壼是議方《キュゴンシイバン》』には朝鮮民族が最も好む餅として挙げられ、その作り方も紹介されている。

　スィウム餅の作り方は地方によって少しずつ異なるが、たいていは白米をふやかして粉にしたものを水でこね、そこに酒（マッコリ）を少し注いで緩めの生地を作る。これを三十度の温度で七～八時間醗酵させてから、水で溶いた砂糖と重曹を入れて均等に混ぜる。餅の生地が膨らんできたら蒸し器に布を敷き、その上に生地を流し込む。コミョンは、ナツメや干し柿、ゴマなど、独特な香りや色、味を持つものを使う。

　スィウム餅の餡には、蜂蜜に生姜、シナモン、胡椒などを混ぜたものを使ったり、ごま塩を蜂蜜で練ったものを入れる。コミョンを彩りよく飾ったら熱い蒸気で蒸し上げ、見栄えよく切って油を塗り、皿に盛る。

　咸鏡道では、祝いの席や祭祀に必ずスィウム餅を出す風習があった。北朝鮮では、正月や秋夕といった名節にこの餅が食べられていたが、特に流頭《ユドゥ》の日（陰暦六月一五日に頭髪を洗う風俗で、厄払いの意味があった）に食べる餅として知られている。

ここまで、北朝鮮の食文化を語る上で欠かせない代表的な食べ物を見てきた。平壌冷麺のように、韓国でも本場の味に近いものを食べることができる料理もあるが、ノチのようにほとんどなじみのない食べ物も含まれている。ここで紹介した以外にも北朝鮮を代表する食べ物は多いが、大切なのは、食べ物を通じて北朝鮮の人も私たちと同様の味覚を持つ朝鮮民族だと気づくことなのではないかと思う。一日も早く朝鮮半島が統一され、フォーを食べにベトナムのハノイに行くような感覚で、平壌冷麺を食べに玉流館に行って来ると言える日が来ることを願っている。

ここからは、統一を早めるのに寄与する、そして、これまで南北関係の改善に大きく貢献してきた「和解と平和の食べ物」について語ってみたい。

三部

和解と平和の食べ物

一　南北交流の代表格、平壌冷麺

晩餐会の雰囲気を和ませる、けなげな食べ物

「玉流館の冷麺を食べずして平壌を語るなかれ」と言われるほどに、玉流館の冷麺は平壌を代表する食べ物だ。平壌冷麺は、北朝鮮住民だけでなく平壌を訪れる韓国の要人にも人気があるメニューなので、これまで主要な南北間の交流協力事業の食事会には欠かさず登場し、場を和ませるのに大きな役割を果たしてきた。

全世界が注目した二〇〇〇年六月の南北首脳会談は、分断から五十五年を経て初めて南北の首脳が顔を合わせ、歴史的な南北共同宣言（六・一五共同宣言）を発表するという成果を導き出した。金大中大統領が平壌の順安空港に降り立つと、金正日国防委員長はタラップの下まで来て大統領を出迎えるという予想外の行動を見せ、南北首脳が手を取り合う姿に世界中が感動に包まれた。この時、金正日国防委員長は「マスコミや西欧の人々は私のことを隠遁者だと言います。けれど、金大中大統領が来られたので、隠遁生活から解放されました」とジョークを飛ばした。こ

の言葉どおり、この会談は、ベールに包まれていた北朝鮮を国際社会の表舞台に立たせるきっかけとなった。首脳らの一挙手一投足に注目が集まったのも当然のことだった。

金大中大統領は、訪朝した初日に玉流館で平壌冷麺を食べた。翌日、金正日国防委員長から「よく眠れましたか?」と尋ねられると、「よく眠れました」「生きているうちに玉流館の冷麺を食べてみたいと思っていたのですが、本当においしかったです」と答えた。これに金国防委員長は、「午前の会談の時間が遅くなってしまったので……。急いで食べる麺料理はおいしくないものです(会議の時間が押して、予定よりも遅い時間に昼食を食べることになったことを指す)。これからは時間に余裕を持って、ゆっくり召し上がってください。平壌市民は喜びに沸き立っています。大統領の初の訪問、勇気ある決断を下されてここまで来られたことを、人民は熱烈に歓迎してお迎えしましたが、失礼がなかったか心配です」と返答した。

平壌冷麺の味が濃厚

盧武鉉大統領と金正日国防委員長による二度目の南北首脳会談の際にも、平壌冷麺はその役目をきちんと果たした。両首脳は二〇〇七年一〇月四日、歴史的な「南北関係発展と平和繁栄のための宣言(一〇・四共同宣言)」を発表した。八つの項目からなるこの宣言には、南北関係の発展と朝鮮半島の平和、民族共同の繁栄と統一を実現するための諸課題が幅広く、かつ具体的に盛り

平壌冷麺

込まれ、今後の南北関係を一層発展させうる「第二の六・一五共同宣言」であるとも評価された。

この日、昼食に平壌冷麺を味わった盧大統領に対して金委員長は、「昼食はいかがでしたか？　玉流館で冷麺を召し上がられたそうですね。平壌の冷麺とソウルの冷麺はどちらの方がおいしいですか？」と尋ねた。これに大統領が、「おいしくいただきました。平壌の味が濃厚だと思いました」と答えて話題になった。

二〇一八年四月二七日に板門店《パンムンジョム》（朝鮮戦争の休戦協定に基づいて設定された非武装地帯内にある、南北が共同管理している場所。南北分断の象徴であると同時に、南北間の対話が行われてきたところでもある）で開かれた第三回南北首脳会談は、北朝鮮による相次ぐ核実験により緊張が極度に高まっていた状況下において、朝鮮半島の平和構築に向けた転機となった。この時も、金正恩国務委員長が文在寅大統領のために平壌から運んだという冷麺が世間の耳目を集めた。その影響で、翌日には韓国の冷麺店に多くの人が詰めかけたという。

米国CNN放送のある番組では、平壌冷麺のレシピが紹介された。また、金委員長が平壌から冷麺を運んだという発言が報道されると、平壌冷麺を意味する「朝鮮冷麺」というワードが、微博《ウェイボ》（中国版X）でトレンドランキング十位に急上昇した。世界が北朝鮮の平壌冷麺に関心を寄せたのだ。

軍事境界線を越えた玉流館の平壌冷麺

金正恩国務委員長は冒頭発言で、夕食会に出される予定の平壌冷麺に言及し、初日のぎこちない雰囲気を和ませた。金委員長は「ここに来るまでに、今日の夕食の料理について議論を重ねていたようです」「遠くから来た平壌冷麺……、いや、遠くから来たって言っちゃいかんな」（この発言は韓国で非常に話題になり、本書の原題『평양랭면, 멀리서 왔다고 하면 안 되갔구나（平壌冷麺、遠くから来たと言っちゃいかんな）』にも引用されている）と述べて、その場は笑いに包まれた。会談前に参加者らの緊張を解き、自然に会話をリードする金正恩国務委員長は、「どうにか工夫して平壌から冷麺を運びましたので、大統領に心置きなく、おいしく召し上がっていただきたい」と付け加えた。

「ここに来るまで十一年かかりましたが、歩きながら『どうしてこんなにも長くかかったのか、何がそんなに大変だったのか』と思った」「さまざまな思いが交錯する中で、二百mを歩いた」とも語った。

北朝鮮は、歓迎夕食会のために玉流館から主席料理人を板門店に派遣、店で使用している製麺機を統一閣に設置した。これは、製麺機から押し出された麺を五分以内にスープに入れなければ、冷麺本来の味を楽しむことができないためだという。板門店の北側施設である統一閣で作られた麺は、計四回にわたって南側施設である平和の家に運ばれたが、担当者は、一番おいしい状態を維持すべく全速力で走って運んだそうだ。最高の平壌冷麺の味を伝えようと、七十年もの間容易には越えられなかった軍事境界線を忙しなく行き来したということになる。この姿を見て韓国のネチズンは、「何てったって、われわれは配達の民族」（韓国のメジャーなデリバリーアプリ「배달의 민족（配達の民族）」になぞらえている）だと盛り上がった。

公式に確認されたことではないが、統一閣に設置された製麺機が一時的に壊れ、北朝鮮の関係者らが脂汗をかいていたというエピソードも漏れ聞いた。そのせいで、夕食会の主役だった玉流館の平壌冷麺が予定よりも遅れて提供されたという。冷麺が軍事境界線を越えるという珍しい光景をあやうく見損ねるところだった。

「板門店での夕食会の後、誰も彼もが冷麺、冷麺と言うのです」

二〇一八年九月、平壌で開かれた南北首脳会談の二日目にも両首脳は玉流館を訪れた。この日は、文在寅大統領夫妻と金正恩国務委員長夫妻、明知《ミョンジ》大学の碩座教授（個人や団体などからの寄付金で研究活動をするよう大学が指定した教授のこと）で

玉流館の外観

ある兪弘濬《ユホンジュン》がメーンテーブルに座り、冷麺を話題に歓談した。

李雪主《リソルチュ》（金正恩国務委員長の妻）は、「板門店の夕食会で玉流館の冷麺をお出ししましたよね？　それ以降、外国から来られる方が皆一様に冷麺を食べたいと言うのです。ものすごい反響でした。これほど効果的な宣伝はありませんよね？」と笑いながら語った。これに対して兪弘濬教授が、「ソウルでも、有名な平壌冷麺店は一時間以上も並ばなければなりません。一大ブームが起きました」と答えると、李雪主は板門店での夕食会に言及しながら「私の向かいに任鍾晳《イムジョンソク》秘書室長が座っていました。あまりにおいしいと言って、二杯をペロッと（笑）。ですが、今日は来られていないので残念です。一緒に来られていたら大喜びされたでしょうに……」と応じた。

また、金正恩委員長が「撮影されていると食事ができないよ」と冗談を飛ばすと、李雪主は記者らに向かって「冷麺をどうぞ」と勧めた。

兪教授が「ソウルで何とかおいしい冷麺を作ろうと、化学調味料をほんの少し入れるのですが、この味にはなりません。だし百%のものを作るのが難しいそうです」と言うと、今度は金委員長が笑いながら「今日たくさん召し上がって評価してください」と答えた。これに文在寅大統領は「私はどちらかというと、錚盤ククスの方が好きです」と好みを語った。

玉流館の冷麺を三杯以上食べなければ、北南協力の資格なし

首脳会談以外のさまざまな南北間の交流協力事業においても、平壌冷麺は欠かすことのできない料理である。二〇〇五年六月に行われた第十五回南北閣僚級会談の昼食時に話題にのぼった玉流館の冷麺は、タイトなスケジュールをこなしていた南北の代表団に気持ちの余裕を与え、より親密な関係を作る機会を提供した。この時の代表団は、ソウルの広壮《クァンジャン》洞にあるウォーカーヒルホテル内の韓国料理店・明月《ミョンウォル》館で食事をした。

韓国の鄭東泳《チョンドンヨン》首席代表は、「ここの冷麺が玉流館の冷麺よりおいしいかはわかりません」と言いながら北朝鮮の権浩雄《クォンホウン》団長を店内にエスコート、南と北の代表団は混ざり合って座り冷麺の話題に花を咲かせた。鄭東泳首席代表が韓国の財政経済部の朴炳元《パクピョンウォン》次官に、玉流館に行って冷麺

を何杯食べたかと尋ねると、朴次官は「冷麺が出てくる前にたくさん食べたので、二杯しか食べられませんでした」と答えた。すると権団長は「少なくとも三杯以上は食べないと、北南協力を担う資格がありません」と返し、「これからは北南交流を活発に行って三杯、四杯、五杯まで召し上がってください。それだけたくさん食べられるように頑張りましょう」と周りを鼓舞した。

二〇〇五年、六・一五共同宣言の五周年記念行事への参加で北朝鮮を訪問した韓国の代表団も、昼食に平壌冷麺を食べた。この日玉流館で開かれた昼食会で、朝鮮労働党統一戦線部の林東玉《リムドンオク》第一副部長は韓国側の代表団に対し、「玉流館は、もはや南側の玉流館になったようです。平壌に来たら必ず立ち寄られるほどですから。統一へと向かう道に玉流館あり、ですね」と述べた。また彼は、「一九七〇年代から一九八〇年代まで、玉流館の冷麺を二、三杯食べては『イマイチだった』と言う韓国人もいました。特に、韓国の記者がそんな内容の記事を書いていたんです。当時、玉流館の従業員はこれを聞いて『心を込めて作ったのに……』とひどく落ち込んでいました」と付け加えた。これに対し、二〇〇一年に統一部長官を務めた林東源《イムドンウォン》は、一九九〇年代以降は南の記者もそのような記事を書かなくなったと答えた。また『ハンギョレ新聞』（一九八八年に創刊された韓国の日刊紙。進歩的な論調が特徴）の顧問だった崔鶴來《チェハンネ》も「今では玉流館の冷麺の味が広く知られるようになり、『まずい』という内容の記事をいくら書いても通用しなくなりました」と説明を加えた。林東玉第一副部長は「先《ソン》酒後麺《ジュフミョン》という言葉のとおり、先に酒を一杯やってから冷麺で〆るというのが本来の食べ方で、あれやこれやとたらふく食べてからの冷麺はおいしくない」と、食べ方をレクチャーした。

二〇〇五年七月一一日に開かれた第十回南北間経済協力推進委員会も、冷麺を語る上では欠かせない出来事だ。会議に参加した南北の代表団は、ソウル特別市中区五壮《オジャン》洞にある冷麺専門店「咸興冷麺」で昼食をとった。韓国側の代表団が平壌に行って玉流館をはじめとした冷麺店を訪ねるのは珍しいことではないが、北朝鮮の代表団が韓国に来て冷麺専門店に行くのはこの時が初めてだったため、これまで以上に話題になった。ここは、北朝鮮離脱住民の間でも本場の冷麺に一番近い味を出す店として知られている。

二　食卓の上の統一、ビビンバ

金大中大統領、現代風の宮中料理で答礼晩餐

北朝鮮を代表するメニューが平壌冷麺だとすれば、韓国の代表はビビンバである。ビビンバは、これまでに行われた南北首脳会談で、韓国側が主催した食事会の恒例メニューだ。

二〇〇〇年に行われた第一回の会談では、北朝鮮が歓迎、歓送の夕食会・昼食会を主催し、韓国は答礼晩餐を準備した。二〇〇七年の会談では、北朝鮮の最高人民会議の金永南《キムヨンナム》常任委員長が主催した初日の歓迎夕食会、盧武鉉大統領が主催した二日目の答礼晩餐、金正日国防委員長が主催した歓送昼食会の計三回の食事会が開かれた。

二〇〇〇年の会談で北朝鮮は、両首脳にありとあらゆる豪華な料理を用意した。人民文化宮殿（平壌市内にある会議場と宴会場の複合施設）で開かれた六月一三日の歓迎夕食会では、首脳会談を記念して金国防委員長が直々に命名した「六六《リュクリュク》（当初、首脳会談が六月一二日に開かれる予定だったため、「六＋六＝十二」という意味でこう名付けられた）翼《ナルゲ》スープ《タン》」（ウズラの肉団子のスープ）をはじめ、七面鳥のスパイス焼き、魚のムツなど、十五種類の料理がテーブルにのぼった。このう

ビビンバ

ち、七面鳥のスパイス焼きは中華風に味付けして揚げた七面鳥をスライスしたもので、ニジマスのホイル包み焼きやローストビーフのホワイトソースがけ、西洋のレシピどおりに作られた乳脂肪パンは、北朝鮮料理の国際化という評価を受けるのに十分なメニューだった。

金大中大統領が百花園《ペックァウォン》迎賓館でもてなしを受けた昼食には、鶏肉のゴマソースがけ、魚のジョン、野菜の揚げ物、緑豆ムッの冷菜、蒸し餅、小松菜のキムチ、平壌温飯、澄まし汁、コウライケツギョのゴマ揚げ、玉石《オクトル》焼肉（敷き詰められた小さな石の上で肉を焼く料理）、エビと野菜の炒め物、高麗人参茶などが提供された。その中でも平壌温飯は、大統領が「実にあっさりしていておいしかった」

と評して話題になった。

　これに対する答礼として、金大中大統領は六月一四日に平壌の「木蘭館」で現代風宮中料理をコンセプトにした品々をふるまった。魚の蒸しもの、エビの松の実ソース和え、カボチャ粥が前菜として出され、ギンダラの柚子焼きとジョン、栗・銀杏・松の実を入れて味を引き立てたアワビ・ムール貝・ナマコの陶器蒸し、神仙炉、キムチ揚げ（水気を取り除いたキムチを揚げたもの）、ソンニュタン（ザクロの形に似た餃子が入ったスープ）が添えられたビビンバなど、八種類の料理がテーブルに並んだ。これらの料理は、宮中飲食研究院の韓福麗《ハンポンニョ》院長をはじめ、新羅《シルラ》ホテル・ロッテホテル・ウォーカーヒルホテルなどから派遣された十二名のシェフが心血を注いで用意したものだった。

盧武鉉大統領、八道大長今料理をふるまう

　盧武鉉大統領も北朝鮮で盛大な歓迎を受けた。初日の夕食には、ガチョウ焼き（スユクに似た料理）や梨栗菜《ペバムチェ》（梨と栗の千切り）、五穀餅、クァジュル（米の揚げ菓子）、キムチ、鯉の蒸し物、牛カルビ煮込み、ワタリガニのホワイトソース焼き、松茸団子の炒め物、大同江スンオクク、白ご飯。デザートにはスイカと成川《ソンチョン》の焼き甘栗、晩餐酒には高麗開城人参酒やクロマメノキの果実酒、龍城ビール、東陽酒《トンヤン》（高粱酒の一種）などが出された。

　これに対する答礼として、盧武鉉大統領は二〇〇七年一〇月三日に人民文化宮殿で晩餐会を開

いた。この時のメニューは「八道大長今《テジャングム》料理」をテーマに、各地方の伝統的な食材を使った特色ある郷土料理で構成された。済州《チェジュ》黒豚の味噌焼きや串焼き、高敞《コチャン》名物・風川《プンチョン》鰻のかば焼き、横城《フェンソン》・平昌のノビアニ（宮廷焼肉）の天然松茸添え、全州ビビンバと里芋のスープ、カボチャの果片《クァピョン》（ゼリー）、三色梅雀菓《メジャックァ》（小麦粉の生地を油で揚げてシロップに漬けたもの）と季節の果物、安東《アンドン》の甘菊茶などのコース料理に加え、基本の副菜として白菜キムチ、ナバクキムチ、エビの松の実ソース和え、霊光《ヨングァン》の干しイシモチ、松茸と牛すね肉の醤油煮、梅の漬物と南海《ナメ》で獲れたカタクチイワシの炒め物などが添えられた。

　このうち、南北の和合を表現した全州ビビンバと、ドラマ『宮廷女官チャングムの誓い』にも登場した、盈徳《ヨンドク》のカニと竹の子の炒め物、蓬坪《ポンピョン》産のソバを使ったクレープ包みは特に話題になった。同ドラマは韓国で一大ブームを巻き起こしたが、映画マニアである金正日国防委員長が俳優・イ・ヨンエ（ドラマ『宮廷女官チャングムの誓い』で主人公を演じた）のファンだということが判明すると、このドラマのＤＶＤがプレゼントされた。

　その他の料理にも、忠州《チュンジュ》産の黒ゴマ、莞島《ワンド》のアワビ、済州の黒豚、高敞の風川鰻、横城・平昌のノビアニ、五台《オデ》山の天然松茸、利川《イチョン》の米、羅州《ナジュ》の梨、大邱《テグ》のリンゴ、進永《チニョン》の甘柿、長湖院《チャンホウォン》の桃、無等《ムドゥン》山のスイカ、済州のミカン・ハルラボン、永同《ヨンドン》のブドウ、海南《ヘナム》のキウイフルーツ、公州《コンジュ》の栗などの名産品が使われ、韓国各地の味を紹介するという意味でも好評を得た。

文在寅大統領、民族の春を意味する晩餐を準備

二〇一八年四月二七日に開かれた南北首脳会談では、玉流館から板門店まで運ばれた平壌冷麺が注目を浴びたのはもちろんだが、韓国側が準備した料理の意味が公開されるや、イギリスのＢＢＣは「メニュー全体が魅力的」「南北朝鮮のあらゆる地域が融合されており、統一をうたうメニューになっている。ねらいはテーブルの上の統一なのだろう」と評価した。

青瓦台が公開した料理を見てみると、韓国だけでなく北朝鮮にも配慮し、両者が満足できるようさまざまな意味を含んでいる。特に歓迎の夕食会には、朝鮮民族の平和と統一のために尽力してきた人々の思いが込められていた。

この夕食会では、金大中元大統領の故郷・新安郡可居島で獲れたニベとナマコを使った「ニベとナマコのピョンス」、鄭周永《チョンジュヨン》（現代（ヒョンデ）グループの創業者。一九九八年に牛五百頭をトラックに載せて板門店経由で北朝鮮を訪問するなど、南北関係の改善のために尽力した）会長が訪朝した時に引き連れていたことで有名になった、忠清南道瑞山《ソサン》牧場の牛を使った「韓牛の部位別炭火焼き」、作曲家・尹伊桑《ユンイサン》の故郷である南海市統営《トンヨン》の海で獲れたタコを使った「統営タコの冷菜」、盧武鉉元大統領の故郷である金海《キメ》の峰下村《ポンハマウル》で合鴨農法により栽培された米とＤＭＺで採れた山菜を使った「ビビンバ」、朝鮮の代表的な春の山菜・ヨモギで作った「ヨモギ汁」などがテーブルに並んだ。

また、金正恩国務委員長が少年時代を過ごしたスイスの料理・レシュティ（ジャガイモ料理）

をアレンジした「スイス風ジャガイモチヂミ」や、お祝いの席に欠かせない料理で、大切な客をもてなす朝鮮民族の心が込められた「鯛の蒸し物」や「ナマズの蒸し物」、さらには、釜山で育った文在寅大統領にとってもなじみの深い「釜山マトウダイのソテー」[37]も提供された。そして、白頭大幹の松茸と済州のハルラボンを使ったお茶と茶菓子、「民族の春」と名付けられたマンゴームースが最後を飾った。「民族の春」は、冬の凍てつく大地から芽吹く暖かい春の兆しを思わせるデザートだ。春の花があしらわれたマンゴームースの上の統一旗は結束した朝鮮民族を表現しており、周りの固い殻を割るという仕掛けには、対立を乗り越えて南北が一つになるという意味が込められていた。

それから四カ月後の九月一八日から二〇日に平壌で開かれた南北首脳会談で、金正恩委員長は「(板門店での会談で)食事をふるまうことができなかったことがずっと心に引っかかっていた」と述べ、会談の期間中に、文在寅大統領を木蘭館、玉流館、大同江水産物食堂、三池淵招待所などに招いて手厚くもてなした。

三　南北首脳の乾杯酒、トゥルチュクスル＆ムンベ酒

統一の祝杯の主人公は？

一九九四年、南アフリカ共和国のネルソン・マンデラが人種間の対立を乗り越えて大統領に選出されると、黒人と白人が共にビールで祝杯を挙げた。一九八九年一一月にベルリンの壁が崩壊した時も、一九九〇年一〇月三日にドイツが統一された時も、ドイツ国民はビールを片手に街へと繰り出した。国民を結束させ、熱狂の渦に巻き込んだ二〇〇二年のサッカーワールドカップを経験した韓国人が、今後最も興奮するであろう大イベントは統一なのではないだろうか。地球上で最後の分断国家である韓国と北朝鮮の統一は、朝鮮半島を超え、世界的なお祝い事になるに違いない。そうなれば、祝杯のお酒は何になるだろう？　南北首脳が酌み交わしたお酒のうちのどれかが選ばれるかもしれない。

二〇〇〇年六月一五日、世界が注目する中で行われた歴史的な南北首脳会談を記念して、金正

トゥルチュクスル（クロマメノキの果実酒）

日国防委員長はトゥルチュクスル（クロマメノキの果実酒）を、金大中大統領はムンベ酒を贈り合った。朝鮮の十大名酒の一つである「白頭山クロマメノキの果実酒」（アルコール度数十六〜十九％）は、海抜八百mから二千二百mの高山地帯に自生する汚染されていないクロマメノキ[38]を原料にしている。

　クロマメノキは北朝鮮の天然記念物に指定されており、次のような伝説がある。高句麗時代、有名な将軍が狩りに出かけたが、そこで仲間と部下を失い、十日あまり道をさまよいながら空腹と戦っていた。その時、赤紫色のおいしそうな実を見つけて無我夢中で食べたところ、二、三日間眠りこけてしまう。目を覚ますと、不思議なことに力が湧いてきたので、気を取り直して再び道を探して無事に帰還することができた。将軍はこの実を「野に生える《トゥル》粥《チュク》」という意味で「トゥルチュク」と呼んだという。

　北朝鮮の資料によると、クロマメノキにはフェノールと呼ばれる化合物が含まれており、記憶力を向上させたり血をきれいにしたりするほか、視力の回復や血管の強化、体重の調整、アンチエイジングにも効果があるという。また、抗酸化物質やその他の栄養成分は、心臓疾患やガンなどの予防にも役立つことがわかっている。この実から作られたクロマメノキの果実酒は、「男が飲めば神仙となり、女が飲めば仙女となる」と言われるほどの薬酒なのだ。

隠遁生活から解放させたクロマメノキの果実酒

クロマメノキの果実酒は、一九六一年から「恵山クロマメノキ加工工場」で生産されている。両江道恵山市の山あいに位置しているにもかかわらず、金日成主席は生前にこの工場を二度にわたって訪問し、「フランスのコニャック、スコットランドのウイスキーに並ぶ世界的な名酒を作れ」と指示したという。現代グループ・鄭周永会長が訪朝した際に受け取ったお土産も、南北離散家族の再会事業で北朝鮮の人々が韓国の親戚に渡した一番人気のお土産も、クロマメノキの果実酒だった。二〇〇〇年の南北首脳会談で金正日国防委員長は、韓国の随行員百三十名にクロマメノキの果実酒（二合入り、三本セット）をプレゼントした。この酒に対する北朝鮮の自信のほどがうかがわれるエピソードである。

また、『新東亜』二〇〇〇年七月号は、「南北の緊張を解きほぐしたラブショット（腕と腕をからめて酒を飲むこと。親睦を深めるという意味で行われる）の感激」というタイトルで、金大中大統領に随行した十四名への取材記を掲載した。彼らのほとんどが金正日国防委員長の型破りな言動に驚き、最高潮に高まった南北の和解ムードに胸を熱くした。文正仁《ムンジョンイン》教授は、「一五日（最終日）の昼食会では、金正日国防委員長のリードで杯が何周も回され、国家間の公式行事ではなく、まるで町内の宴会のような雰囲気だった」と回想した。また、「もし酒と歌がなければ、五千年の朝鮮半島の歴史を語ることはできないだろう」「ある意味で、かしこまった会談の席よりも、気兼ねなく杯を回す席の方が南北の和合と信頼醸成に寄与するのではないか」とも述べた。

訪朝した要人らは、みな口をそろえて金正日国防委員長は酒が強いと語っていた。金委員長は食事会の席で、金大中大統領との乾杯後に酒を一気に飲み干し、豪快で気さくな姿を見せて韓国に「金正日シンドローム」を巻き起こした。

平壌の地酒、ムンベ酒

歴史的な南北首脳会談や閣僚級会談はもちろん、クリントン、エリツィン大統領など、韓国を訪れた国賓にふるまわれたことで広く知られるようになったのはムンベ酒だ。南北首脳会談が開かれるたびに、晩餐酒として欠かさず登場したお酒でもある。

ムンベ酒は、平壌の大同江沿いにある酒岩山《チュアム》の湧き水を用いて造られる、高麗時代から伝わる

ムンベ酒

平壌の地酒だ。ムンベの木（タイリンヤマナシ）の果実の香りに似ていることから、この名が付けられた。アワとモロコシ以外のものは一切使われておらず、アルコール度数は四十度ほどになる。高麗時代の献上品だったこの酒には、「高麗中期に詩人の金黄元《キムファンウォン》が、大同江沿いの練光亭《リョングァンジョン》（高麗時代に初めて建てられた楼閣建築を代表する建築物。関西八景の一つに数えられ、古くから景勝地として知られている）でムンベ酒を片手に『長城一面溶溶水大野東頭點山』と二句を詠んで一息つこうと酒を飲んだところ、あまりにおいしくて同席していた詩人や画家たちと争うように飲んだ」という話が伝わっている。結局、金黄元はその続きを詠むことができずに未完の詩になったという逸話が、ムンベ酒を一段と趣深いものにしている。

高麗時代以降も愛され続けてきたムンベ酒は、平壌の平《ピョン》川《チョン》醸造所で造られていたが、朝鮮戦争の直後に伝授者らが越南してしまったために北朝鮮から姿を消した。韓国でも一九五五年の糧穀管理法により穀物を原料にした酒の生産が禁じられたことで、ムンベ酒の命脈が絶たれる危機に瀕した。しかし、伝授者が三十年あまり秘密裏に造り続けてきたおかげで古来の醸造法が守られ、一九八六年には国の重要無形文化財に指定された。その後一九九〇年には製造許可を受け、ようやく世に知られるようになった。無形文化財として認定されたにもかかわらず製造許可が遅れたのは、「北朝鮮の酒」だという理由で評価が低かったためだという。

ムンベ酒は酒岩山の水で作ってこそ本物

韓国のムンベ酒が北朝鮮に初めて紹介されたのは、一九九〇年の南北首相会談の時だった。愛酒家として知られる北朝鮮の延亨默《ヨンヒョンムク》首相がソウルを訪問した際、韓国側が準備した洋酒に不満を見せたため、代わりにムンベ酒を渡したという。延首相は非常に満足して夕食会でこれを絶賛、この出来事をきっかけに要人らの関心を集めることになった。その後、平壌で開かれた南北閣僚級会談でもムンベ酒が人気を集めたが、これがメディアに取り上げられたことで、北朝鮮はもちろん韓国でも広く知られるようになった。

二〇〇〇年六月一四日に木蘭館で開かれた夕食会でのこと。韓国側が提供したムンベ酒を見て、金正日国防委員長は李姫鎬《イヒホ》(金大中大統領の妻)に「ムンベ酒は酒岩山の水で造るに限りますよ」と言ったそうだ。二〇一八年四月の南北首脳会談の際にも、乾杯の挨拶後に非公式で行われた夕食会で、両首脳はムンベ酒を贈り合ったという。この日、共に民主党の禹元植《ウウォンシク》院内代表が「後退させることなく、しっかりと確固たる道を作らねばならない」と述べると、金正恩国務委員長は「共に精いっぱい努力しよう」と答え、ムンベ酒を一気に飲み干したそうだ。和やかな雰囲気に後押しされ、朝鮮労働党の金与正《キムヨジョン》第一副部長も酒を口にしたと報じられた。

北朝鮮側の要人がとりわけムンベ酒を好むのは、意識的に西洋の酒を避けるということに加え、北朝鮮の伝統酒だという認識を持っているからだ。北朝鮮は、南北共同運営のムンベ酒工場を平壌に建設しようと提案したこともあった。鄭周永名誉会長も、訪朝するたびにムンベ酒をお土産に持ち帰ったという。現代グループの関係者は「(北朝鮮の関係者から)『試飲した国防委員長が、その味に魅了された』という話を聞いた」と教えてくれた。

北朝鮮の要人だけでなく、旧ソ連のゴルバチョフ元書記長、ロシアのエリツィン元大統領、日本の宮澤喜一元首相もムンベ酒に称賛を惜しまなかった。一九九一年に訪韓したゴルバチョフ元書記長は、百五十本のムンベ酒をソ連に持ち帰った。このように、世界の人々に愛されたムンベ酒は、日本や米国、ヨーロッパ各地からの注文が殺到し、一九九一年後半に韓国の伝統酒としては初めて世界市場に進出することになる。

北朝鮮の非核化が実現し、国際社会による対北制裁が解除されるなど南北が経済協力を行う環境が整えば、世界的に人気の高いムンベ酒の南北合弁工場が平壌に建設されるかもしれない。南北経済協力のスタートとして、「ムンベ酒工場の建設」は重要な意味を持つ事業になるのではないだろうか。

四　一流のサービス拠点、大同江水産物食堂と貴重なチョルガプサンオ

北朝鮮を代表する水産物食堂

二〇一八年九月に平壌で開かれた南北首脳会談の二日目。夕食会の舞台となった「平壌大同江水産物食堂」は、文在寅大統領が平壌の住民と会話を交わしたことで大きな注目を集めた。ここは、二〇一八年七月三〇日にオープンした北朝鮮を代表する水産物食堂で、一日に平均して千名あまりの客が訪れる。大同江区域綾羅《ルンナ》洞の大同江沿いに位置する食堂は、船をかたどった三階建ての現代的な建物で、ここから大同江と綾羅人民遊園地、綾羅島五月一日競技場、清流壁（大同江の浸食作用によってできた絶壁）などが一望できる。

大同江水産物食堂の一階には、チョルガプサンオ（チョウザメ）、サケ、貝類、スッポンなどをストックしておく大きな水槽といけすがある。開店当初は客に魚を釣らせていたが、あまりに多くの人が詰めかけたため、現在では釣り堀の運営は中止されている。チョウザメと龍井魚《リョンジョン》

平壌大同江水産物食堂

（ドイツ産の養殖鯉）、サケなどを目の前でさばいてくれる一階の刺身コーナーは、長蛇の列ができるほど住民に人気だ。

二、三階には、さまざまな海鮮料理を味わうことができる食堂と、水産加工物を販売しているスーパーなどが入っている。二階の売り場にはチョウザメ、龍井魚、サケ、ブリ、サバなどの缶詰やニジマスの燻製、さらにはスルメといった乾き物、ズワイガニの身を使った加工品がぎっしりと並べられている。二〇一八年八月に訪朝した記者の記事によると、大同江水産物食堂で売られていたチョウザメの缶詰は三百五北朝鮮ウォン（約三ドル）、チョウザメの燻製は七百三十北朝鮮ウォン（約七ドル）、キャビアは五千北朝鮮ウォン（約五十ドル）だったそうだ。

また、二階と三階には、大衆食事室や家族

食事室、民族料理食事室、寿司食事室、科学者食事室、栄誉軍人食事室などさまざまな部屋があり、合わせて千五百席にのぼる。このうち、科学者食事室は、科学者優遇政策の一環として優先的に食事ができるように設置されたもので、栄誉軍人食事室は、韓国でいう国家有功者（戦争などで功績を立てた人）のための部屋だ。大同江水産物食堂は大小の宴会室を備えているので、平壌市民が家族や職場の同僚たちと食事をしに来る場所なのだ。

金正恩委員長が強い関心を寄せる食堂

大同江水産物食堂は、金正恩国務委員長が直々に命名し、建設地まで決定するなど強い関心を寄せていたことでも知られている。二〇一八年六月九日付の『労働新聞』は、金正恩国務委員長が竣工を目前に控えた大同江水産物食堂を視察したと、一面と二面を使って大々的に報道した。金委員長は室内のいけすで悠々と泳ぐチョウザメや龍井魚、サケ、ニジマスなどの高級魚や、食堂の特性に合わせて造成された加工品の陳列台を見学しながら、「季節を問わず、新鮮な魚を使ったおいしくて栄養のある海鮮料理や加工品を食べられるようになれば、人民も喜ぶだろう」と語ったという。北朝鮮メディアは「平壌の大同江水産物食堂は、海や川、大地のあらゆる山海の珍味を味わうことができる一等級奉仕基地」だと絶賛した。

二〇一八年九月、南北首脳会談の二日目にこの食堂を訪れた文在寅大統領は、他国を訪問した

大同江水産物食堂の刺身コーナー

時と同じように客と自然に挨拶を交わし、市民らは拍手で大統領を歓迎した。食堂には多くの家族連れが夕食を食べに来ていたが、三世代が連れだって食事をしている姿も多く見られた。金正恩委員長の夕食会への参加が遅れると伝えられると、文大統領は待ち時間を使って食堂のあちこちを見物した。

文大統領、「私たちが訪問したとなれば、今よりもずっと有名になるはず」

文在寅大統領が食堂内の「寿司食事室」に立ち寄り、一般市民の座るテーブルに行って「こんにちは」と挨拶すると、市民は驚いて立ち上がり、大統領と握手を交わした。また、「西洋料理食事室」では、食事をしていた市民からスタンディングオベーションで迎えられた。文大統領は市民に向かって「料理はおいしいですか、私たちも食事をしに来ました。私たちが訪問したとなれば、今よりもずっと有名になるはずです。良い時間をお過ごしください」と声をかけた。

その後、金正恩国務委員長夫妻が到着すると、市民らは食事を中断して「万歳」を叫びながら歓呼して迎えた。今にも泣きだしそうになる人の姿もあった。食堂の一階から万歳の声が聞こえてくると、文大統領と金委員長は足を止め、二階から一階を見下ろしながら手を振った。海外訪問時に現地の市民で賑わう店で食事をするのが文在寅大統領の慣例となっていたため韓国側が店の選定を要請、北朝鮮がこの店を提案したことで、今回の訪問が電撃的に実現したのだった。

文大統領と金正淑《キムジョンスク》（文在寅大統領の妻）は、二〇一七年一二月に国賓として中国を訪れた際には「永和鮮漿」という食堂で、二〇一八年三月のベトナム訪問時にはハノイのホテルに近い「Phở 10 Lý Quốc Sư」というフォーの店で朝食をとった。「永和鮮漿」は、大統領夫妻訪問の二日後から「文在寅大統領セット」を販売して話題になった。

文大統領は、大同江水産物食堂にあるさまざまな部屋のうち、「春到来の部屋」で夕食をとったそうだ。この食堂でも後に文在寅大統領にちなんだメニューが販売されたのか、また春到来の部屋も大統領訪問を記念する場所になったのかが気になるところだ。だが、大同江水産物食堂は国営の食堂なので、マーケティング目的のメニューや記念空間を演出するというよりは、他の食堂と同様に住民を一人でも多く受け入れるという目的で活用されていると思われる。

韓国では、南北首脳が訪問したことから、庶民的な食堂ではなく高級レストランなのではないかとの指摘も多く聞かれた。料理の価格も安くはないので庶民が気軽に行ける店ではないと思ったようだ。しかし、北朝鮮の店では外国人用の価格と地元住民用の価格が別々に設定されているので、北朝鮮の住民は外国人よりもずっと安く食堂を利用することができる。ただし、ここで食事をするには利用票が必要だ。このチケットは、核実験以降には科学者への褒賞として、また名節には栄誉軍人に配布されるなど、政策的に利用されている。また、区域当たり一家族を招待するといったやり方で、計画に沿って配布されている。文大統領が食事をした部屋以外では、平壌の市民が低価格で食事を楽しんでいたというわけだ。

衛星は空を飛び、チョウザメは海に向かう

大同江水産物食堂では、さまざまな魚などを味わうことができるが、その中で最も有名なのはチョウザメだ。文在寅大統領と金正恩委員長がこの店でどんな料理を食べたのかは報道されなかったが、きっとチョウザメ料理があったに違いない。なぜならチョウザメは、社会主義体制の自負心を象徴する食べ物だからだ。二〇一〇年一二月二一日付の『労働新聞』は、チョウザメの養殖成功について、「何においても最先端レベルを目指す朝鮮の理想と、他国ができるならわれわれにも可能であり、他国ができないこともわれわれには可能だという民族的尊厳、腹をくり

チョウザメの刺身

さえすればどんなことでも成し遂げられる高い潜在能力と、世界に向かって飛躍する朝鮮の姿がある」と報道した。これは、北朝鮮にとってチョウザメという存在が、単に養魚の成功を意味するだけでなく、民族的なプライドそのものであることを示唆している。金正日国防委員長は、世界的にも希少価値が高く、人工繁殖が難しい高価なチョウザメの養魚に成功したあかつきに、「我が国の衛星は空を飛び、チョウザメは海に向かう！」と詩を詠んだとも言われている。[39]同じ時期に北朝鮮は「光明星《クァンミョンソン》二号」を発射したが、これはミサイルではなく人工衛星だと主張していた。金委員長は人工衛星の発射とチョウザメの養殖成功を詩で表現したのだ。

　これまで北朝鮮は、核実験など軍事力の強化にのみ注力するあまり、住民の食生活から目を背けていると国際社会から指摘されてきた。それゆえに、人工衛星とチョウザメについて同時に言及することで、科学技術力を誇示すると同時に経済の立て直しを図っていくという姿勢を示そうとしたのだ。資本主義国家においてチョウザメは高くてなかなか手の届かない食べ物だが、北朝鮮では大量養殖によって一般住民も気軽に食べられるようになったことをアピールしたというわけである。

北朝鮮はチョウザメの養殖成功を積極的に宣伝し、玉流館をはじめとした有名な食堂でチョウザメ料理を提供している。チョウザメの卵であるキャビアは、世界三大珍味の一つとして挙げられる。玉流館では、二〇〇九年九月からチョウザメを使ったメニューが登場した。

チョウザメは身が引き締まっているので刺身で食べるのが一番だとはいうが、値が張るので気軽に食べられるものではない。今後、南北交流が活発になれば、韓国人もチョウザメやキャビアを口にできる機会が増えるのではないかと期待している。

五　北朝鮮からやってきた贈り物、松茸

離散家族を慰めた松茸

二〇一八年に平壌で開かれた南北首脳会談を記念して、金正恩国務委員長は文在寅大統領に二tの松茸を贈った。松茸は北朝鮮のお土産の定番で、二〇〇〇年、二〇〇七年の南北首脳会談の際にも贈り物としての任務を全うした。

「山の牛肉」と呼ばれる松茸は、松の木の根から養分を、土壌から無機養分や水分などを吸収する。松の木にくっついて共生する菌根菌なので、他のキノコとは違って人工栽培ができず、そのため価格も高くなる。韓国では、松茸の主要な産地が太白山脈付近に限定されている一方、北朝鮮は咸鏡、狼林《ランニム》、馬息嶺《マシンニョン》山脈など山地が多く、松茸の生育に適しているため、海外でも人気のある高品質な松茸ができる。金正恩国務委員長から贈られた松茸も七宝山産の最上級品で、時価に換算すると十五億ウォンにもなるという。

北朝鮮では、毎年八月末から一〇月初旬まで大規模なキノコ狩り作業が行われる。これには

山岳地帯の住民はもちろん、軍人まで動員されるが、北朝鮮最大のキノコ産地として知られる咸鏡北道の七宝山一帯や咸鏡南道の洪原《ホンウォン》一帯にはヘリコプターまで出動する。二〇〇〇年と二〇〇七年に金正日国防委員長が贈った七宝山の松茸も、海抜六百五十九mの清浄地域（自然環境が保全された地域）で栽培された最上級品で、贈り物の準備のために師団レベルの人員が投入されたそうだ。その時よりも量は若干減ったものの、二〇一八年の贈り物も当時に匹敵するぐらいの労力を費やして準備されたものと思われる。韓国では有名な話だが、金委員長から受け取った松茸は、未だ家族との再会を果たせていない高齢の離散家族四千名あまりに五百gずつ配られた。

文在寅大統領は「北朝鮮から心を込めて贈られた松茸が、両親や兄弟への想いを募らせる離散家族にとって少しでも慰めになればと思います。愛しい家族を抱きしめるその日まで、元気でいてください」と書かれたカードを添えて松茸を送り、離散家族を気遣った。

七宝山の最上級松茸は、南北首脳会談での定番の贈り物

金大中、盧武鉉大統領との首脳会談の直後にも、金正日国防委員長は松茸を贈った。金大中大統領が受け取ったのは、一・二五kg入りの小さなボックス八箱（十kg）のセット三百個だった。これは、首脳会談に参加した代表団や、訪朝した韓国のマスコミ各社の社長団など二百六十七名

に一セットずつ配られ、残りの三十三セットは、大統領経験者など各界の要人に送られた。政府がこの松茸を与野党の国会議員に送ったところ、政界では「金正日の松茸をもらえなかった者は実力者ではない」とも言われた。

盧武鉉大統領の時も、青瓦台は七宝山の天然松茸四tを、大統領経験者、憲法機関（国会や政府、裁判所など、設立の根拠が憲法に規定されている国家機関のこと）の長、国務委員、各政党の党首、国会議員、経済団体の代表、首脳会談の特別随行員、共同取材団、以北五道民（朝鮮戦争の混乱などで北朝鮮から韓国に逃れ、そのまま定着した住民を指す。失郷民ともいう）関係者、南北隣接地域の小学校、離散家族の一部、統一運動市民団体の代表、小鹿島《ソロクト》（全羅南道沖の小さな島。一九一六年に「小鹿島慈恵病院」が開設され、ハンセン病患者がこの島に隔離された。現在も約四百名の入所者が生活している）など、三千八百名に配った。余談にはなるが、ハンナラ党（かつて存在した韓国の保守政党）の金容甲《キムヨンガプ》議員が、青瓦台から送られてきた北朝鮮の松茸を二度にわたって拒否したことも話題になった。

米を保障する松茸

北朝鮮の天然松茸は、贈り物として利用されるほどに味と香りが良く、北朝鮮が誇る資源の一つだ。そのため、松茸がよく採れる地域は「資源保護区域」に指定され、国家によって政策的に保護、管理されている。

北朝鮮にある四カ所の資源保護区域のすべてが松茸の生産地である。この中でも、平安南道陽《ヤン》徳《ドク》郡上城里《サンソン》の松茸資源保護区域が最も大きくて有名だ。二千四百二十七haの面積を誇る松の森は松茸の生育に適した環境が整っているため、ここで生産される松茸の味と香りが最も優れていると言われている。この地域では、松茸菌が年々範囲を拡大しているが、松茸を掘り出した後の穴を土で埋めると、四十年以上は繰り返し収穫が可能になるという。

残り三つの資源保護区域は咸鏡北道にある。富寧《プリョン》郡の富寧松茸資源保護区域は二千二百九十ha、漁郎《オラン》郡の漁郎松茸資源保護区域は千二百九十一ha、清津《チョンジン》市青岩《チョンアム》区域の青岩松茸資源保護区域は六百五十一haの規模だ。国が保護しているだけあって、北朝鮮で松茸は非常に大切な資源として扱われており、松茸を密売すれば政治犯として厳重な処罰を受ける。

北朝鮮離脱住民の支援などを行う団体である「グッドフレンズ」は、二〇〇八年九月一〇日にニュースレターを通じて「朝鮮労働党の中央委員会は、松茸の違法採取は革命資金を抜き取る犯罪行為だ」と規定し、「食料危機克服のための革命資金を準備するには、松茸の生産をはじめとした外貨稼ぎを軌道に乗せ、米を保障せねばならない。そのために、松茸の違法採取に関する取り締まりと法的な統制を強化するという方針を伝達した」と伝えた。北朝鮮では、住民の食料問題の解決が何よりも優先される懸案事項であるだけに、松茸の違法な密売は、米を確保するための外貨稼ぎに支障をきたす政治的な犯罪行為である、という論理なのだ。

私も、二〇〇七年にこの貴重な北朝鮮産の松茸を味わったことがある。市民団体の代表だった知人が、送られてきた松茸を一緒に食べようと言ってチャプチェを作ってきてくれたのだ。そのおかげで、少しではあったけれど松茸を味わうことができた。油でサッと炒めた松茸の香りが口の中いっぱいに広がった時の喜びを今でも忘れることができない。貴重な松茸を贈ってくれた北朝鮮の真心に、チャプチェを作ってきてくれた知人の気持ちが重なって、一層おいしく感じられたような気がする。

六　済州島が築き上げた平和、みかん

八年ぶりの再会

済州みかん、北朝鮮へ行く。八年ぶりのことだった。二〇一八年一一月、金正恩国務委員長から贈られた松茸へのお返しとして、韓国から済州産のみかんが贈られた。みかんは再び、平和構築の一翼を担うことになった。

一九九八年に入り、金大中政権が太陽政策（金大中政権が推進し盧武鉉政権に引き継がれた、北朝鮮に対する宥和政策の通称。政経分離を基本に、人道支援や経済協力、文化交流などを通じて南北の緊張緩和と信頼醸成を積み重ね、北朝鮮の変化を促すことを目指した。イソップ物語の『北風と太陽』にちなんでこう呼ばれる）を打ち出すと、済州道は自治体として真っ先に南北協力事業に乗り出した。一九九八年に百tのみかんが初めて軍事境界線を越え、それ以降、二〇一〇年まで毎年北朝鮮に送られた。十二年間続いた「みかん送り」は、南北の和解の象徴的な事業となり、済州産のみかん四万八千二百三十八tと、ニンジン一万八千百tが北朝鮮住民に配られた。北朝鮮はこのお返しとして、八千三百五十名の済州道住民を四度にわたって平壌、開城、白頭山、妙香山に招待した。

みかんの出航式

ところが、韓国政府による五・二四措置によって南北間のあらゆる交易が禁止されたことに伴い、「みかん送り」事業もストップしてしまう。無期限で中断されていたこの事業は、二〇一八年に糖度十二度以上の高品質なみかん二百tを松茸のお返しとして送ったことをきっかけに再開された。

十kg入りのみかん二万箱を届けるため、軍用輸送機（C－一三〇）四機が動員された。みかんは二〇一八年一一月一一日と一二日の二日にかけて一日に二度ずつ、計四回にわたって運ばれた。輸送機は朝の八時に済州空港を出発し、午前十時に平壌に到着。その後、午後一時に済州空港に戻り、再度みかんを積み込んで午後三時に済州を飛び立ち、五時に

みかんの配布

平壌に到着、夜の八時に帰着した。

二〇一八年一一月一六日付の『朝鮮中央通信』は「文在寅大統領が松茸のお礼にと、同胞への愛情を込めて済州島のみかんを大量に送ってきた」と報じた。金正恩国務委員長は、南の同胞の熱い気持ちが込められた贈り物に謝意を表し、学生や平壌市で働く労働者に配るよう指示を出した。

みかんは、北朝鮮ではめったに見られない珍しい果物であるだけに、市場では丸ごとではなく、皮を剥いて一房、二房ずつ売られていることもあるという。希少価値が高いだけに、平壌市の学生や労働者はさぞかし喜んだことだろう。

一日に四十ｔのニンニクが南北を行き来した

松茸に対する返礼の時期が遅れると、韓国では、北朝鮮から松茸を受け取ったことも忘れて「韓国経済も低迷しているというのに、ここに来て突然バラマキ政策か」「箱の中身がみかんである保証はない」というような批判の声が一部から上がった。だがこれは、一度に二百ｔものみかんを購入すれば市場価格に影響を及ぼしかねないため、青瓦台がみかんの収穫時期を見計らってのことだった。「みかん送り」は、それ自体が平和構築に貢献する事業であると同時に、価格の安定化に寄与するという意味でも農家にとってメリットになるため、済州道と農民団体は積極的に歓迎している。また、みかん以外の越冬野菜も事業化してほしいという声も上がっていた。

済州道は、南北の交流協力事業が活発だった時期に、済州産ニンニクの加工事業も行っていた。二〇〇七年二月、北朝鮮の「精誠《チョンソン》医学総合センター」と韓国のニンニク流通業者「山と野の農水産」は、民族和解協議会と我が民族相互支援運動の仲立ちにより、開城市城南《ソンナム》洞にニンニク加工工場を建設した。この工場では、一日あたり平均四十ｔのパッキングされた皮むきニンニクを韓国に送る作業が行われていた。また、北朝鮮から済州産のニンニクを加工して健康食品を共同開発しようと持ち掛けられたこともあった。これ以外にも、済州道はニンジンの栽培、黒豚の飼育協力事業、北朝鮮の子どもへの冬服支援事業を推進するなど、他のどの自治体よりも活発に南北交流協力事業を行っていた。二〇一八年九月の南北首脳会談で金正恩国務委員長のソウル訪問が約束された際には漢拏山訪問への期待が高まり、済州道知事が白鹿潭《ペンノクタム》（漢拏山の山頂部に位置する火口湖）を視察して管理施設を点検したのも、このような経緯があったからだ。

南北が共に育てる統一イチゴ

他の自治体も、北朝鮮との交流協力事業を続けてきた。済州道以外で最も積極的だったのは京畿道で、済州道と同じく二〇一〇年までに、養苗場の造成、マラリア予防、食料支援などを行い、森林病害虫の駆除活動にも力を入れていた。全羅南道はビニールハウスや醗酵豆工場の建設を支援、慶尚北道《キョンサンプクト》は果樹園の造成に力を注いできた。慶尚南道《キョンサンナムド》は果樹園の造成に続き、「統一イチゴ事業」を展開した。

統一イチゴ事業は、慶尚南道で育てた春植えの親苗を平壌に送り、夏の間に病気に強くて丈夫な子苗を増やす。初秋にその苗を再び慶尚南道に戻してイチゴを生産するという方式で行われていた。気温が低い北朝鮮で夏を過ごしたからか、統一イチゴは青々とした葉をつけ、果柄も太く、イチゴの糖度も高い。つまり、味が良くて病気にも強いイチゴを生産して収益性を高めるのがねらいだった。単に北朝鮮を支援するというのではなく、南北双方にとってＷｉｎ－Ｗｉｎの事業だったのだ。イチゴの栽培に適した気候と土壌を備えた北朝鮮と、進んだ栽培技術を持つ慶尚南道によって二人三脚で進められたこの事業は、南北交流協力事業の成功モデルとして評価

統一イチゴ

を受けた。だが、この事業も例に漏れず、二〇一〇年の五・二四措置により中断してしまう。

二〇一八年九月の南北首脳会談で自治体間の経済交流が話題に上ると、金正恩国務委員長が統一イチゴについて言及したそうだ。また、一〇・四共同宣言の十一周年共同記念行事に参加するため訪朝した六つの自治体の市長や知事らが、地方自治体レベルの南北交流協力事業について民族和解協議会の関係者と意見交換を行った。その席で慶尚南道は、統一イチゴ事業の再開を北朝鮮側に提案したという。南北が協力し合って育てる甘い統一イチゴを味わえる日が、そう遠くないうちに訪れることに期待したい。

七　大切な気持ちを伝える玉流パン

もどかしい親の気持ちを分かち合おう

二〇〇八年九月八日、民間団体のキョレハナは、パンのサポート後援会員を募集するイベントを行った。この日、広報大使として登場した俳優のクォン・ヘヒョとオ・ジヘは、行事の中でこう述べた。

「干上がった田んぼに水が入っていくことと、子どもたちの口にご飯が入っていくことが、私の父の喜びでした。子どもを育てる中で、その喜びが父だけのものではなかったということを、そしてその喜びを味わうことができない親の心がどれほどもどかしいのかを知りました。一カ月に五千ウォンで、その親の気持ちを分かち合うことができます」

「ひと月に、コーヒー一杯分の五千ウォンを節約すれば、北の子どもたちにおいしくて栄養価の高いパンを食べさせることができると思うと、うれしさでいっぱいになります。それも、一度や二度ではなく、工場が稼働している限りずっと続いていくのですから。一カ月に『たったの』

五千ウォンを支援してくれる会員を、『たったの』六千名集めればいいのです。私たちにもできますよね」

キョレハナのパン事業本部は、平壌の大同江に南北共同で「大同江子どもパン工場」を建設し、二〇〇五年四月から毎日一万個のパンを生産していた。パンの名前は「玉流」。これには、「南から受け取った大切な心（玉）を子どもたちまでちゃんと伝える（流す）」という意味が込められている。数年にわたって続いてきた事業であるにもかかわらず、急遽この日に後援会員の募集イベントが行われたのは、世界的な穀物価格の急騰により、材料の購買価格が以前の二倍以上に跳ね上がったためだった。

二〇〇〇年代前半といえば、北朝鮮が「苦難の行軍」の終了を宣言した時期ではあったものの、依然として厳しい食料難が続いていたため、韓国の民間団体からの支援はありがたいものだっただろう。またこの事業は韓国人にとっても、北朝鮮の人々が同じ民族であるということを再確認する機会になり、統一に対する認識改善にも大きな役割を果たした。

一九九〇年代半ば以降、北朝鮮への民間支援活動が開始

キョレハナ以外のさまざまな民間団体も、北朝鮮の社会的弱者を支援すべく積極的に活動を行っていた。これらの団体は、一九九〇年代半ばに北朝鮮の厳しい食料事情が明るみに出ると、

長忠聖堂に設置されている豆乳製造機

本格的な支援を開始した。

　一九九四年、韓国の一部の団体が北朝鮮に医療機器や用具を提供したのを皮切りに、一九九五年には宗教界がトウモロコシ五百tを支援した。だが、北朝鮮への人道支援が本格化するのは、水害による被害を受けた北朝鮮が国際社会に向けて支援要請を行った直後の一九九五年九月以降だ。民間団体からは、一九九五年に十二億ウォン、一九九六年に百八十二億ウォン、一九九七年に二百七十五億ウォンの支援がなされた。

　初期の対北支援は政府主導で行われたが、李明博《イミョンバク》政権の発足により南北関係が膠着状態に陥ると、非政府の民間団体が主要なチャンネルとなった。現在、人道支援団体の協議体である対北協力民間団体協議会（北民協）には百を超える団体が会員として名を連ねているほどに、多くの団体が多様な支援活動を展開している。統一部の対北支援情報システムによると、韓国の民間団体は、対北支援が開始された一九九五年から二〇一九年七月現在まで毎年支援を続けており、その規模は九千百五十一億ウォンに達するという。盧武鉉政権の末期に当たる二〇〇七年には過去最大の支援が行われたが、二〇一〇年の五・二四措置などの影響により民間レベルの対北支援も激減、関連事業もそのほとんどが中断してしまった。

対北支援のうちで最も比重が大きかった分野は、緊急救援事業と、子ども・老人・妊産婦などの社会的弱者を対象とした食料支援事業だった。これらは、対北支援活動の五十％以上を占めていた。洪水といった自然災害が頻発する北朝鮮の状況、「苦難の行軍」の時期に栄養不足などの影響でガリガリにやせ細った子どもたちの姿を見て、人々は金銭的な支援を行った。多くの団体が北朝鮮に粉ミルク、パン、麺の原料を送ったり、パン工場や麺工場、豆乳工場の建設および運営を支援した。

豆乳は、人々の気持ちを届ける事業

二〇〇七年と二〇〇八年に北朝鮮を訪問した際、私は韓国が支援をしている豆乳工場とパン工場を訪問した。北朝鮮側の関係者が、「少しの支援であっても、中断せずに支援することが大切だ」と語っていたのを思い出す。韓国の民間団体が募金をたくさん集めて競うように支援施設を建てたはいいものの、中国産大豆の価格高騰により支援を中断したことを示唆しての発言だった。工場が増えるのはありがたいことだが、支援が中断してしまえば、豆乳を飲んでいた子どもたちが非常に残念がるのだという。その関係者は「豆乳をもらえない子がいるのもかわいそうなので、全員に渡る量が確保できた時に支給する」とも言っていた。子どもたちが豆乳とパンを受け取り、韓国からの訪問者にお礼を言っていた場面が目に浮かんでくる。今では豆乳の支給もストップしてしまったはずだ。南の人々の気持ちを届けていたあの工場はどうなったのだろうか。

南北関係の改善を見据えて、対北支援を行う民間団体も動き出した。二〇一八年一一月には、関連団体が北朝鮮を訪問して協議を行った。諸々の条件が整い、南北関係が改善されれば、近いうちに民間レベルの協力事業も推進されるとみられる。どんな内容であれ、新たに展開される協力事業は、規模が小さくても途切れることなく続いてほしい。

八　北朝鮮で一番人気の韓国のお菓子、チョコパイ

死線を越えて「チョコパイが食べたい」

「おい、スヒョク。一度しか言わないから心してよーく聞けよ。俺の夢はだな、いつか、わが共和国が、南朝鮮よりおいしいお菓子を作れるようになることだ、わかるか？　その日まで、涙をのんで、このチョコパイで我慢するしかない」

セリフを読むだけで脳裏によみがえってくる映画、韓国で二〇〇〇年九月に公開されたパク・チャヌク監督の『ＪＳＡ』で、北朝鮮の人民軍中士役を演じたソン・ガンホが、脱北を勧める韓国の兵士役イ・ビョンホンに向かって放った言葉だ。この映画は、同年六月の南北首脳会談をきっかけとした南北関係の進展という追い風を受けて、大ヒットを記録した。印象的なシーンは数多くあるが、チョコパイをめぐって対立するこの場面は北朝鮮特有のプライドをうまく表現した映画の核心となるシーンの一つで、監督が特に力を入れて撮ったことで知られている。

映画の公開から十七年後の二〇一七年一一月一三日、板門店の共同警備区域（ＪＳＡ）の北側

哨所（軍事上の重要地点や施設を監視するために、哨兵を配置して警戒任務を行う場所のこと）から、朝鮮人民軍の兵士、呉青成《オチョンソン》が軍事境界線を越えて南に亡命するという事件が発生した。彼は脱北の恐怖を振り払うために、焼酎を七〜八本飲んでから軍用ジープに乗り込んだという。脱北を阻止しようと北朝鮮軍が南側に向けて銃を発射、そのうちの四、五発を被弾した彼は、映画よりも劇的な展開で千辛万苦の末に生き延びた。

体がある程度回復すると、彼は「一番食べたいものは何か」という問いに、「チョコパイが食べたい」と答え、チョコパイを知った経緯を訊かれると、「開城工業団地でたくさんもらえると聞いた」と言ったそうだ。この会話の内容が報道されると、チョコパイで知られるオリオンは応援の意味を込めて、彼が手術を受けた亜州《アジュ》大学病院に百箱のチョコパイを送り、呉青成には「一生分」のチョコパイを提供すると約束した。

開城工団の改革開放を象徴するお菓子

韓国で販売されている商品のうち、北朝鮮で最も有名なチョコパイは、住民の間でも大人気だ。チョコパイが知られるようになったのは、開城工業団地が稼働を開始した二〇〇五年以降なので、『ＪＳＡ』が公開された当時は、この映画の設定のような特殊な環境にいるとか、貿易関係に従事していたり高位高官でない限り、北朝鮮の一般住民がチョコパイを目にする機会はほとんどなかった。

オリオンのチョコパイ「情」

ところが、開城工団に入居した一部の企業が、低価格でカロリーの高いチョコパイをおやつとして労働者に配ったことから、北朝鮮住民にも広く知られるようになった。当初は、ある工場で一人に一つずつ配られていたが、これを知った他の企業の労働者が自分たちにも配ってくれと要求したため、工団内のすべての企業がおやつにチョコパイを提供することになった。

初めてチョコパイをもらった労働者は、かじって食べるのではなく、手で少しずつちぎって大切に食べていたという。また、女性労働者の多くは、家族に食べさせようとその場では食べなかった。これを知った企業側が、一つは持ち帰り用、もう一つは自分用にとチョコパイを二つずつ配ったものの、包装紙のゴミがほとんど出ないくらい持ち帰る人が多かったという。一部の企業では、残業をした労働者に成果給としてチョコパイを支給することもあった。こうして一人に対して配られる個数が少しずつ増えていき、開城工団の稼働が中断される直前には、一日に十個ほどが支給されていた。労働者はおやつとして受け取ったチョコパイを集めて市場で売ったり、誰かにあげたり、また頼母子講を組織して持ち回りで受け取ったりしていたという。北朝鮮住民にとってチョコパイは、ささやかな楽しみだったに違いない。

こうして、開城工団を通じて広まったチョコパイは、北朝鮮社会で一大旋風を巻き起こし、「改革開放の象徴」となった。

チョコパイの代わりに金をくれ？

韓国のマスコミの報道からも、当時の開城工団の雰囲気を垣間見ることができる。二〇一二年三月一三日付の『朝鮮日報』は、北朝鮮でも「韓流」が人気で、チョコパイが北朝鮮各地の市場にまで広く流通していると報じた。また、ラジオ・フリー・アジア（ＲＦＡ）の清津在住者へのインタビューを引用して、「市場に行けばチョコパイが並んでいる」「南朝鮮の商品は売り買い禁止だと血眼になって取り締まる保安員も、チョコパイの取り引きには見てみないふりをする」とも伝えた。

一部のマスコミは、「開城工団の北朝鮮労働者が、チョコパイを一つでも多くほしいと言いながら、チョコパイの代わりに金をくれと要求する」と報道したが、これはいったいどういうことなのだろうか。労働者がお金に換えられるチョコパイを一つでも多くもらおうと気を揉んでいるということなのか、それにも飽き足らず、チョコパイの代わりに金をくれと無茶な要求をしているのか、今一つ理解できないと思う人もいるだろう。

だがこれは、北朝鮮社会を理解していないがゆえの報道だと言える。現在の北朝鮮は市場が発達しているので、お金が重要視されていると思っている人も多いだろうが、それでも北朝鮮は「すべての人民の平等」を原則として掲げる社会主義国家だ。ゆえに、チョコパイ一つを配るにしても、工団で働くすべての労働者に対して平等に配らなければならない。ところが、企業間で労働者に配るチョコパイの数に差が生じたため、不満の声が上がったのだ。開城工団の給食会社で働く調理長にインタビューする機会があったのだが、彼も同じようなことを言っていた。

北朝鮮の労働者は、食堂で昼食をとると高くつくので、ほとんどがお弁当を持参していた。寒い日におかずもろくに入っていないお弁当を食べている労働者を不憫に思ったある企業が汁物を提供したところ、他の企業で働く労働者も汁物を要求したという。ところが、これに応えることができない企業からの反発によって、結局この試みは中止されてしまった。北朝鮮の人々にとっては、千ウォンを受け取る可能性よりも、百ウォンを平等に受け取る公平性の方が受け入れやすいというわけだ。

チョコパイの場合もこれと同様である。成果給として与えられたチョコパイの数が企業によってまちまちだったために、労働者は困惑してしまったようだ。百社以上ある企業間でチョコパイの数や汁物の提供を統一させることは難しかったので、北側はチョコパイで支払われる成果給の代わりに一定期間分の給与の支給を要求したと思われる。実際に、支給されるチョコパイの数に差が生じると、労働者の間から不満の声が上がった。そのため工団内の企業は、チョコパイの支給基準を定めたガイドラインを設け、その範囲内で支給することに合意したという。

北朝鮮版チョコパイ、チョコレートタンソルギ

金正恩時代に入ると、北朝鮮でもチョコパイに似た「チョコレートタンソルギ」（チョコレートの甘いカステラ）が生産されて注目を集めた。平壌市の万景台区域西山洞《ソサン》にある金カップ体育人総合食料工場で生産されているチョコレートタンソルギの主な材料は、「小麦粉、チョコレート、粉砂糖、バター、卵」と記載されている。インターネットで検索してみると、チョコパイよりもやや小ぶりで、チョコパイの要《かなめ》ともいえるマシュマロが入っていないチョコレートタンソルギの写真が出てくる。これを食べた人たちは、マシュマロが挟まった韓国のチョコパイの方がしっとり感があってフワッとしているとの感想を書き込んでいた。

北朝鮮のマスコミによると、チョコレートタンソルギを生産している金カップ体育人総合食料工場は、二〇一一年一〇月に操業を開始した。その後、二〇一五年一月に金正恩国防委員会第一委員長（当時）が食料工場の見本・標準となるべく改装を指示、その七カ月後には延べ面積がそれまでの四倍になり、設備も改善された。主にスポーツ選手用の製品を生産していたこの工場は、

北朝鮮の商品情報パンフレットに掲載されているチョコレートタンソルギ（金カップ体育人総合食料工場の「チョコレートタンソルギ」とは違う製品）

北朝鮮住民を対象とする製品の生産工場として生まれ変わった。また、工場技能工（パン職人）をフランスに派遣して研修を受けさせるなど、生産製品の高級化を目指す努力も続けられている。

金正恩第一委員長は、完工の知らせを聞いた金正日国防委員長が満足げな表情を浮かべて「一度行ってみたい」と言っていたと回想し、「現代的に改装された工場に将軍（金正日）を一度でもお連れしたかった」と語ったそうだ。二〇一六年一月、現代化した金カップ体育人総合食料工場を訪問した金正恩委員長は、「スポーツ分野だけでなく、国の食品工業を発展させる上で重要な位置づけにある工場」だとして、住民により良い食料品を生産、供給することが「金正日将軍の遺訓」を貫徹することだと強調した。

また工場には、総合操縦室や、ガム・白合菓子《ペガプ》（小麦粉、卵、牛乳、炭酸アンモニウムなどを混ぜて焼いた生地にジャムを挟んだ北朝鮮のお菓子）・揚げ菓子（スナック菓子の商品名）などの食料品の安全性確保を目的とした設備が設けられ、さらにはプールや理髪店、美容室などの施設も入居している。改装以前に比べて生産能力が四倍以上に拡大した新工場では、ヌルンジ（おこげ）、クァベギ（ねじり揚げドーナツ）、カンジョン（おこし）、フルーツジュース、チョコレート、ケーキなど、六百種類あまりの食料品が生産されている。

九　北朝鮮の国宝五十六号、江西薬水

泉の多い国

スカッとする清涼感に加え、炭酸飲料よりも糖分が少ないので、炭酸水を飲む人が増えている。炭酸水は天然炭酸水と人工炭酸水に分けられるが、韓国の椒井《チョジョン》炭酸水やフランスのペリエなどの一部を除いては、ほとんどが炭酸を添加した人工炭酸水だ。ところが、北朝鮮にも百％天然の炭酸水がある。北朝鮮が「三千里錦繍江山《サムチョンリグムスガンサン》の天下一の薬水」に選定した「江西薬水《カンソヤクス》」だ。

北朝鮮はとりわけ薬水（薬効のある鉱泉水、ミネラルウォーターのこと）の採水地が多いことで有名だ。地形的に薬水が発生しやすく、全国三十九の地域にあることがわかっている。マスコミの記事をまとめると、百カ所以上の鉱泉地帯がある北朝鮮には多くの採水地があり、このうち、江西薬水、光明《クァンミョン》薬水、三防《サムバン》薬水、玉壺洞《オッコドン》薬水、外貴《ウェギ》薬水、剣山《コムサン》薬水、妙香山薬水、大洞《テドン》薬水、椒井薬水、龍南《ヨンナム》薬水などが代表的だ。その中でも、平安南道南浦《ナムポ》特別市江西区域薬水里で採取される江西薬水は、北朝鮮の国宝五十六号に指定され、保護の対象となっているほどにトップクラスの品質を誇っている。

江西薬水

北朝鮮の報道によると、江西薬水は一ℓ当たりに溶存鉱物質五百十mg、カルシウム五十mg、鉄分九mg、マグネシウム十三mgなどが含まれた天然の健康飲料だ。江西薬水は慢性胃炎、胃潰瘍、十二指腸潰瘍、慢性腸炎、習慣性便秘、慢性肝炎、不妊症などの治療に効果があるとして、採水地の周辺には療養所はもちろん、鉱泉物理治療学研究所、薬水工場まで建設されている。

江西薬水にまつわる伝説がある。その昔、足に傷を負った鶴のつがいが水たまりに降りてきて、くちばしで水をかけながら数日で傷を治して飛び立っていくのを、とある農夫が見つけた。不思議に思った農夫がその水を飲んでみると、げっぷが出て胃のむかつきが消え、胃腸の調子が良くなったという。その後、近所の人たちと一緒に井戸を作り、薬水を大切に守りながら飲んできた、という話だ。

一九三六年に編纂された『江西郡誌《カンソグンジ》』（平安南道江西郡の沿革・地理・風俗などを記録した書籍）には、三百年前に現在の南浦特別市江西区域薬水里で鉱泉が見つかったという記録が残っている。江西薬水は世界知的所有権機関（WIPO）が発給した原産地名登録証書や、スイスに本社を置くSGSの品質認証などを取得し、混じり気のないきれいな天然飲料であることが証明された。一九四五年以前には一カ所から自然に湧き出ていたが、一九六〇年代に開発され、二〇〇七年には二十カ所から採水できるようになった。このうち、よく利用されているのは一号、五号、十二号、十四号泉で、一日の湧出量が四百kℓにもなるという。

金日成主席、「加工した薬水を人民に供給しよう」

一九五六年の内閣会議で江西薬水採水地への一般人の立ち入りが禁止され、薬水を商品化することが決まった。その後、一九七三年の三月には金日成主席の指示で江西薬水工場が建設され、量・質ともに誇れる現代的な薬水の生産工場になったという。北朝鮮の雑誌『千里馬』二〇〇八年三号を読むと、金主席が工場建設に並々ならぬ関心を寄せてきたことがよくわかる。一九七三年三月、金日成主席は江西郡青山《チョンサン》里にある採水地を視察し、「薬水の加工工場を建設して、加工した薬水を人民に供給しよう」と述べて建設地を指定しただけでなく、「江西薬水」と直々に命名した。工場の建設が最終段階に入った一九七四年三月には生産ラインを細かくチェックし、

「江西薬水は胃腸の病気をはじめとしてさまざまな病に効果があるので、人民にたくさん供給せねばならない」と強調した。

また、江西薬水は医療機関にも普及している。北朝鮮の保健省は、消化器系の疾病治療に効果的な江西薬水を平壌市内の医療機関や電力産業分野に供給している。二〇〇一年八月には、平壌市にある医療機関に治療用の薬水を支給、九月からは平壌火力発電連合企業にも供給した。二〇〇三年一〇月には、江西薬水加工工場が現代的に改装されて一般住民にも供給が拡大された。

再び湧き出した江西薬水

順調に生産されてきた江西薬水は、二〇一一年に発生した東北地方太平洋沖地震の影響で源泉が枯渇するという危機に見舞われたが、その二カ月後に復活した。北朝鮮のウェブサイト『わが民族同士』は、二〇一一年九月二二日に「六十日ぶりに再び湧き出した江西薬水」というタイトルの記事を掲載した。その記事では、江西薬水の工場で働く労働者の言葉を引用し、「三月一一日の午後、これまで途絶えることなく湧き出ていた江西薬水の水量が少しずつ減り始め、一二日の朝には完全に干上がってしまった」「この光景を見た江西薬水工場の幹部と労働者は、呆然と立ち尽くしてしまった」と報じた。

それから数カ月後、平壌第一百貨店で開かれた第二回商品展示会の会場には、復活した江西薬水の商品が並べられて話題を呼んだ。『わが民族同士』は「江西薬水が再び平壌の売り場に並ぶようになったのは、将軍（金正日）が優秀な科学技術集団を現場に送り、あらゆる緊急対策を講じてくださったおかげ」であり、「既存源泉から薬水が出ない場合には思い切って場所を移し、比抵抗トモグラフィ探査をするようにと指導してくださった。工場の幹部がその指導に従うと、十五分後に薬水が湧き出てきた」と報じた。また同サイトでは「永遠に枯渇してしまう危機に瀕していた江西薬水は、干上がってからちょうど六十日が経った五月一一日に再び湧き出し、絶世の偉人らの愛情を抱いて首都の商店や売り場に陳列されることになった」と、この間の経緯を伝え、「今回新たに湧き出た薬水は、従来のものよりも溶質の質量が大きく、炭酸ガスの含有量が一・五倍も増え、カルシウム含有量も増加した一方で、苦味のある硫酸イオンや塩素イオンの濃度が低くなったため、まろやかな味になった」と紹介した。

江西薬水は、金正恩時代にも貴重な資源として扱われ、二〇一七年六月三日には金正恩国務委員長が工場を現地指導した。金委員長は、工場の現代化・科学化・自動化の水準に満足の意を表し、新技術による炭酸ガスの生産量増加と品質の向上、入念な製品の安全検査についても称賛した。

「六・一五時代の到来で、南の同胞も『江西青山水』を飲むようになった」

江西薬水は、韓国でも「江西青山水《チョンサン》」という商品名で販売されていたことがある。韓国企業のテドンドゥハナは、一年半にわたって平安南道江西区域にある江西青山水工場に設備と技術を投資、二〇〇六年八月二八日には現地で竣工式を行った。「江西青山水」の南北共同工場は、テドン貿易とその系列販売会社のテドンドゥハナが三百万ドルを、北朝鮮の銀河《ウンハ》貿易総会社が百万ドルを投資して、一年という短い期間で完工した。主に韓国が設備と資材を、北朝鮮が土地と労働力などを提供して完成したこの工場は、五百㎖の瓶をひと月に百万本生産できる規模だった。

北朝鮮の民族経済協力連合会のキム・チュングン副会長は、「北と南が力を合わせて建設した江西青山水工場の操業は大きな意味を持っており、六・一五共同宣言の生命力を示す一つの証拠」だとし、「国宝である江西青山水が、北と南はもちろん、世界に広がっていくよう努力しよう」と強調した。またキム副会長は、南北の経済協力を統括する責任者だけあって、「北南共同で建設した江西青山水工場のように、いかなる困難があろうとも、われわれ民族同士で互いに手を取り合えば、北南の経済協力を活性化して民族経済を発展させることができるし、統一祖国、富強繁栄を成し遂げることができる」と述べた。

テドン貿易のイ・テシク会長も記念の挨拶で、「あらゆる困難を乗り越え、南と北が力を合わせて工場を完成させることができて感慨深い」「江西青山水は人間の体に最も適した鉱泉水で、各種疾病の治療に効果が高く、民族の念願である『病気の心配なく生きられる世の中』を作るのにも大きく貢献してくれるはず」だと述べ、「江西青山水工場が南と北の共同利益、共同繁栄のための事業モデルになることを願う」と希望を語った。

中国で出合った江西薬水

テドン貿易は、一九九六年六月に初めて江西薬水の韓国への輸入を開始したが、その翌年に「薬水」という名称が使用できなくなるという問題に直面した。北朝鮮は、国家の天然記念物に指定された江西薬水の名称を変更することはできないという立場を取ったが、テドン貿易側が「江西青山水」と新たな商品名を考案して北朝鮮を説得、その結果、一九九八年に輸入が再開された。テドン貿易は二〇〇〇年から二〇〇三年までの設備支援を通じて、三百五十㎖のミネラルウォーターをひと月に三十万本まで生産することができる工場を建設し、会員制マーケティングなどを駆使して製品の認知度を高めていった。しかし残念なことに、五・二四措置によって北朝鮮との貿易が途絶え、「江西青山水」は韓国から姿を消してしまった。

近年になって、中国の上海や北京、青島などの一部の地域で江西薬水が販売されるようになった。中国の上海丰足貿易有限会社は、中国全地域をはじめ、全世界に江西薬水を販売できる契約を朝鮮江西薬水会社と締結し、北京や青島、天津などの主要都市にある大型スーパーやホテル、レストランに納品している。

二〇一八年六月、上海のとあるレストランで偶然にも江西薬水に出合った。「江西薬水」という本来の名前で中国のあちこちに進出しているのを見てうれしかったものの、南北の経済協力によって誕生した江西青山水は姿を消し、中朝間の経済協力だけが円滑に進んでいるような気がして残念でならなかった。

十　トランプと金正恩のハンバーガー

「会議テーブルでハンバーガーを食べようと思う」

北朝鮮と米国は最大の敵対関係にあった。二〇〇〇年のマデレーン・オルブライト国務長官の訪朝や、米朝対話および六者会合などを通じて関係改善を模索した時期もあったが、国家建設の時期から現在に至るまでのほとんどの期間、反米は北朝鮮の核となる理念だった。北朝鮮は、韓国との理念対決の延長で米国を敵とみなし、食料不足や経済難といった国内問題の責任を転嫁したり、住民を一致団結させる道具として反米を利用している。小さい頃から反米教育を受けて育つ北朝鮮の住民にとって、米国は決して妥協してはならない相手なのだ。

そんな米朝関係に変化が訪れた。二〇一八年六月一二日、金正恩国務委員長と米国のトランプ大統領がシンガポールで会談を行ったのだ。七十年の歳月を経て開かれた史上初の米朝首脳会談は歴史的な事件であった。この会談以降、平壌の道路から反米スローガンが消えたという。

伝統的な米国の外交政策からいうと、世界の警察官を自任する超大国にとって、独裁国家かつ

シンガポールの某ホテルが販売した「トランプ―金正恩ハンバーガー」

「ならず者国家」の北朝鮮は眼中にもない存在で、ほとんどの指導者は対話に応じることすらしなかった。クリントン政権末期に米朝首脳会談や大統領の訪朝が模索されたこともあったが、共和党の反対や、後任のジョージ・W・ブッシュの対北政策を考慮して実現しなかった。また、大統領候補の予備選挙で「イラン、キューバ、北朝鮮の指導者と会う用意がある」と語ったオバマも激しい批判を受けたという経緯がある。

このような中、当時、共和党の大統領候補だったトランプは、「政権を獲得すれば、北朝鮮の核問題解決のために金正恩委員長と直接対話する。そこには何の問題もない」「ハンバーガーを食べながら交渉を行う。金正恩委員長の訪米を受け入れる用意がある」と語り、「対話を通じて北朝鮮が核兵器を放棄する確率は十〜二十％だ」とも述べて自信をのぞかせた。この「ハンバーガー・ミーティング」の提案は広く話題になった。

和合を象徴する朝鮮料理＋西洋料理＋現地の料理

このような経緯を経て行われた第一回米朝首脳会談だっただけに、両首脳がハンバーガーを食べるのかに注目が集まったが、残念ながらそのような場面は演出されなかった。この日の昼食会は「カペラ・シンガポール」というホテルで開かれた。このホテルの総料理長であるデイビッド・セニアは、食事会の前日に金正恩の専属料理人と意見を交わしたという。

会談当日、両首脳がワーキングランチを開始する直前に、ホワイトハウスが料理の内容を公開した。前菜には、シュリンプカクテルのアボカドサラダ添え、グリーンマンゴーのケラブ（マレーシアのサラダ）と新鮮なタコ・ハニーライムソースがけ、オイソン（キュウリに牛肉などを挟んだ宮廷料理）、メインには、ドフィノワと茹でブロッコリー、牛肉のコンフィ赤ワインソースがけ、酢豚、揚州チャーハンのXO醤ソースがけ、テグジョリム（タラと大根の煮付け）が用意された。食後のデザートは、ダークチョコレートのタルト・ガナッシュ、ハーゲンダッツ・アイスクリームのチェリーソースがけ、トロペジェンヌだった。つまり、西洋料理とシンガポールの料理、朝鮮半島で食べられている料理が組み合わされたコース料理が提供されたというわけだ。

この中で前菜料理の「オイソン」とメイン料理の「テグジョリム」は、ハングル読みで表記された。

オイソンは、切り込みを入れたキュウリに炒めた牛肉や錦糸卵を挟み、卵やニンジンを飾った料理だ。小さくて見た目もきれいなので、さまざまな行事によく登場する。ホワイトハウスはテグジョリムを、タラと大根、アジアの野菜を醤油で煮付けた料理と説明した。

これらのメニューが公開されると、特定の国に偏ることなく北朝鮮、米国、シンガポールの食文化がバランスよく取り入れられ、米朝間の和解と交流という政治的・外交的な意味を読み取ることができると評価された。

ワーキングランチを経て、両首脳は、朝鮮半島の完全な非核化、北朝鮮の安全の保障、新たな米朝関係の確立、米兵の遺骨返還などについて合意した。非核化の具体的な推進プロセスは含まれていなかったものの、米朝首脳が両国間の長きにわたる敵対関係を終結させ、新たな関係を構築すると宣言したのだ。米朝が、朝鮮半島の完全な非核化と平和体制の構築に向けて努力するという内容に合意したということだけでも、その意義は大きい。

金正恩、ボルトンに「一緒に写真を撮ろう」

首脳会談で出される食事のメニューは、単なる食べ物以上の意味を持つ。両首脳の食の好みに配慮するのはもちろん、政治的な意味まで付与されるからだ。それゆえに、会場に入場する順序や座席の配置、テーブルの形など細かい部分にまで一つ一つ注意が払われ、緻密な計画の下で準備が行われる。料理は相手国に配慮しながらも、受け入れ国の食文化を紹介するメニューで構成される。

マスコミに公開された写真を見ると、ワーキングランチが開かれたシンガポールの会場には、米国からトランプ大統領とともにマイク・ポンペオ国務長官、ホワイトハウスのジョン・ケリー秘書室長、ジョン・ボルトン大統領補佐官（安全保障政策担当）、ソン・キム駐フィリピン大使、マット・ポッティンジャー大統領副補佐官が出席。北朝鮮からは、金正恩委員長を筆頭に、金英《キムヨン》哲《チョル》朝鮮労働党対南担当副委員長兼統一戦線部長、李洙墉《リスヨン》朝鮮労働党国際担当副委員長、李容浩《リヨンホ》外相、努光鉄《ノグァンチョル》人民武力相、崔善姫《チェソンヒ》外務次官、金与正《キムヨジョン》朝鮮労働党第一副部長、韓光相《ハングァンサン》朝鮮労働党中央委員会部長が参加した。

白色の細長いテーブルについた両国の首脳らは、会談の成功を暗示するかのように和やかな雰囲気で食事をしていた。この席で金正恩国務委員長が、ジョン・ボルトン大統領補佐官に向かって「一緒に写真を撮ろう」と急な提案をしたことが報道された。ボルトン補佐官は、シンガポールでの会談直後に米国の某番組のインタビューを通じて、金正恩委員長から「二人で写真を撮らなくてはならない。あなたがそれほど悪い人ではないということを、（北朝鮮にいる）強硬派に示す必要がある」と言われたことを明らかにした。

ボルトン補佐官は、二〇〇三年に金正日国防委員長を「暴君のような独裁者」であると非難、「北朝鮮の暮らしは地獄を思わせる悪夢」だと発言したことがある。また、米朝間における非核化交渉では、「先非核化・後支援」を繰り返し強調して北朝鮮に圧力をかけた。このような理由で「人間のくず」と名指しされ、北朝鮮から激しい非難を受けたボルトン補佐官と金正恩委員長の対面には重苦しい空気が漂うものと予想された。だが、その予想に反し、金委員長は自らボルトン補佐官に歩み寄り、写真を撮ろうと言って雰囲気を和ませようとしたのだろう。『労働新聞』は、金委員長とボルトン補佐官がワーキングランチの開始前に握手を交わしている写真を掲載した。

格式、前例を破るハンバーガー会談はいつ？

トランプ大統領と金正恩委員長による初会談の場にハンバーガーが登場することはなかったが、シンガポールのとあるホテルが第一回米朝首脳会談の開催に合わせて「トランプ─金正恩ハンバーガー」を販売して話題を呼んだ。鶏肉のパティとキムチが挟まれたハンバーガーには星条旗と北朝鮮の国旗があしらわれ、ポテトフライとキンパプ（海苔巻き）も添えられた。このセットと一緒に売り出された「首脳会談アイスティー」は、米国の伝統的な飲み物であるアイスティーに、朝鮮半島で親しまれている柚子を加えたものだった。

二〇一九年六月三〇日には、トランプ大統領が米国の大統領として初めて北朝鮮の地に足を踏み入れた。文在寅大統領と金正恩国務委員長、トランプ大統領が板門店に会したこと自体が朝鮮半島の平和を象徴しているとして全世界が注目した。

二十カ国・地域首脳会議（G二十サミット）に出席し、その足で韓国を訪問したトランプ大統領は、格式や前例を破って親密感を演出、Ｔｗｉｔｔｅｒを通じて金正恩国務委員長に「ＤＭＺ（非武装地帯）で会おう」とラブコールを送った。これに金委員長もすぐに反応し、歴史的な対面が実現したというわけだ。

電撃的な対面であっただけに両首脳の動きが予測できず、カメラのアングルが定まらなかったり、警備上の問題も数多く露呈したりするなど、さまざまな問題点も指摘された。しかし、格式や前例を破った対面が与えた感動は、計画に沿った会談からは得られないものだった。今後もこのような対面が実現すれば、いつかトランプ大統領と金正恩国務委員長が一緒にハンバーガーを食べる日が来るのではないだろうか。

十一　悲運のペソクキムチ

うまくいくだろうと期待されていた「親交を深めるための晩餐」

第一回米朝首脳会談は一日のみの開催で、両首脳が食事を共にしたのは一度だけだったが、第二回の会談は二日に渡り二度の食事会が設けられた。

二〇一九年二月二七日と二八日にベトナムのハノイで行われた第二回米朝首脳会談では、第一回よりも踏み込んだ「北朝鮮の非核化に向けた具体的なプロセスと米国による見返り」についての合意がなされるだろうと期待されていた。また、金正恩国務委員長が平壌からハノイまでの四千五百kmもの距離を六十時間かけて専用列車で移動するという「ビッグイベント」も関心を集めた。米朝間の非核化交渉は東北アジアの平和と密接に関連するイシューであるだけに、首脳らの一挙手一投足が世界中に配信されたが、中でも首脳会談の始まりを告げる「親交を深めるための晩餐」が話題となった。

夕食会は、会談の舞台となったソフィテル・レジェンド・メトロポール・ハノイの一階にある

ペソクキムチ

「ラ・ベランダ」で行われた。向かい合って食事をしていた第一回会談のワーキングランチとは異なり、この日の会場には小さめの円卓が置かれ、金委員長とトランプ大統領は隣り合って座ることで親密さを演出した。また、両首脳が小声で話すような姿も見られ、翌日の会談に期待が寄せられた。

夕食会には、シュリンプカクテルやビーフステーキなど、両国の料理をミックスした四品が提供されたという。前菜はサウザンドアイランドドレッシングとサンチュが添えられたシュリンプカクテル、メインディッシュはビーフステーキとペソクキムチだった。また、デザートはバニラアイスを載せたチョコレートケーキと、干し柿入りの水正果《スジョングァ》（生姜とシナモンを煮たお湯に砂糖と干し柿を入れた朝鮮半島の伝統飲料）が用意され、アルコールは提供されなかった。

報道によると、ステーキの焼き加減は、金委員長が「レア」、トランプ大統領が「ウェルダン」だった。トランプ大統領の好物が、カリッと焼かれたパティのハンバーガーとコーラであることは有名なので、しっかり火を通したステーキも大統領の好みなのだろう。また、シュリンプカクテルは米国側から要望があったメニューで、シンガポールで行われた第一回米朝首脳会談の際にもテーブルに並んだほど、トランプ大統領のお気に入りのメニューであるようだ。デザートに出されたチョコレートケーキは、ケーキを割ると中から「自由（Freedom）」にチョコレートが流れ出てくるようにと米国側が特別に注文したもので、アイスクリームが添えられたのもトランプ大統領の好みに合わせてのことだった。

北朝鮮が準備したペソクキムチは、中身をくり抜いた梨の中にキムチを入れた料理で、二〇一八年の南北首脳会談の際にも提供された。北朝鮮はこの日の夕食会のために、二十四〜三十日間もかけて熟成させたペソクキムチを平壌から運んできた。

米国側は交渉が決裂するとわかっていた？

二〇一八年九月、南北首脳会談の食事会でペソクキムチを食べた金正淑は、その味にほれ込み、青瓦台のキッチンで手作りしたそうだ。一度食べると、その甘くてさっぱりした味わいにハマってしまうというペソクキムチ。第二回米朝首脳会談での夕食会メニューが公開されると、大統領行事企画諮問委員を務めていた卓賢民《タクヒョンミン》はFacebookに、「食事会のメニューにペソクキムチが含まれているという記事を見て喉が鳴った」と書いた。また彼は、「初めて平壌を訪問した時、三池淵管弦楽団の玄松月《ヒョンソンウォル》団長にペソクキムチの漬け方を尋ねたところ、白《ペク》キムチ（唐辛子を使わないキムチ）を梨に入れたり、梨と一緒にキムチを漬けたり、いろいろな作り方があると言われた」「玉流館の冷麺ブームに続き『ペソクキムチ』も同じぐらい話題になるだろう」と書き込んだ。

しかし、彼の予想とは異なり、ペソクキムチはそれほど話題にはならなかった。ペソクキムチが悲運の料理になってしまったのにはいくつか理由があるが、最大の原因は、ハノイでの会談が合意に至らないまま決裂してしまい、米朝間の関係改善を期待する熱気が急速に冷めてしまったことにある。

会談二日目、トランプ大統領は昼食会の直前に参加をキャンセルし、会談を中断させた。会場となるはずだった「ル・クラブ・バー」には、長いテーブルにメニューや名札まで用意されていたが、誰一人姿を見せることはなかった。マスコミの報道などによると、成果も得ないままに盛大な食事会から会談を始めたという批判を意識して、「質素な」メニューで構成したと説明していたが、ホワイトハウスは会談前から「夕食会のメニューはごく簡単なものにしてほしい」と数回にわたって要請していたという。

会談の開催場所が「ソフィテル・レジェンド・メトロポール・ハノイ」に決まったのは会談の三日前、食事会のメニューが確定したのは会談の二日前だった。米国側は「スーパーシンプルな」コース料理を、と注文をつけたが、北朝鮮側はさまざまな料理で構成されたコースを要請した。そのため、両国間の協議を経て、最終的に初日の夕食会には四つの料理が提供された。合意がなされれば歴史的にも大きな意味を持つ会談であっただけに、質素なメニューにこだわった米国側は、この会談で成果は得られないと予測していたのではないだろうか。

ホストを失った「美しい」料理

第二回米朝首脳会談が物別れに終わったのは、制裁解除を求める北朝鮮と、完全な非核化を推進しようとする米国との間で折り合いがつかなかったためである。また、この会談の直後にトランプ大統領自身が示唆したとおり、大統領の顧問弁護士を務めていたマイケル・コーエンの公聴会も会談の決裂に影響を及ぼした。トランプ大統領の不適切行為を暴露したコーエンの公聴会が、よりによって会談初日に開かれたのだ。米国のマスコミは公聴会の報道一色になり、世論もこの話題に沸騰する中で、トランプ大統領が会談に集中するのは困難だっただろう。その上、ここで成果が得られなければ、懸念の声を押し切って会談を推し進めてきた大統領への批判は避けられない状況だったため、最初から会談決裂のシナリオを描いていたものと考えられる。

このような理由から、米朝両首脳が二日目の昼食を口にすることはなかった。この時のメニューは、前菜・メイン・デザートの三つで構成されていたという。昼食会の中止後にロイター通信が入手した情報によると、前菜にはフォアグラ、メインにはギンダラのグリル、デザートにはバノフィー・パイ（バナナと生クリームで作るイギリスのお菓子）と高麗人参のシロップ漬け、高麗人参茶が提供される予定だった。この四つのメニューのうち、テーブルにのぼったのはフォアグラの前菜だけだった。会談が行われていたホテルの総料理長だったポール・スマートによると、金委員長の専属料理人がリンゴの形をしたゼリーにフォアグラを載せ、海藻で作った鳥を飾り付けていたという。この料理がホールに運ばれてから一時間が経っても次の料理の指示が出ず、二時間後に昼食会が中止になったという知らせを受けたそうだ。

スマートが調理を担当したメイン料理「スノーフィッシュ」（ギンダラのグリル）とパイ、金委員長の専属料理人が作った高麗人参のシロップ漬けと高麗人参茶は、テーブルにのぼることすらできなかった。緑と赤のゼリーで生の高麗人参に見立てられたシロップ漬けなどは、ホテルのスタッフの胃袋に収まったという。

スマートは、「実に美しい料理だった」「両首脳に食べてもらいたかった」と残念そうに語った。ホテル側は、米朝首脳会談の食事会で提供されたメニューの一部を「トランプ大統領&金国務委員長の食事」と題して、二〇一九年三月末まで期間限定で販売していた。

金正恩国務委員長は食べ物マニア

第一回米朝首脳会談の食事を担当したカペラ・ホテルの総料理長であるデイビッド・セニアは、厨房での出来事を外部に語らなかったため、昼食会のこぼれ話が報じられることはほとんどなかった。一方、ポール・スマートはマスコミのインタビューを通じて、二日間の会談期間中に金委員長の専属料理人と一緒に仕事をした時のエピソードを公開した。

厨房には、スマートと北朝鮮の専属料理人二名、北朝鮮の英朝通訳者、米朝それぞれの監督官の六名だけが入ることができたが、料理を作っている間は、米国と北朝鮮、ベトナムの警護員から厳重に監視されていたという。

北朝鮮の料理人らは、ステーキ肉やキムチなどのあらゆる材料を一つ一つパッキングして北朝鮮から専用列車で運び、徹底した衛生管理を行っていた。また、彼らはアルコールのついた綿棒まで持参して、包丁やまな板、ナイフやフォークを消毒し、安全性を理由に、両首脳に提供される料理を毒見していたという。料理人は七人分の料理を余分に用意し、米朝それぞれ二名ずつが先に試食、残りの三人分は万一に備えて北朝鮮とベトナム当局者、ホテル側がサンプルとして保存していた。

スマートは、「金正恩委員長の専属料理人は『金委員長は食べ物マニアで、いろいろなものを食べたがる』と言っていた」とし、シュリンプカクテルを初めて食べた料理人がサウザンドアイランドドレッシングに興味を示したので作り方を教えたとも語った。専属料理人は、そのお礼にキムチの漬け方を伝授してくれたという。

第三回米朝首脳会談の一押しメニューは「平壌冷麺」

米朝首脳会談の食事会で特徴的だったのは、晩餐酒が提供されず、乾杯の挨拶などがなかった点にある。外交の場で話題にのぼる晩餐酒の代わりに、ワイングラスにはミネラルウォーターが注がれていたが、これは酒を一切口にしないトランプ大統領に合わせてのことだった。大統領の兄・フレッドがアルコール依存症で健康を害し、一九八一年に四十三歳という若さでこの世を去ると、それ以降大統領は絶対に酒を飲まないという。二〇一八年九月に行われた第七十三回国連総会でもダイエットコーラで乾杯の音頭を、二〇一七年に国賓として訪韓した際にもワイングラスに入れられたコーラで乾杯した。

今後開催されるであろう第三回米朝首脳会談では、どんな料理が平和を象徴し、歴史的な意味を刻むのかが気になるところだ。ここで私は、平壌冷麺を推したいと思う。米朝両国が、さっぱりしたトンチミの汁にからんだ冷麺を食べることにも意味があると思うからだ。膠着状態が続いていた米朝間の相互不信が解消されるという意味で、胸がすくほどにさっぱりした平壌冷麺こそが、その場にふさわしい料理なのではないだろうか。

十二　恋しいあの味、金剛山のカルビ

金剛山の救急奉仕隊員が差し出してくれた飴

三部の最後を飾るのは、私にとって特別な食べ物だ。南北首脳会談の食事会に出されたわけでも、有名な人が食べたわけでもないけれど、私の中で美しい思い出として残っている食べ物。それは、金剛山の飴とカルビである。

二〇〇七年と二〇〇八年の一月に、迎春イベントの取材で金剛山に行った。万物相《マンムルサン》[40]にたくさんの雪が積もったため、前日まで入山が禁止されていたが、私が行った日はタイミングよく登山が可能になった。一緒に登った人たちはその絶景に魅了されていたが、私は足元に注意して歩くのに必死で、すっかり気力を消耗してしまった。山で一時間ほどインタビューを行っていたので集合時間に遅れてしまい、急いで下山せねばならなかった。

北朝鮮の山林員や救急奉仕隊員たちは、登山用の靴でなくても機敏に山を登り下りしていたのに、私は何度も転んでしまった。そのまま横になってしまいたくなるほどに疲労困憊だった。またしても足を滑らせて後ろに倒れそうになった瞬間、真後ろを歩いていた救急奉仕隊員のパク・チョルナムさんが体を受け止めてくれたのだ。彼の持つカバンは、けが人などが発生した場合に備えて担架や携帯用酸素呼吸器などがパンパンに詰められていたので、二十kgを超えていたという。誰よりも危なっかしく歩いていた私の後ろにつき、重いカバンを担いでいても疲れた顔を見せずに下山の手助けをしてくれたので、ありがたくも申し訳ない気持ちだった。

「私のせいで大変でしょう。先に行ってください」

「けがでもされたらもっと大変になりそうなので」

恥ずかしそうにはにかむパク・チョルナムさんが、飴を一つ差し出してくれた。韓国のキラキラした包み紙に入ったカラフルなキャンディに比べると、北朝鮮の飴は透明な袋に入った、いたって飾り気のないものだった。それでも、気力も体力も尽きかけていた時に食べたその飴のおいしかったこと。あの時の甘い飴の味を、事あるごとに思い出す。

一生忘れられない金剛山の山林員

金剛山には、山林復旧のために尽力する山林員がいる。冬の金剛山は、登りよりも下りの方がはるかに大変だった。登山路が狭く、前を行く人が雪道に足を滑らせようものなら、たちまち一緒に落ちてしまう可能性もあると言われて冷や汗が出た。慎重に下山していると、北朝鮮の山林員が私の手を握って安心させてくれた。

手を取ってくれた山林員の名前はリ・ナムソン。高城で暮らし、元山《ウォンサン》農業大学で山林について学んだ彼は、金剛山を守る一員として活動している。彼の仕事は、登山客がタバコの吸い殻やティッシュを捨てるなど、山の環境を害する事態が発生した時に、どこにでも駆けつけて問題を解決することだ。アイゼンを装着してもあちこちで足を滑らせている韓国人とは違い、彼は特別な装備を何もつけずとも、金剛山を難なく登り下りしていた。どうしてそんなにもスムーズに雪山を歩けるのかと尋ねると、彼は笑いながらこう答えた。

「小さい頃から山に登っているので、これぐらいは何てことないですよ。靴に羽が生えていますから」

こうして、自然と会話が始まった。

「核実験の後、観光客は一気に減りましたか？」

「ええ、ガクンと減りましたが、最近また回復してきました。それでも、例年よりはずっと少ないですけどね。観光客の中でも保守的な方々は、『統一すればわれわれが保有する核も共有できる』といくら言っても聞く耳を持ってくれないので、もどかしいです」

「へえ〜。金剛山はとってもきれいですね。また来たいです」

「次はきっと春に来てください」

「春ですか？」

「独身の男女が出会うには、春が一番ですから」

「おいくつですか？」

（私の観光証を見て）「あなたの方が三歳年上ですね。ここの山林員や救急奉仕隊員はみな年が近く、三歳以上は離れていません」

「そうですか」

「南側では、三歳ほど年下の人と結婚するのが流行っているんですよね？」

情も湧き、ありがたくて、彼の名前を覚えておきたかった。

「あれ、名前を書いておこうと思ったのに、ボールペンのインクが出ませんね。必ず覚えて帰りますから」

「でしたら、よーく聞いてください。ソウルに、南山《ナムサン》があるでしょう？　南山の上の松の木で李《リ》南松《ナムソン》、こうやって覚えておけば、一生忘れませんよ」

山林員・ナムソンからの食事への招待

一生忘れられない名前、リ・ナムソン。写真を撮ってもいいかと訊くと、快諾してくれた。これまで金剛山で出会った北側の人にはことごとく写真を断られてきたので、期待もせずに尋ねたものの、意外な答えが返ってきたので驚いた。すると彼は、声をひそめてこう言った。

「本当は仕事中に写真を撮ってはいけないのですが、コッソリ撮りましょう。春になったら、写真を持ってきてください」

「わかりました！　必ず来ますね」

「三月ですか？　それとも四月？」

「え？　六月までにはきっと来ますから」

楽しい出会いを後に、急いで下山しなければならなかった。いずれにせよ、私は一番後ろの方を歩いていたのだから。先に下山していった人たちと、玉流館で昼食をともにする約束をしていた。山道はまだツルツルと滑りやすかったけれど、下りていく勇気が湧いてきて、軽く走ったりできるぐらいにスピードも出てきた。

山道を下りきると、怖がっていたのがウソのような顔をしてアイゼンを外した。その時、リ・ナムソンさんと北側の案内員の一行が下りてきた。

「あ！　また会いましたね」

「お会いしたくて、すぐに下りてきたんですよ。南側で一番おいしくて高いものは何ですか？」

「ええっと、何だろう？」

その時、誰かが「牛カルビ」と言った。

「あ、牛カルビも高くておいしいですよ」

「では、次に来られた時は、牛カルビをご用意して我が家に招待しますね」

「だけど、私がナムソンさんの家に行けるでしょうか？」

「その頃になれば、北南関係も今より進展して行き来できるようになるでしょう」

金剛山の山林員・リ・ナムソンさんが、誰にでも同じことを言っていたとしても、金剛山に来た観光客を喜ばせるための演技だったとしても、もしくは、南側から来た年上女性をからかっていたとしても、彼が言ったとおり、独身の男女が出会うのにピッタリの春に、また金剛山に登りたいと思った。

だが、あれこれと忙しく、彼との約束を守ることはできなかった。それから一年後の二〇〇八年一月の冬、迎春イベントへの参加でようやく金剛山を再訪することができた。けれど、リ・ナムソンさんは休みのため出勤しておらず、私は翌日にソウルに戻らねばならなかったため、結局会えずじまいだった。飴をくれた救急奉仕隊員のパク・チョルナムさんに会って「元気だった？また会おうね」と近況を伝え合っただけだ。それでも、金剛山に行けばいつか彼らに会えるだろうと思っていた矢先、二〇〇八年七月に金剛山観光が中断されてしまった。

春になると、北朝鮮の山林員と救急奉仕隊員を思い出していた時期もあった。いつの間にか二十年近くが経った今、彼らはどこで何をしているのだろうか。金剛山観光が再開されれば、そこで彼らに会えるのだろうか。

今でも、北朝鮮情勢の雲行きが怪しいというニュースに接すると、彼らのことが気にかかる。だからこそ、私にとって金剛山のカルビは、他のどんな食べ物よりも和解と平和に寄与するものなのだ。本当の意味で朝鮮半島に花咲く季節がやってきたあかつきには、金剛山に行ってカルビをごちそうになりたい。想像しただけでも幸せな気持ちになる。

おわりに

　今となっては夢のような話だが、二〇〇五年に二十日間で五千名あまりの韓国人が平壌を訪問したことがあった。ウリギョレハナテギ運動本部が北朝鮮の民族和解協議会との合意に基づいて、二〇〇五年九月二六日から一〇月一六日まで「光復六十周年記念　平壌文化遺跡参観」イベントを開催したためだった。参加者のほとんどは一泊二日、もしくは二泊三日の日程で平壌に滞在し、チャーター便が連日ソウルと平壌を行き来した。短期間に大勢の人が訪朝する行事だったので、一般の旅行会社でも広く宣伝されていたほどだった。平壌に行きたいという気持ちさえあれば、誰でもたやすく行くことができた。その機会に私は両親を連れて平壌のあちこちを見物し、妙香山にも行った。

　その時父は、「相手を刺激したり体制の優位性を誇示する発言は禁止」だという訪朝教育を受けたにもかかわらず、順安空港で北朝鮮の案内員に（空港に設置されたテレビを指さして）「うちのテレビはあれよりもずっと大きい」と自慢した。そしてソウルに戻ってからは「妙香山（国際親善展覧館）に行ったら、表向きは反共を叫んでいた朴正熙《パクチョンヒ》、盧泰愚《ノテウ》大統領も、金日成、金正日に良いプレゼントを贈っていたぞ」と言いふらしていた。間違ったことを言っているわけではなかったけれど、その時は、どうしてそんなことを言うのか理解できなかった。だが今思い返してみると、父は、北朝鮮では市場経済を標榜する韓国の生活を、韓国では保守政権時代にも理念対決に終始することなく首脳間の交流があったという事実をそれぞれ伝えていたのだ。これは、父に限ったことではないだろう。このような情報のやり取りが積み重なることで、南北の人々の認識が改善され、相互理解において小さな進展をもたらしたはずだ。

今後も継続して行われるであろう南北首脳会談や米朝首脳会談で前向きな成果が得られ、南北間の交流・協力がより一層活発になれば、父のような人も少しずつ増えていくのではないだろうか。遅々としながらも確実な歩みこそが、統一という大いなる目標達成への近道となるに違いない。その過程で、北朝鮮のおいしい料理を味わう機会もおのずと増えるのではないかと期待が膨らむ。

最後に、お世話になった方々に感謝を伝えたい。まず、本の執筆を勧め、勇気をくださったチェ・ヨンベ課長、ウ・ビョンリョル局長、そして、あらゆる面で惜しみなく協力し、応援してくれた企画財政部の同僚の皆さん、先輩、後輩に心より感謝申し上げる。多くの方々がアドバイスをくださり、わずかな才能を最大限発揮することができるよう導き、励ましてくださった。また、『統一ニュース』のイ・ゲファン代表にも御礼申し上げる。経験不足な私に何度も訪朝取材の機会を与えてくださり、「民族料理の話」というコラムに貴重なページを割いてくださった。指導教授のコ・ユファン先生をはじめとした東国大学北韓学科の教授、やりがいを持って北朝鮮研究ができるようにとサポートしてくださった先輩や後輩にも感謝を伝えたい。理系出身ゆえに北朝鮮について学び始めた当初はとても苦労したが、先輩や後輩たちのおかげで成長することができた。

また、本書の制作にも多くの方々のご協力をいただいた。韓食振興院や韓国外食情報、チンミガフードからは見るからにおいしそうな北朝鮮の食べ物の写真を、『統一ニュース』のイ・スンヒョン記者からは臨場感あふれる北朝鮮取材時の写真を提供していただいたおかげで、本書に掲載された食べ物や建物の大半をカバーすることができた。南北協力済州道民運動本部や慶南《キョンナム》統一農業協力会などからも写真を送っていただき、リアルな情報を読者に伝えることができた。この場をお借りして、すべての方々に御礼申し上げる。

最後に、独り身の私を支えてくれている両親に、ありがとうという言葉を伝えたい。二人の献身的なサポートがなければ、今の私はないだろう。今年で七十歳を迎える両親にとって、この本がささやかなプレゼントになればうれしい。二〇一八年九月に文在寅大統領が白頭山の天池を訪問したのをテレビで見て、心底うらやましがっていた父。観光が可能になれば、真っ先に両親を連れて行きたい。白頭山で食べる一杯の凍カムジャククスほど、特別な思い出はないだろうから。

付録　金正日国防委員長の献立

北朝鮮の最高指導者、金正日国防委員長の献立が外部に公開されたことがある。一九八八年から十三年にわたって金正日委員長の専属料理人を務めた藤本健二が、二〇〇一年三月の献立を紹介したのだ。彼は、東京・銀座にある高級寿司店で料理の腕を磨いた正統派の料理人で、一九八二年八月に初めて北朝鮮に渡り、日本料理店で働いていた。その後、一九八八年から二〇〇一年まで金正日委員長の専属料理人を務めた。彼は単なる料理人ではなく、金正日委員長の三人の子どもの遊び相手でもあったという。現在の最高指導者である金正恩国務委員長が七歳の頃から、その成長を最も近くで見守ってきた部外者だった。ところが、日本との無断接触が発覚したことで一年半にわたって自宅軟禁を強いられ、二〇〇一年四月に妻子を残して北朝鮮を脱出した。その後に出版された著書『金正日の料理人――間近で見た権力者の素顔』（扶桑社、二〇〇三年）には、金正日国防委員長の献立が次のように掲載されている。

二〇〇一年

日付	メニュー
三月二五日	牛センマイ冷菜、コッガンナンジ・大根の酢和え、ウズラの卵のムッ、キジの塩焼き、焼きビーフン、特選茸類炒め、イイダコの揚げ物・銀杏餡がけ、白菜のチム（蒸し煮）、犬肉のスープ、栗ご飯、紅茶
三月二六日	ジャガイモのサラダ、フカヒレスープ・椰子の実仕立て、魚とキクラゲの紹興酒蒸し、山羊肉シャシリク、すっぽんのチム（蒸し煮）、ブロッコリー炒めケジャン風味、白飯、豆もやしのスープ、白菜炒め、ゴチュウジャン（唐辛子味噌）、紅茶
三月二七日	大トロ握り、ソガリ（スズキ科の白身魚）握り、カンパチ握り、鰻のキャビアのせ握り、ネギトロ巻、海老天ぷら握り、トビッコ握り、稲荷寿司、なめこ味噌汁
三月二八日	ワカメの酢の物、フカヒレとサザエのスープ、カレイの煮つけ、火烤乳猪（豚の丸焼き）、あわび茸の炭焼き、白菜と帆立のチム（蒸し煮）、白飯、大根のスープ、鯖の一夜干し、タラコと青唐辛子のチム（蒸し煮）、紅茶
三月二九日	伊勢海老の刺身、グリーンサラダ、フカヒレの姿煮、海鮮鉄板焼・龍井（ロンジン）茶風、鳩肉の醤油チム（蒸し煮）、クヌギ茸のチム（蒸し煮）、カレーライス、コンソメ・スープ、紅茶

三月三〇日

ゼンマイのナムル、フカヒレとキヌガサタケ煮込み、ソガリの龍井茶風蒸し煮、丸鶏の胡麻焼き、ラクレット、白飯、トック（餅入りスープ）、トラジ（桔梗の根）炒め、茄子とねぎの炒め、紅茶

藤本健二は、二〇一二年に金正恩第一秘書（当時）の招待を受けて再び平壌を訪れ、「金正恩大将同志、裏切り者の藤本、ただいま帰ってまいりました」と言って北朝鮮脱出を詫びた。それに対し、金正恩第一秘書は「いいから、いいから」と言って笑顔を見せたという。藤本の再訪朝は、金正恩第一秘書と交わした約束を守るためだった。二〇〇一年に北朝鮮を離れる際、金正恩第一秘書に「帰ってこいよ！　必ず！」と言われた彼は「もちろん、帰ってきますよ」と答え、金第一秘書と抱擁を交わしたという。その後、藤本は二〇一二年に続き、二〇一六年四月にも平壌を訪れ、金正恩国務委員長に店を出したい旨を伝えた。金委員長の快諾を得て、現在は平壌で寿司店を営んでいるという。今後、藤本健二によって金正恩国務委員長の献立が公開される日が来るかもしれない。

訳者あとがき

本書は、二〇一九年一二月に韓国の出版社フォックスコーナー（폭스코너）から出版された『평양랭면, 멀리서 왔다고 하면 안 되갔구나（平壌冷麺、遠くから来たって言っちゃいかんな）』の全訳です。翻訳には初版第二刷を使用しました。三部の一の注釈でも触れましたが、このタイトルには、二〇一八年に板門店で開かれた第三回南北首脳会談での金正恩国務委員長の発言が引用されています。韓国人なら誰もが「あの時の！」と気づくほどに、この発言は話題になりました。

著者のキム・ヤンヒ（김양희）さんは、大学で食品栄養学を、大学院で食品工学を学び、卒業後は食品専門の記者として働いていました。『統一ニュース』での「民族料理の話」というコラムの執筆をきっかけに北朝鮮への関心を深め、記者を辞めて東国大学北韓学科の博士課程に進みます。そこで北朝鮮の食料問題について研究し、現在は韓国の企画財政部の南北経済課で事務官として勤務しています。本書は、著者が北朝鮮を訪問した際に見聞きしたことや、その時々の社会情勢、北朝鮮の食料事情に関する専門知識などをふんだんに織り交ぜながら、「食べ物／料

理」を切り口に北朝鮮の社会制度や人々の暮らし、また北朝鮮と周辺国との関係を語る人文書です。

著者が専攻した「北韓学」とは、その名のとおり北韓（北朝鮮）について学ぶ学問で、北朝鮮の変化に備えつつ、南北の統一を視野に入れた研究を行います。記者生活を経て北韓学を学んだ著者は、南北を行き来しながら朝鮮半島の平和実現に貢献したいと願っており、本書の執筆はその活動の一環でもあります。

著者は、本書の中で繰り返し統一に対する熱い想いを語っています。「統一」というワードは、日本の読者にとってはあまり馴染みのないものかもしれませんが、これは言うまでもなく、二つの国家に分断された朝鮮半島が一つになることを意味しています。日本による植民地支配から解放されたのもつかの間、冷戦の影響を受けて、朝鮮半島には「大韓民国」と「朝鮮民主主義人民共和国」という二つの政府が樹立しました。一九五〇年に勃発した朝鮮戦争を経て朝鮮半島の分断は固定化されることになりますが、その過程で、家族が引き裂かれ、未だ故郷に帰ることができない人々が大勢いることは、本文でも触れられていたとおりです。

分断後の南北は長きにわたって政治的・軍事的な敵対関係を維持してきましたが、一九九八年に韓国で金大中政権が発足したことを契機に、南北間の交流や経済協力が具体的な形として実現していきました。本書には、南北関係が大きく進展し、南北間の交流が活発だった時期のエピソードが数多く登場します。この時期には、金剛山観光や開城工業団地などの大規模な事業から、自治体や民間レベルに至るまで、あらゆる交流事業が行われていました。しかし、これらの事業も、南北間の軍事的緊張の高まりや韓国の政権交代など、さまざまな要因によってその後中断され、現在も再開のめどは立っていません。

さて、「北朝鮮の食卓」というキーワードから、どんな料理を思い浮かべたでしょうか。数年前に日本でも大ヒットした韓国ドラマ『愛の不時着』に登場したカンネンイククス（トウモロコシ温麺／本書一部の四）や大同江ビール（本書二部の十八）を思い出した方もいるかもしれません。韓流ブームと言われて久しく、日本でも手軽に韓国料理が食べられるようになった一方で、北朝鮮の料理となると、平壌冷麺以外に思い浮かぶものはない……というのが現状で、それが現在の日本と北朝鮮の関係性を表しているとも言えます。

本書に登場した「北朝鮮の郷土料理」のほとんどは、日本に住む私たちにとってはもちろん、韓国人にとってもほとんど馴染みのない食べ物ですが、これらは朝鮮半島の北部で古くから食べられてきた伝統的な料理、もしくはそれをアレンジしたものです。食べ物は人間が生きていく上で欠かせないものであり、かつその土地の特色や歴史とも深い関わりがあります。日本の読者にとって本書が、北朝鮮で食べられている料理の味を想像し、写真を見ながら束の間の北朝鮮旅行を疑似体験することで、北朝鮮で生きる人々の暮らしに思いを巡らせる機会になることを願っています。本場の味を楽しむことは簡単にはかないませんが、「いつか食べてみたい料理」を一つでも見つけてくだされば幸いです。

最後に、北朝鮮の正式な国名は「朝鮮民主主義人民共和国」、韓国は「大韓民国」ですが、本書ではそれぞれ「北朝鮮」「韓国」と表記しました。韓国語の原文で「북한（北韓）」と表記されている箇所は「北朝鮮」、「남한（南韓）」と表記されている箇所は「韓国」としました。

翻訳にあたり、多くの方々から助言やご協力をいただきました。数多くの質問に丁寧に答えてくださった著者のキム・ヤンヒさん、翻訳の引用を快く許可してくださった翻訳家の五十嵐真希先生、訳出の過程でさまざまなアドバイスをくださったアンフィニジャパン・プロジェクトの水科哲哉さん、編集にあたってくださった原書房の善元温子さん、その他さまざまな形で翻訳に関わってくださったすべての方々に心から御礼申し上げます。

천리마사 편, "개성특식",《천리마》12 호, 천리마사, 1981.
천리마사 편, "대동강숭어국",《천리마》7 호, 천리마사, 2018.
천리마사 편, "류다른 감사",《천리마》7 호, 천리마사, 2007.
천리마사 편, "어버이사랑을 가슴에 안고",《천리마》6 호, 천리마사, 2006.
천리마사 편, "오랜 민속음식 – 쉬움떡",《천리마》11 호, 천리마사, 2004.
천리마사 편, "옥류관이 전하는 이야기",《천리마》3 호, 천리마사, 2000.
천리마사 편, "옥류관의 고기쟁반국수",《천리마》6 호, 천리마사, 2000.
천리마사 편, "즐겨 찾으시라 평양단고기집",《천리마》11 호, 천리마사, 2000.
천리마사 편, "평양온반의 유래",《천리마》10 호, 천리마사, 2006.
천리마사 편, "홍성이는 대동강맥주집에 어린 은정",《천리마》8 호, 천리마사, 2006.
천리마사 편, "해주교반",《천리마》4 호, 천리마사, 1993.
최영태, "위대한 령도자 김정일동지의 현명한 령도밑에 조선민족료리를 발전시키기 위한 투쟁",《력사과학》4 호, 과학백과사전출판사, 2002.
최재림, "사회주의하에서 사회급양은 근로자들의 식생활개선을 위한 사회적 봉사사업",《경제연구》1 호, 과학백과사전출판사, 1998.
평양출판사 편, "소문난 평양의 녹두지짐과 노치",《통일문학》1 호, 평양출판사, 2005.
한현옥, "위대한 령도자 김정일동지의 현명한 령도밑에 선군시대 민족음식발전을 위한 료리가공의 전문화, 과학화, 표준화, 현대화를 위한 투쟁",《력사과학》2 호, 과학백과사전출판사, 2007.
황경직, "사회급양망들에서 원자재를 자체로 생산보장 하는 것은 봉사사업을 개선하기 위한 요구",《경제연구》1 호, 과학백과사전출판사, 1994.
《로동신문》.
《민주조선》.
《우리민족끼리》.
《조선신보》.
《조선중앙통신》.
《조선중앙TV》.
《조선의 오늘》.
《청년전위》.

北朝鮮映画

조선예술영화〈설풍경〉, 조선예술영화촬영소, 2010.
텔레비죤극〈옥류풍경〉, 1-2 부, 텔레비죤극창작단, 2000.
조선예술영화〈자강도사람들〉, 조선예술영화촬영소, 2000.

리명철, "쌀은 곧 사회주의이며 알곡생산을 위한 투쟁은 사회주의의 승리를 위한 투쟁이다", 《조선녀성》 1 호, 근로단체출판사, 2006.
리윤숙, "언감자국수", 《교원선전수첩》 1 호, 교육신문사, 2005.
리종철, 서영일, 《민족의 자랑 조선민속음식》, 과학백과사전출판사, 2017.
리재선, "건강식품 – 녹두지짐", 《민족문화유산》 3 호, 과학백과사전출판사, 2009.
리재선, "자랑 많은 우리의 민속음식", 《민족문화유산》 3 호, 과학백과사전출판사, 2005.
리철민, "어디 가나 민족음식", 《조국》 10 호, 조선신보사, 2005.
리춘홍, "태양의 전설 칠색송어", 《교원선전수첩》 4 호, 교육신문사, 2004.
명승범, "백두산의 명산물", 《천리마》 2 호, 천리마사, 1995.
박명순, "위대한 령도자 김정일동지의 현명한 령도 밑에 현대적인 기초식품생산기지를 꾸리기 위한 투쟁", 《력사과학》 1 호, 과학백과사전출판사, 2002.
박승길, "언감자국수에 깃든 사연", 《민족문화유산》 4 호, 조선문화보존사, 2007.
백옥련, "쉬움떡", 《민족문화유산》 4 호, 조선문화보존사, 2004.
변승호, "우리 식의 식량문제, 먹는 문제해결의 기본 방향", 《경제연구》 4 호, 과학백과사전출판사, 2004.
사회과학출판사 편, 《조선말대사전》, 사회과학출판사, 2017.
상업과학연구소 급양연구실, 《특산물식당료리》, 공업출판사, 2009.
서영일, "개성지방 특산음식", 《천리마》 5 호, 천리마사, 2003.
신동식, "사회주의사회에서 농산물수매의 본질과 특징", 《경제연구》 2 호, 과학백과사전출판사, 1993.
외국문출판사 편, 《조선의 수산》, 외국문출판사, 1984.
조순영, 《조선의 민족음식 떡》, 사회과학출판사, 2013.
지명희, 김익천, 《우리 민족료리》, 근로단체출판사, 2008.
조대일, 《조선민족의 음식문화》, 외국문출판사, 2013.
조선로동당 중앙위원회 편, "량곡 수매사업에 대하여 (북조선로동당중앙상무위원회 제 17 차 회의 결정서 1946 년 12 월 17 일)", 《결정집》 (1946. 9-1948. 3 북조선로동당 중앙상무위원회).
조선료리협회 전국리사회 편, "료리를 우리식으로 발전시킬 데 대한 당의 방침을 철저히 관철하자", 《조선료리》 2 호, 조선료리협회, 1993.
조선료리협회 전국리사회 편, "왕족들만 먹던 국수", 《조선료리》 4 호, 조선료리협회, 2009.
조선료리협회 전국리사회 편, "조선녀성들의 미덕이 낳은 보쌈김치", 《조선료리》 3 호, 조선료리협회, 2016.
조선료리협회 전국리사회 편, "국수에 어려 있는 사랑의 이야기", 《조선료리》 3 호, 조선료리협회, 2016.
조선료리협회, 《조선료리전집》 1-10 권, 조선료리협회, 1994-2013.
조선중앙통신사 편, 《조선중앙년감》, 조선중앙통신사, 1957.
조선로동당출판사 편, "내부한정 강연 및 해설 담화자료 – 가격과 생활비를 전반적으로 개정한 국가적 조치를 잘 알고 강성대국 건설을 힘있게 앞당기자", 《KDI 북한경제리뷰》 1 호, 한국개발연구원, 2003.
지정희, "수매량정사업을 개선하는 것은 인민들의 식량문제, 먹는 문제 해결의 중요방도", 《경제연구》 4 호, 과학백과사전출판사, 2008.
천리마사 편, "가재미식혜", 《천리마》 7 호, 천리마사, 1987.
천리마사 편, "강서약수에 깃든 뜨거운 사랑", 《천리마》 3 호, 천리마사, 2008.
천리마사 편, "고기쟁반국수", 《천리마》 2 호, 천리마사, 2011.
천리마사 편, "군중적으로 떨쳐나 토끼를 기르자", 《천리마》 8 호, 천리마사, 2006.

로 지키자", 《조선녀성》 1 호, 근로단체출판사, 2006.
근로단체출판사 편, "쌀은 곧 사회주의이며 쌀은 곧 공산주의이다 〈해설〉", 《조선녀성》 1 호, 근로단체출판사, 2006.
근로단체출판사 편, "평양랭면에 깃든 뜨거운 은정", 《조선녀성》 3 호, 근로단체출판사, 2008.
근로단체출판사 편, "29 송이의 버섯", 《조선녀성》 5 호, 근로단체출판사, 2010.
교육신문사 편, "도라지꽃에 깃든 뜨거운 마음", 《인민교육》 4 호, 교육신문사, 2004.
교육신문사 편, "(선군령장과 시대어) 왕차", 《교양원》 2 호, 교육신문사, 2017.
과학백과사전출판사 편, 《현대조선말사전》 2 판, 과학백과사전출판사, 1981.
장철구평양상업대학 조선료리강좌, 《감자료리》, 목란출판사, 1999.
길정철, "백도라지의 주인들을 찾아서", 《아동문학》 3 호, 문학예술출판사, 2002.
김금성 외, 《2018 조선상품》, 조선국제무역촉진위원회, 2018.
김금훈, 《사계절민속음식》, 조선료리협회, 2015.
김문흡, 리길황, 《민속명절료리》, 조선출판물수출입사, 2005.
김성수, "비빔밥", 《천리마》 1 호, 천리마사, 2004.
김성찬, "송이버섯과 그 보호", 《천리마》 2 호, 천리마사, 2007.
김우경, "금수산기념궁전 전설 – 언감자국수", 《조선문학》 7 호, 문학예술출판사, 1999.
김일성, "공산주의적 시책을 더욱 발전시킬 데 대하여", 《김일성저작집》 39 권, 조선로동당출판사, 1993.
김일성, "국가 량정사업을 개선 강화하기 위한 몇 가지 문제에 대하여", 《김일성저작집》 3 권, 조선로동당출판사, 1979.
김일성, "수매사업을 개선 강화할 데 대하여", 《김일성저작집》 33 권, 조선로동당출판사, 1987.
김일성, "신년사 (1993 년 1 월 1 일)", 《김일성저작집》 44 권, 조선로동당출판사, 1996.
김일성, "신년축하연회에서 한 연설 (1959 년 1 월 1 일)", 《김일성저작집》 13 권, 조선로동당출판사, 1981.
김일성, "전후복구건설을 위한 조선인민의 투쟁", 《김일성저작집》 9 권, 조선로동당출판사, 1980.
김일성, "쌀은 곧 사회주의이다", 《김일성저작집》 10 권, 조선로동당출판사, 1980.
김정일, "감자농사에서 혁명을 일으킬 데 대하여", 《김정일선집》 14 권, 조선로동당출판사, 2000.
김정일, "당면한 경제사업의 몇 가지 문제", 《김정일선집》 14 권, 조선로동당출판사, 2000.
김정일, "어머니다운 심정으로 인민생활을 책임적으로 돌봐야 한다", 《김정일선집》 1 권, 조선로동당출판사, 1992.
김정일, "올해를 강성대국 건설의 위대한 전환의 해로 빛내이자", 《김정일선집》 14 권, 조선로동당출판사, 2000.
김정일, "우리 인민의 우수한 민족적 전통을 적극 살려나갈 데 대하여", 《김정일선집》 15 권, 조선로동당출판사, 2005.
김정일, "우리나라에서 타조 기르기의 새 력사를 펼쳐나갈 데 대하여", 《김정일선집》 20 권, 조선로동당출판사, 2013.
김정일, "인민생활을 더욱 높일 데 대하여", 《김정일선집》 8 권, 조선로동당출판사, 1998.
김정일, "주민들에 대한 상품 공급사업을 개선하는데서 나서는 몇 가지 문제에 대하여", 《김정일선집》 8 권, 조선로동당출판사, 1998.
김지원, "전통적인 지방음식 몇 가지", 《천리마》 8 호, 천리마사, 1999.
김춘옥, "삼지연의 들쭉", 《천리마》 7 호, 천리마사, 1981.
김필순, "해주비빔밥", 《조선료리》 4 호, 조선료리협회, 2010.
김호섭, 김홍규, 《우리나라 민속명절》, 근로단체출판사, 1991.
과학백과사전출판사 편, "함경도지방의 토배기음식들", 《민족문화유산》 2 호, 과학백과사전출판사, 2005.
리상영, "평양시민들 속에서 이어져가는 민족문화와 전통", 《조국》 10 호, 조선신보사, 2004.

타커스, 2018.
진학포, "천하진미 : 개성의 편수", 《別乾坤》 4권 7호, 개벽사, 1929.
최남선, 최상진, 《조선의 상식》, 두리미디어, 2007.
통계청, 《1993-2055 북한 인구 추계》, 통계청, 2010.
통일부 통일교육원 편, 《북한이해 2011》, 통일부 통일교육원, 2011.
한복진, 《우리가 정말 알아야 할 우리 음식 백가지 1》, 현암사, 1998.
한복진, 《우리가 정말 알아야 할 우리 음식 백가지 2》, 현암사, 1998.
한식재단 편, 《숨겨진 맛 북한전통음식》, 한식재단, 2013.
한식재단 편, 《그리움의 맛 북한전통음식》, 한식재단, 2016.
황석영, 《맛과 추억》, 디자인하우스, 2002.
황석영, 《노티를 꼭 한 점만 먹고 싶구나》, 디자인하우스, 2001.
후지모토 겐지 저, 신현호 역, 《김정일의 요리사》, 월간조선사, 2003. (原書『金正日の料理人：間近で見た権力者の素顔』藤本健二著、扶桑社、2003)
한마당 편, 《자랑스런 민족음식 : 북한의 요리》, 한마당, 1989.
홍민 외, 《북한 전국 시장 정보 : 공식시장 현황을 중심으로》, 통일연구원, 2016.
N. A. Semashko 저, 신영전, 신나희 역, 《소련의 건강보장》, 건강미디어협동조합, 2017.
《두산세계대백과사전》, https://www.doopedia.co.kr.
대북지원정보시스템, https://hairo.unikorea.go.kr.
문배주 양조원, http://www.moonbaesool.co.kr/story.
《연합뉴스》, https://www.yonhapnews.co.kr.
유튜브, https://www.youtube.com.
《조선일보》, https://www.chosun.com.
《좋은벗들》, http://www.goodfriends.or.kr/n_korea/n_korea11.
청와대 국민청원 및 제안, https://www1.president.go.kr/petitions/about.
《통일뉴스》, https://www.tongilnews.com.
통일법제데이터베이스, http://www.unilaw.go.kr/Index.do.
통일부, http://www.unikorea.go.kr.
한국무역협회, http://stat.kita.net/stat/guide/guide_14.screen.
통일부 북한자료센터, https://unibook.unikorea.go.kr.
《통일신문》, http://www.unityinfo.co.kr.
JTBC 〈썰전〉, 2018. 5.10.
〈MBC 뉴스〉, http://imnews.imbc.com/replay/2016/nwdesk/article/4176497_19842.html.
Sofitel Legend Metropole Hanoi Hotel Twitter.
UN Comtrade data, https://comtrade.un.or.

2 北朝鮮の資料

고상권, 전재우, 《생활과 음식묘리》, 외국문도서출판사, 2002.
국사편찬위원회 편, "북조선소비조합의 양곡수매에 관한 결정서", 《북한관계사료집》 5호, 과천 : 국사편찬위원회, 1987.
국사편찬위원회 편, "조선민주주의인민공화국 내각 결정 제9호", 《북한관계사료집》 22호, 과천 : 국사편찬위원회, 1995.
국사편찬위원회 편, "조선민주주의인민공화국 내각 지시 제688호", 《북한관 298 계사료집》 24호, 과천 : 국사편찬위원회, 1996.
근로단체출판사 편, "녀성들은 식생활을 깐지고 알뜰하게 하자", 《조선녀성》 6호, 근로단체출판사, 2016.
근로단체출판사 편, "단고기의 약효", 《조선녀성》 8호, 근로단체출판사, 2008.
근로단체출판사 편, "드시지 못한 쉐기밥", 《조선녀성》 1호, 근로단체출판사, 2007.
근로단체출판사 편, "민족음식을 장려하고 발전시키자", 《조선녀성》 6호, 근로단체출판사, 2010.
근로단체출판사 편, "민족음식을 적극 장려하자", 《조선녀성》 11호, 근로단체출판사, 2004.
근로단체출판사 편, "식생활 개선과 음식문화", 《조선녀성》 4호, 근로단체출판사, 2004.
근로단체출판사 편, "식생활문화, 식사례절을 바

参考資料

1　韓国の資料

강철환, 《수용소의 노래 – 평양의 어항》, 시대정신, 2004.（邦訳書『平壌の水槽：北朝鮮　地獄の強制収容所』姜哲煥著、裵淵弘訳、ポプラ社、2003）

김양희, 《김정일 시대 북한의 식량정치》, 동국대학교 박사학위 논문, 2013.

김양희, "수입 품목을 통해 본 북한 경제 변화", 《2017 통일부 신진연구자 논문집》, 통일부, 2017.

김양희, "조선녀성에 나타난 북한의 식생활정책", 《한국민족문화》 41 호, 부산대학교 한국민족문화연구소, 2011.

김양희, "조선예술영화에 나타난 북한의 식생활정책 연구", 《통일문제연구》 23 권 1 호, 평화문제연구소, 2011.

김양희, "체제유지를 위한 북한의 식량정치 (food politics) ", 《통일문제연구》 24 권 1 호, 평화문제연구소, 2012.

김일한 외, 《북한사회변동 2018 : 시장화, 정보화, 사회분화, 사회보장》, 서울대학교 통일평화연구원, 2019.

김종군, 정진아 엮음, 《고난의 행군 시기 탈북자 이야기》, 박이정, 2012.

권 혁, 《고난의 강행군》, 정토출판, 1999.

김수암 외, 《북한주민의 삶의 질 : 실태와 인식》, 통일연구원, 2011.

김연철, 《북한의 배급제 위기와 시장개혁 전망》, 삼성경제연구소, 1997.

김현식, 《나는 21 세기 이념의 유목민 : 예일대학교에서 보내온 평양 교수의 편지》, 김영사, 2007.

《동아일보》 편집부 편, "방북인사 14 인이 말하는 감동의 순간 – 남북 긴장 녹인 러브샷의 감격", 《신동아》, 43 권 7 호, 동아일보사, 2000.

림일, 《평양으로 다시 갈까 ? : 평양동무의 좌충우돌 서울살이》, 맑은소리, 2010.

북한인권시민연합 편, 《왕이라 불리는 아이들》, 생명과 인권, 2009.

백석 저, 고형진 엮음, 《정본 백석 소설 수필》, 문학동네, 2019.

스티븐 해거드, 마커스 놀란드 저, 하태경 역, 《기아와 인권 : 북한 기아의 정치학》, 시대정신, 2006.

시드니 민츠 저, 김문호 역, 《설탕과 권력》, 지호, 1998.（邦訳書『甘さと権力：砂糖が語る近代史』シドニー・W・ミンツ著、川北稔・和田光弘訳、筑摩書房、2021）

안석룡, "북한의 농산물 분배와 수매사업에 관한 연구", 《북한학연구》 5 권 1 호, 동국대학교 북한학연구소, 2009.

양문수, "북한 시장의 형성 · 발전과 시장행위자 분석", 《북한 계획경제의 변화와 시장화》, 통일연구원, 2009.

이석, "1980 년대 북한의 식량생산, 배급, 무역 및 소비 : 식량위기의 기원", 《현대북한연구》 7 권 1 호, 북한대학원대학교, 2004.

이석, "1994-2000 년 북한 기근 : 초과 사망자 규모와 지역별 인구변화", 《국가전략》 10 권 1 호, 세종연구소, 2004.

이애란, "북한의 사회급양실태와 음식점 현황", 《북한》 12 월호, 북한연구소, 2008.

이애란, "북한의 식량배급정책의 변화에 따른 북한주민의 식생활 실태 및 시사점", 《국제문제연구》 10 권 2 호, 국가안보전략연구소, 2010.

임상철, 《먹거리를 통해 본 북한 현실》, 통일부 통일교육원, 2005.

전영선, 《북한의 사회와 문화》, 역락, 2005.

정세진, 《'계획' 에서 시장으로 : 북한체제변동의 정치체제》, 한울아카데미, 2000.

정광민, 《북한기근의 정치경제학 : 수령경제 · 자력갱생 · 기근》, 시대정신, 2005.

조정아 외, 《북한주민의 일상생활》, 통일연구원, 2008.

좋은벗들, 《북한난민 1855 명 증언 – 사람답게 살고 싶소》, 정토출판, 1999.

좋은벗들, 《북한사람들이 말하는 북한이야기》, 정토출판, 2000.

좋은벗들, 《오늘의 북한, 북한의 내일》, 정토출판, 2006.

진천규, 《평양의 시간은 서울의 시간과 함께 흐른다》,

三部

37　青瓦台は、「釜山の代表的な魚であるマトウダイは北朝鮮近海では獲れないが、ヨーロッパでは高級な魚とされている」と説明した。

38　トゥルチュク（クロマメノキの果実）は、白頭山一帯に生育する低木植物の実。北朝鮮は 1980 年代から本格的にクロマメノキの栽培を開始し、これまでに数万町歩の規模にまで拡大させた。クロマメノキの果実を利用した酒、ジュース、ゼリーなど、さまざまな食品が生産されている。

39　2009 年 8 月 6 日付『労働新聞』。

40　金剛山にある岩山。岩が万物の姿を現しており、奇妙な景観をなしている。

22　牛の肝臓やセンマイ、魚などに小麦粉と卵の衣をつけて焼いたもの。

23　体が徐々に弱くなり、やつれていく症状。

24　餅をこねる時に使う、分厚くて広い木の板。

25　大切な客が来た時に出される、開城の伝統的なお菓子の一つ。

26　『別乾坤』は1926年11月1日に創刊された大衆雑誌で、1934年8月に通巻74号で終刊した。この雑誌は1926年8月に日本の弾圧によって廃刊した『開闢（ケビョク）』の後を引き継いだものだった。本文で紹介した文章は、1929年12月の雑誌に掲載されたもの。

27　平安南道温泉（オンチョン）郡雲河（ウンハ）里にある弓山遺跡は、解放後に北朝鮮で初めて発掘された新石器時代の貝塚。

28　竹やキビの茎、ハギなどで簾（すだれ）のように編んだもの。

29　開城工業団地は、2002年8月の第2回南北経済協力推進委員会にて着工推進に合意後、同年11月の開城工業地区法の制定を経て、12月に着工された。開城工団は2000万坪（工団800万坪、背後都市1200万坪）におよぶ規模で、三段階にわけて開発される予定だった。2003年から2007年までの第一段階は背後都市の開発、2006年から2009年までの第二段階は首都圏と連携した産業団地としての開発およびソウル（金融）・仁川（物流）などとの協力体制構築、2008年から2012年までの第三段階は東北アジアの経済拠点として発展させ、多国籍企業の誘致を通じてIT電子産業設備分野の複合工業団地として開発することなどが計画されていた。この計画をもとに、2007年10月には100万坪におよぶ第一段階の開発が完了した。開城工団は、2016年2月10日に韓国政府が、北朝鮮の第4回核実験および長距離弾道ミサイル発射実験への対応措置として稼働中断を発表して以降、現在まで運営されていない。当時、開城工団には124の企業、関連従事者だけでも10万名あまりが勤務し、年間生産額は、2014年には4億7000万ドル、2015年1月から11月には5億1500万ドルだった。

30　北朝鮮の国家規格「KSP」は、韓国産業規格「KS」に相当する。（日本の「JIS」に相当）

31　ビールは郷土料理ではないが、北朝鮮が誇る代表的な飲み物であり、かつ韓国でも関心が高いため取り上げた。

32　五・二四措置とは、2010年3月26日に起きた天安艦の沈没事件に対する措置として、その年の5月24日に韓国の李明博政権が下した対北制裁。開城工団と金剛山を除く訪朝の不許可をはじめ、南北交易、北朝鮮に対する新規投資、北朝鮮船舶の韓国海域運航、対北支援事業などを全面禁止した。現在も南北間の交易は中断されたままとなっている。

33　北朝鮮で「쩡한 맛（味）」とは、「ハッと驚くような強い炭酸の爽快感」を言う。醗酵が進んだキムチを食べた時やビールの炭酸が強い時に、「쩡한 맛」が良いと表現する。

34　亜太平和交流協会（亜太協）は、中国、日本、タイ、フィリピン、ミャンマーなど、海外32の地域に支部および支会を置いている団体。亜太協の対北事業団は、五・二四措置の解除を起点として、北朝鮮の大同江ビールやその他酒類・飲料・工業製品等の韓国国内における販売に向けて継続的に準備を行っている。現時点では五・二四措置により北朝鮮商品の輸入および販売は不可能な状況だが、亜太協は2018年の国民請願をもとに大同江ビールの広報展示館を韓国内に開設して、韓国国民や海外に宣伝することができるよう北朝鮮側と協議を行った。

35　「12月15日品質メダル」とは、2012年12月15日に金正恩国防委員会第一委員長が、強盛国家建設の要求に合わせて生産と建設分野で質の高い製品を作るよう強調したことを記念して2014年に制定された賞で、最高品質を備えた製品に授与される。

36　北朝鮮のマスコミの報道や資料などを見ると、「ノチ（노치）」と表記されている。ただし、作家・黄晳暎の文章には「ノティ（노티）」とあるため、引用部分についてはノティと表記した。

註

一部

1 『朝鮮女性』2006年1号。

2 2010年12月11日付『朝鮮新報』。

3 2010年1月9日付『労働新聞』。

4 先軍政治は、1995年の年始に初めて言及され、1998年の金正日国防委員長の就任と同時に北朝鮮の核心的な統治方式として定着した。これは、国政運営において軍事部門を最優先することを意味し、軍の影響力を、政治や経済だけでなく教育、文化、芸術等に至るまで北朝鮮社会の全領域に発揮させている。

5 2001年1月20日付『労働新聞』。

6 青少年の芸術体育と科学教育分野の放課後活動を教育する機関。2018年9月に行われた南北首脳会談の際には、金正淑（文在寅元大統領の妻）も李雪主（金正恩国務委員長の妻）と共に訪問し、子どもたちの公演を鑑賞した。

7 『この世に羨むものはない』は1961年に公開された歌で、その歌詞は、北朝鮮の子どもたちが最高指導者や朝鮮労働党のもとで、最高に幸せな生活を送っているという内容だ。

8 2004年11月11日付『労働新聞』。

9 慈江道江界市将子洞に位置する将子山には、将子山革命史跡地がある。朝鮮戦争の最中の1950年10月2日から24日にかけて、金正日国防委員長がこの場所にあった農家に避難していたため、革命史跡地を造成したというのが北朝鮮の説明だ。ここには金正日国防委員長が植えたとされる2本のチョウセンマツをはじめ、学習の場、歌普及の場、軍事遊び場、射撃練習場などがある。

10 錦繡山記念宮殿は、金日成主席が生前に生活していた錦繡山議事堂（別名：主席宮）を改造した建物で、彼の死後、遺体を永久保存するために建設された。ここには現在、金日成主席と金正日国防委員長の遺体が安置されており、ロシアの専門家が平壌に常駐して遺体を保存・管理していると言われている。

11 白頭山密営は金正日国防委員長の生誕地で、金日成主席が白頭山で抗日運動を繰り広げていた最中に金正日国防委員長が生まれたと言われている。北朝鮮では白頭山密営を聖域化し、生家を復元して「白頭山密営故郷の家」と呼んでいる。しかし、北朝鮮の主張とは異なり、金正日国防委員長の出生地はロシアだという説もある。

12 雑誌『民族文化遺産』は、2004年6月20日と24日に、金正日国防委員長が朝鮮労働党中央委員会の責任幹部と交わした談話「民族料理を積極奨励し、発展させなければならない」を紹介している。

13 北朝鮮は、深刻な経済難と国際社会における孤立を放置すればすべてを失いうるという危機感から、2002年7月1日に改革･開放政策である「七･一経済管理改善措置」を発表した。この措置により、国定価格制の廃止、成果給制の導入など、事実上、資本主義的な政策を導入した。

14 2003年10月19日付『朝鮮新報』。

15 2004年6月29日付『民主朝鮮』。

二部

16 「슴슴하다」は、韓国語でいう「싱겁다（薄い）」を意味する北朝鮮の表現だが、単に薄いという意味ではなく、塩加減は絶妙でありながらも薄く感じられる味のことをいう。

17 2011年6月16日付『労働新聞』。

18 横から見ると「八」の字の形をした屋根。

19 1960年に建設された玉流橋は平壌市の中区域と大同江区域を結んでおり、この橋の両側にはそれぞれ玉流館と主体思想塔がある。

20 韓国の国立中央図書館内にある統一部北朝鮮資料センターでは、一般の人たちも北朝鮮の書籍や映画を自由に閲覧することができる。映画『玉流の風景』もここで視聴可能だ。

21 1993年、北朝鮮当局は平壌市江東（カンドン）郡文興（ムンフン）里で「檀君陵」を発掘したと発表し、檀君が実在の人物であると主張した。その後、北朝鮮は高さ22m、幅50mの檀君陵を復元した。韓国の学界では、北朝鮮の主張は政治的に拡大解釈されたものに過ぎないとされ、受け入れられていない。

【著者】

キム・ヤンヒ（김양희）

大学では食品栄養学、大学院の修士課程では食品工学を専攻し、ニュースサイト『統一ニュース』にてコラム「民族料理の話」を執筆。その後、東国大学北韓学科で北朝鮮の食料問題について研究し、博士号を取得した。現在は、韓国の企画財政部南北経済課の事務官として働いている。著書に『MagicQ 食べ物と文化のクイズ 매직큐 음식과 문화 퀴즈』、共著に『北朝鮮の市場化と人権の相関性 북한의 시장화와 인권의 상관성』『統一韓国の社会保障体系構築のための基礎研究 통일한국의 사회보장체계 구축을 위한 기초연구』（いずれも未邦訳）がある。

【翻訳】

金 知子（きむ・ちじゃ）

兵庫県神戸市生まれ。関西学院大学社会学部卒業。法律事務所勤務を経て、フリーランスとして実務翻訳、通訳、講師業に従事する。2021年から文芸翻訳を学び始め、現在は韓国文学翻訳院翻訳アカデミー夜間課程に在籍中。

평양랭면, 멀리서 왔다고 하면 안 되갔구나
by 김양희

北朝鮮《きたちょうせん》の食卓《しょくたく》
食《しょく》からみる歴史《れきし》、文化《ぶんか》、未来《みらい》

2024年11月5日　第1刷

著者…………キム・ヤンヒ
訳者…………金《きむ》 知子《ちじゃ》
翻訳協力…………合資会社アンフィニジャパン・プロジェクト
装幀…………和田悠里《わだゆり》
発行者…………成瀬雅人
発行所…………株式会社原書房

〒160-0022 東京都新宿区新宿1-25-13
電話・代表 03（3354）0685
http://www.harashobo.co.jp
振替・00150-6-151594

印刷…………新灯印刷株式会社
製本…………東京美術紙工協業組合

ISBN978-4-562-07476-1, Printed in Japan